BASTEI
LÜBBE

Bisher sind im BASTEI-LÜBBE Taschenbuchprogramm von JOEL ROSENBERG aus der Reihe ›Die Hüter der Flamme‹ erschienen:

20092 Die Welt des Meisters
20097 Das Schwert des Befreiers
20103 Die Krone des Siegers
20118 Der Erbe der Macht

JOEL ROSENBERG

Das Vermächtnis des Kriegers

DIE HÜTER DER FLAMME

FANTASY-ROMAN

Ins Deutsche übertragen
von Eva Eppers

BASTEI
LÜBBE

BASTEI-LÜBBE-TASCHENBUCH
Fantasy

Band 20136

Erste Auflage: Februar 1990

Deutsche Lizenzausgabe 1990
Bastei-Verlag Gustav H. Lübbe GmbH & Co., Bergisch Gladbach
Originaltitel: The Warrior Lives
Lektorat: Hans Altmeyer/Reinhard Rohn
Titelillustration: Tim White
Umschlaggestaltung: Quadro Grafik, Bensberg
Satz: Fotosatz Schell, Bad Iburg
Druck und Verarbeitung:
Brodard & Taupin, La Flèche, Frankreich
Printed in France
ISBN 3-404-20136-1

Der Preis dieses Bandes versteht sich einschließlich
der gesetzlichen Mehrwertsteuer.

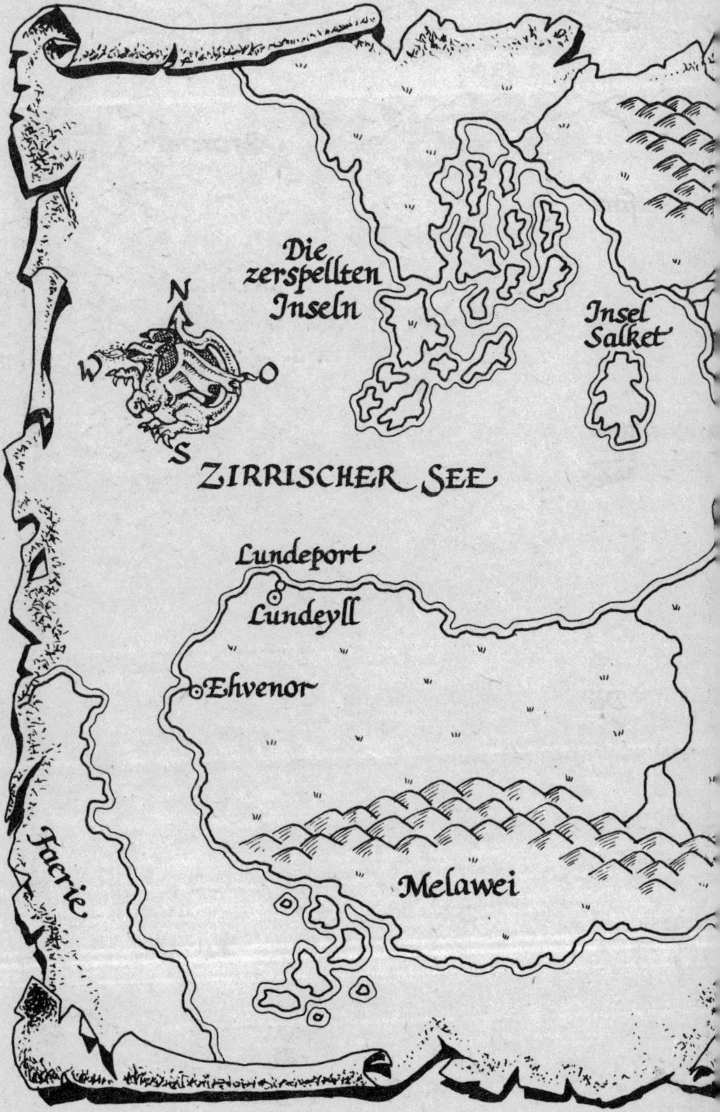
Die
zerspellten
Inseln
N
W
O
S
Insel
Salket
ZIRRISCHER SEE
Lundeport
Lundeyll
Ehvenor
Melawei
Faerie

Das Tal
Bremon
Sciforth
Heim-Tabernakel der Gemeinschaft von der Heilenden Hand
Wüste von Elrood
AERSHTYL-GEBIRGE
andathaway
Metreyll
Aeryth
Handelsweg
Therranj
Aershtyn
Khar
Die Soda-Ebene
Holtun
Nyphien
Bieme
MITTELLÄNDER
Das Kathard
HP

Dramatis Personae

Ahira Säbelbein – (eigtl. James Michael Finnegan) Zwergenkrieger mit gewaltigen Körperkräften. Entkam einem Leben im Rollstuhl auf der Anderen Seite.

Ahrmin – Sklavenhändler. Versuchte mit Ausdauer, aber letztlich erfolglos, → Ohlmin zu übertreffen.

Aristobulus → Riccetti, Louis.

Avair Ganness – Schiffskapitän. Hat hin und wieder das Pech, den Cullinanes über den Weg zu laufen. Büßte bereits zweimal sein Schiff dabei ein.

Arta Myrdhyn → Deighton, A.S.

Barak → Cullinane, Karl.

Bast – Ingenieur. Mitarbeiter von → Riccetti, Louis.

Bren Baron Adahan – Herrscher der Baronie Adahan. General der Truppen von Holtun-Bieme.

Cullinane, Aeia – Befreite Sklavin. Adoptivtochter von → Karl und → Andrea Cullinane.

Cullinane, Andrea, geb. Andropolous – (genannt Andy-Andy). Stieß zufällig zu den Rollenspielern auf der Anderen Seite und kam mit ihnen in die Welt des Meisters. Bildete sich zur Magierin aus und heiratete → Karl Cullinane. Mutter von → Jason Cullinane.

Cullinane, Jason – Sohn von Andrea und Karl Cullinane. Auf Dieser Seite geboren. Erbe der Kaiserkrone von Holtun-Bieme. Als Krieger und Herrscher oft mehr als unsicher.

Cullinane, Karl – Anführer der Rollenspieler von der Anderen Seite. Einte die Baronien von Holtun und Bieme unter seiner Herrschaft. Verschrieb sich ganz dem Kampf gegen die Sklavenhändler. Nach einem Kampf gegen die Sklavenhändlergilde in Melawei gilt er als tot.

Deighton, Arthur Simpson, PhD. – Leitete das Rollenspiel der Anderseiter und versetzte die Spieler unverhofft auf Diese Seite, in die Welt des Meisters. Verfolgt als Magier Arta Myrdhyn hier schwer durchschaubare Pläne. Hat sich in jüngster Zeit etwas aus dem Geschehen zurückgezogen.

Ellegon – Drache mit telepathischen Fähigkeiten. Wurde in Pandathaway gefangengehalten, um den Abfall der Stadt zu verbrennen. Nach seiner Befreiung durch die Anderseiter ist er ihnen in Dankbarkeit verbunden. Spart nicht mit tatkräftiger Hilfe und guten Ratschlägen.

Hakim Singh → Slowotski, Walter.

Kethol, Durine, Pirojil, Arriken – Soldaten.

Laheran – Obmann der Sklavenhändlergilde. Versucht, auf → Ohlmins und → Ahrmins Spuren zu wandeln.

Maherralen von Endell – Zwergenkönig mit eigenwilligem Herrschaftsstil.

Mikyn – Befreiter Sklave mit ausgeprägten Rachegelüsten.

Nehera – Schmied. Fertigt die anerkannt besten Klingen auf Dieser Seite.

Ohlmin –Sklavenhändler. Machte mit wenig Glück Jagd auf die Anderseiter und kam dabei um.

Parker, Jason – Meisterdieb. Einer der Rollenspieler. Wurde bald nach dem Wechsel auf Diese Seite bei einem Diebstahl ertappt und dafür getötet.

Perlstein, Doria – Kam als Klerikerin von der Heilenden Hand auf Diese Seite. Im Konflikt zwischen den Gelübden ihres Ordens und der Treue zu ihren Gefährten entschied sie sich für Loyalität und verließ die Gemeinschaft der Heilenden Hand. Lebt seitdem als Beraterin und Mitstreiterin der Krone von Holtun-Bieme.

Ranella – Ingenieur. Mitarbeiter von → Riccetti, Louis.

Riccetti, Louis – (Genannt Lou). Kam als Magier Aristobulus in die Welt des Meisters. Verlegte sich dann auf das Wiedererfinden technischer Errungenschaften der Anderen Seite und leitet seither die Forschungseinrichtungen in Heim.

Slowotski, Doria Andrea – (genannt Dorann). Tochter von → Walter und → Kirah Slowotski.

Slowotski, Kirah – Befreite Sklavin. → Walter Slowotskis Frau.

Slowotski, Walter – Kam als Diebesgeselle Hakim Singh in die Welt des Meisters. Entwickelte sich zum Allround-Kampftalent und strategischen Genie mit unerschütterlichem Selbstbewußtsein. Produziert Weisheiten und Lebensregeln am laufenden Band.

Tennetty – Befreite Sklavin. Kämpferisches Naturtalent. Mehr oder weniger selbsternannte Oberleibwächterin der Cullinanes, denen sie treu ergeben ist.

Thomen Baron Furnael – Seit dem Tod seines Vaters Zherr und seines Bruders Rahff Herrscher der Baronie Furnael. Regent des Kaiserreiches Holtun-Bieme und Berater des Thronerben → Jason Cullinane.

U'len – Köchin auf Burg Biemestren mit starken mütterlichen Ambitionen.

Yryn – Gildemeister der Sklavenhändler. Alt und reichlich verzweifelt.

Präludium

Laheran

Zeige mir deine Freunde,
und ich sage dir, wer du bist.
(frei nach) Euripides

»Du mußt ihn aufspüren«, sagte der Meister der Sklavenhändlergilde, Yryn. »Du mußt ihn unschädlich machen.«

Yryn war alt, sein Rücken gebeugt. Das einst beeindruckende Haupt schien zu schwer für den Greisenhals, und die grauen Augen hatten den durchdringenden Blick verloren, an den Laheran sich aus seiner Lehrzeit in der Gilde erinnerte.

Während sie nebeneinander durch den Garten spazierten, spielte Yryn gedankenverloren mit einem sonnengebleichten Stück Leder. Seine Finger mit den abgekauten Nägeln streichelten das Leder, als handle es sich um einen magischen Talisman.

Es gab wenig genug auf der Welt, dessen man ganz gewiß sein konnte, dachte Laheran, aber das Lederstück verfügte mit Sicherheit über keinerlei Zauberkraft. Es war von einem kompetenten Magier sorgfältig untersucht worden, einem Meister der Magiergilde von Pandathaway, und wenn man sich auf die Magier auch nicht in jedem Fall unbedingt verlassen konnte – beispielsweise sagte man ihnen nach, Feiglinge zu sein – vermochten sie doch zuverlässig zu erkennen, ob ein Gegenstand magische Eigenschaften besaß.

Der Innenhof des Gildehauses der Sklavenhändler

war ein Ort der Ruhe und Besinnung. Verborgen in einem Geviert stets makellos gestutzter Hecken, umstanden Marmorbänke einen nie mehr als knöchelhohen Rasen. Aufrechterhalten wurde diese unerbittliche Präzision von einer Schar Sklaven, die jede Nacht beim Schein rauchender Fackeln mit ihren Scheren ans Werk ging.

Die Blumen bildeten eine Ausnahme. Ein Gärtner, der Gilde durch einen Treueschwur verbunden, trug die Verantwortung für ihr Gedeihen. Blumen waren etwas anderes, dachte Laheran, während er sich bückte, um den Duft einer blutroten Rose einzuatmen. Sie brauchten liebevolle Aufmerksamkeit und nicht erzwungene Pflege.

Laheran liebte den Garten. Es war der einzige stille Ort in der Stadt, das einzige Refugium vor dem Lärm und Getriebe und Gestank Pandathaways.

»Du mußt Karl Cullinane unschädlich machen«, wiederholte der Gildemeister, als hätte Laheran ihn nicht gehört.

»Das sagtest du bereits.« Laheran hielt tadelnd den Zeigefinger in die Höhe und hoffte, Yryn würde ihm für seine Frechheit die Hand herunterschlagen. Im stillen flehte er den Gildemeister an, etwas von seiner Autorität spüren zu lassen.

Doch der ältere Mann nickte nur.

Laheran hätte weinen mögen. Der Gildemeister hatte sich nicht mehr im Griff. Wie lange würde es noch dauern, bis auch die Führung der Gilde seinen Händen entglitt?

Es war ein schlechter Zeitpunkt, um Pandathaway zu verlassen. Vielleicht waren Laherans Aussichten auf den Posten des Gildemeisters gering – nie war ein Gildemeister jünger als dreißig gewesen und nur selten jünger als vierzig –, doch als jüngstem Obmann der Gilde war es ihm nicht ganz unmöglich, einen gewissen Einfluß auf den Ausgang der Wahl auszuüben.

Wenn es überhaupt eine Wahl gab. Vielleicht war es Stabilität, was die Gilde jetzt am dringendsten brauchte, selbst wenn in deren Aufrechterhaltung jemand die Rolle der Grauen Eminenz übernehmen mußte.

Laheran nahm das Leder entgegen, das ihm gereicht wurde. Das Stück war etwa zwei Hände breit und nicht von der besten Qualität, vermutlich stammte es von einem ledernen Futter- oder Proviantsack.

Auf der rauhen Oberfläche waren Buchstaben zu erkennen; bei genauerem Hinsehen erkannte Laheran, daß man als Schreibflüssigkeit Blut verwendet hatte. Der größte Teil des Geschriebenen blieb ihm ein Rätsel, obwohl er annahm, daß es sich um die fremdartige Sprache handelte, die sich durch die Aktivitäten Karl Cullinanes und seiner Freunde allmählich zu einer in Eren und darüber hinaus gebräuchlichen Handelssprache entwickelte.

Doch unter den Schriftzeichen, die er nicht zu entziffern vermochte, standen drei Worte in seiner Muttersprache:

Der Krieger lebt, verkündeten sie. Darunter waren drei grob ausgeführte Zeichnungen zu erkennen: ein Schwert, eine Axt und ein Dolch – Hinweise darauf, daß Karl Cullinane die Sklavenhändler mit jeder Waffe bekämpfen wollte, die gerade zur Hand war.

Es war das dritte derartige Stück Leder, das Laheran zu Gesicht bekam. Das erste hatte er selbst aus Melawei mitgebracht; es war an den Leichnam eines Gildebruders geheftet gewesen. Ein Axthieb hatte den Mann vom Scheitel bis fast zur Taille gespalten.

Das zweite war in Ehvenor gefunden worden, an den Griff eines Schwertes gebunden, dessen Klinge drei Leiber durchbohrt hatte. Die Mörder hatten die Sklavenhändler entweder in einer dunklen Gasse entdeckt oder sie hineingezerrt als sie tot, tot und tot waren.

Diese dritte Botschaft war in Lundeyll aufgetaucht, in dem Zimmer eines Gasthauses dort, wieder an die Leiche eines Sklavenhändlers geheftet, diesmal mittels eines Dolches, der wie eine blutige Metallzunge aus dem aufgerissenen Mund des Mannes ragte. Nimyn war sein Name gewesen; Laheran hatte ihn flüchtig gekannt. Als Handelsvertreter auf seiner normalen Tour war er entlang der Küste unterwegs nach Ehvenor gewesen, mit einem Sortiment bestens abgerichteter männlicher Sklaven, von denen die meisten nie die Freiheit gekannt hatten. Nimyn wurde von zwei weiteren Sklavenhändlern begleitet, doch sie waren unbehelligt geblieben.

Schließlich formulierte der Gildemeister das Problem, das ihn Tag und Nacht belastete, zu einer Frage um: »Wirst du ihn aufspüren? Ihn unschädlich machen?«

»Ja«, sagte Laheran, neigte sich zu einem Rosenbusch und pflückte eine der Blüten, wobei seine Finger, die den Stiel abdrehten, geschickt den Dornen auszuweichen wußten. Er befestigte die Rose mit einer langen silbernen Nadel am Kragen seines Umhangs.

Er hätte gern einen Spiegel zur Hand gehabt; ihm gefiel sein Aussehen. Zufrieden stellte er sich das

Bild vor, das der Spiegel ihm zeigen würde: ein hochgewachsener, schlanker, eleganter junger Mann in Blau und Grau, mit einem Haarschopf in der Farbe von herbstlichem Flachs und einem nur wenige Schattierungen dunkleren, adrett gestutzten kurzen Bart. Ein leichter, karmesinroter loser Mantel – eigentlich mehr ein Umhang –, am Hals von einer silbernen Kordel gehalten, fiel elegant über seine rechte Schulter, der Schnitt von Obergewand und halblangen Hosen wirkte modischer und die Verarbeitung sorgfältiger, als es bei den Mitgliedern der Gilde üblich war.

Die Hand auf den Schwertknauf gestützt, stellte er sich für einen Moment in Positur. Er wußte, daß er jünger aussah als seine fünfundzwanzig Jahre und wußte auch, daß seine Jugend und seine Keckheit die meisten Leute dazu verführte, ihn entweder zu unter- oder zu überschätzen. Beides kam ihm durchaus gelegen.

»Ich denke schon«, meinte er endlich. »Welche Hilfsmittel habe ich?«

»Komm mit«, forderte ihn der Gildemeister auf.

Nebeneinander traten sie in die dunklen, kühlen Marmorhallen des Gildehauses.

Die Wände waren fleckenlos sauber, die Bodenfliesen zeigten kaum Spuren des Hin und Her eines geschäftigen Tages, und doch herrschte in den Räumen ein merkwürdiger Geruch, der nichts mit dem alltäglichen Gestank von menschlichem Schweiß, von Schmerz und Angst gemein hatte und sich niemals aus den Fliesen herausscheuern lassen würde. Man peitschte einen Sklaven zu Tode – obwohl dies, in Anbetracht der heutigen Wirtschaftslage, eher ein Luxus vergangener Zeiten war –, und sein Geruch drang nicht nur in die rohe Steinmauer, an die man ihn gekettet hatte, sondern durchzog als untilgbares Vermächtnis das gesamte Gebäude.

Doch es hing noch etwas in der Luft. Als die beiden Sklavenhändler an einer offenen Tür vorbeigingen, hoben die Schreiber, die in dem Zimmer an der Arbeit saßen, die Köpfe, und ein Ausdruck panischer Furcht huschte über ihre Gesichter.

Hier befand man sich im Innern des Gildehauses der Sklavenhändler, und vor allen anderen sollte dies der Ort sein, an dem ein Angehöriger der Gilde keinen Grund zur Furcht haben mußte.

Und doch gab es einen: das Haus stank nach der Angst der Herren und Meister.

Es war ein irgendwie anderer Geruch als die Angst eines Sklaven.

Sie alle fürchteten, Karl Cullinane könne über sie kommen und nicht nur draußen, irgendwo in der Fremde. Das wäre nicht so schlimm gewesen. Es war nicht angenehm, doch man konnte damit leben. In diesem Beruf wurde es einem rasch zur Gewohnheit, häufiger über die Schulter zu blicken. Ob bei der Sklavenjagd oder auf der Reise zu den verschiedenen Märkten, selbst im Schlaf mußte man auf das leise Tappen nackter Füße auf Deck horchen, das gedämpfte Flüstern eines aus der Hülle gezogenen Schwertes, das Knacken eines Gewehrhahns.

Nein, es war nicht nur ein Überfall draußen, außerhalb der schützenden Mauer, den sie neuerdings fürchteten, sondern einer im Gildehaus selbst.

Laheran folgte Yryn die Treppe hinauf in den Versammlungsraum des Gildemeisters, wo zehn Männer um den großen Eichentisch saßen.

Keiner von ihnen stand im Rang eines Meisters,

doch es waren zuverlässige Handlungsreisende, die meisten narbenbedeckt: hartgesotten und kampferfahren, Männer, die sich als Jäger und Abrichter betätigten, nicht nur als Händler.

Der Gildemeister stellte ihn den Anwesenden vor. Laheran wechselte mit jedem Mann den Händedruck der Gilde, und jeder einzelne umklammerte Laherans Hand ein wenig zu fest, als erwarteten sie von ihm Trost und Hilfe und wollten nicht lediglich Laherans Mitgliedschaft in der Gilde bestätigen oder seine höfliche Geste erwidern.

»In zwei Zehntagen kann ich dir noch weitere hundert Männer zur Verfügung stellen«, sagte der Gildemeister.

Laheran schüttelte den Kopf. »Nein. Auf diese Art haben wir es schon einmal versucht. Ein kleiner Trupp diesmal, mit einem kleinen, schnellen Schiff. Wir werden Pandathaway ohne großes Hallo verlassen, ohne lauthals zu verkünden, wer wir sind. Wir nehmen seine Spur auf, jagen ihn aus seinem Versteck und töten ihn.« Es bestand kein Grund zur Eile. Wenn es möglich war, Cullinane zu fangen – und es mußte möglich sein –, dann würden sie ihn im Norden finden.

Ob er eine Stippvisite in Pandathaway und dem Gildehaus plante? Nicht sehr wahrscheinlich. Das Gildehaus der Sklavenhändler war zu gut geschützt, sowohl durch magische wie auch durch ganz normale Abwehreinrichtungen. Selbst Cullinane konnte es nicht schaffen, hier einzudringen.

Doch es war durchaus vorstellbar, daß er in Pandathaway Halt machte und ein oder zwei Sklavenhändler erledigte, die ihm außerhalb der Gildehalle über den Weg liefen. Das konnte sich für Laheran günstig auswirken: Je größer das Ungeheuer, um so reicher der Lohn für den Retter.

Laherans ruhiger Blick glitt von einem Gesicht zum anderen. »Wir werden Karl Cullinane finden, und wir werden ihn töten.«

Der Krieger lebt, wahrhaftig. Laheran war jünger als sämtliche vorhergegangenen Gildemeister, aber vielleicht kam es darauf nicht mehr an, wenn er sich als der Mann zur Wahl stellte, der Karl Cullinane getötet hatte.

Er lächelte Gildemeister Yryn zu.

»Verlaß dich nur auf mich«, sagte er.

Erster Teil
Holtun-Bieme

Kapitel eins

Frühstück in Biemestren

Nichts ist zu Ende, bevor's nicht vorbei ist –
und vielleicht nicht mal dann.
Walter Slowotski

Lediglich mit einer ausgebleichten Jeans bekleidet, wie sie in Heim gefertigt wurden, beugte Jason Cullinane sich über die Waschschüssel unter dem Spiegel und spritzte sich mit angehaltenem Atem ein paar Tropfen ins Gesicht. So früh am Morgen war das Wasser geradezu unanständig kalt.

Während er sich das Gesicht mit einem frisch duftenden Handtuch abtrocknete – Adel hat seine Privilegien, dachte er nicht zum erstenmal –, befühlte er sein Kinn. Ein Anflug von Bartstoppeln bedeckte die Haut, obwohl er sich erst tags zuvor rasiert hatte. Er warf das Handtuch beiseite und streckte die Hand nach dem Elfenbeingriff des Rasiermessers aus, das auf dem halbhohen Schrank lag, doch bei einem Blick in den fleckigen Spiegel fand er, daß die flaumigen Stoppeln ihn etwas älter erscheinen ließen. Er verwarf den Gedanken an eine Rasur.

Ein fernes Lachen ertönte in seinem Kopf.

Du übernimmst ein paar Gramm Verantwortung, und schon beginnt dein Bart zu wachsen, hm?

Jason verzog keine Miene.

Dein Vater hätte darüber gelacht.

»Vielleicht hätte er.« Doch er war nicht sein Vater. Er schaute in den Spiegel. In dem fleckigen Glas –

die Glasherstellung im Kaiserreich lag noch unterhalb des Standards von Heim, obwohl auch dort die Qualität einiges zu wünschen übrig ließ – erwiderten unter einem Schopf dunkelbrauner Haare zwei dunkelbraune Augen seinen Blick. Erst gestern hatte U'len ihm gesagt, daß er mehr und mehr dem Kaiser ähnelte. Ganz besonders seine Augen bekamen allmählich so ein gewisses Etwas, behauptete sie.

Ich kann nichts entdecken, dachte er. Sie waren einfach braun. Er schüttelte den Kopf, während er sich im Spiegel betrachtete. Was immer U'len an Veränderungen zu bemerken glaubte, blieb ihm verborgen. Er hatte nicht das Format eines Karl Cullinane; Jasons Kinn verriet nicht einmal eine Andeutung der eisernen Willenskraft seines Vaters, und er verfügte auch nicht über diese Aura von Was-auch-geschieht-ich-werde-damit-fertig.

Er zuckte die Schultern. Vielleicht hatte er sich gar nicht so sehr verändert, aber dafür alles andere. Alles wirkte so fremd, seit er vor ein paar Zehntagen nach Biemestren zurückgekehrt war. Sein Zimmer im dritten Stock des Turms der Residenz kam ihm kleiner vor. Verflixt, die ganze Burg schien in seiner Abwesenheit geschrumpft zu sein, obwohl er nicht zu sagen vermocht hätte, wie oder wo genau.

Auf der Suche nach etwas Vertrautem strich er mit den Fingern über das Lederband und das kleine Kristallamulett an seinem Hals. Nicht daß es ihn davor bewahrte, auf magischem Wege entdeckt zu werden; in Biemestren brauchte er sich nicht zu verstecken, und wenn jemand ihm hier ans Leder wollte, würde er sich mit der Palastwache auseinandersetzen müssen. Es war also nicht die Zauberkraft des Amuletts, die ihn beruhigte, sondern die Berührung eines ihm seit frühester Jugend vertrauten Gegenstands. Das Lederband und der Kristall hatten sich nicht verändert.

Man wartet auf dich. Beeil dich.

Einen Moment.

Er griff nach dem frischen, weichen Baumwollhemd, das Elarrah noch spät in der Nacht für ihn auf der Kommode bereitgelegt hatte, zog es über den Kopf und tappte barfuß über den Teppich zu seinen Stiefeln neben der Tür. Nachdenklich musterte er die in verschiedener Höhe angebrachten Kerben in dem altersdunklen Eichenholz des Türpfostens, von den sechs dicht beieinanderliegenden Einschnitten ungefähr in Brusthöhe bis zu der einzelnen Kerbe unmittelbar vor seinen Augen und den zwei dicht übereinander angebrachten ein Stück weiter oben.

Er drehte sich um, schob die Fersen so dicht wie möglich an den Türpfosten und legte die flache Hand auf den Kopf, bis die Fingerspitzen das Holz berührten. Dann trat er einen Schritt zurück und stellte fest, daß seine Finger tatsächlich gut anderthalb Zentimeter über der letzten Markierung den Rahmen berührten.

Er zog das Messer aus dem Gürtel und ritzte eine neue Kerbe in das Holz.

Jason mit siebzehn, wenn auch nur knapp. Er richtete sich noch etwas straffer auf.

Vielleicht ist es dir sogar vergönnt, achtzehn zu werden. Jetzt solltest du dich aber in Bewegung setzen: Man wartet mit dem Frühstück auf dich, und in einer Stunde erwartet Tennetty dich zum Training.

»Training? Heute?« Er setzte sich hin und zog die Stiefel an. In wenigen Tagen wollte er nach Heim und Endell aufbrechen; wenn er jetzt nicht gut genug mit Pistole und Schwert umgehen konnte, dann ließ sich auch in der kurzen Zeit bis zu seiner Abreise nichts mehr daran ändern.

Unfug. Du wächst jeden Tag ein bißchen, Jason. Du solltest auch jeden Tag ein bißchen lernen.

Das stimmte schon. Sein Vater war ein weit besserer Schwertkämpfer gewesen ...

und ... auch er war eines Tages nicht gut genug. Denk daran. Du mußt lernen, Probleme durch Nachdenken zu lösen, nicht immer lassen sich Schwierigkeiten mit der Waffe aus dem Weg räumen. Selbst Karl mußte das einsehen, und du kannst ihm vorläufig noch nicht das Wasser reichen.

Auch das stimmte.

Er ging die Treppe hinunter.

Früher war das Frühstück in der Burg in der Art eines wilden Wettkampfs verlaufen, trotz Mutters Behauptung, das Frühstück sei die wichtigste Mahlzeit des Tages und U'lens Beharren darauf, daß er sich hinsetzte und eine ordentliche Mahlzeit verzehrte, statt sich hastig ein paar belegte Brote in den Mund zu stopfen. U'len neigte dazu – so drückte Vater es aus –, jeder von Mutters Äußerungen solches Gewicht beizumessen, als käme sie aus dem brennenden Dornbusch.

Was immer das bedeuten sollte. Wieder eine Frage, die er seinem Vater nie mehr würde stellen können.

Doch es war nicht mehr wie früher. Zu viel hatte sich verändert, seit Jason mit der Nachricht von Karl Cullinanes Tod nach Biemestren zurückgekehrt war. Mutter und Bren Adahan hatten in der Zwischenzeit versucht, eine Mauer aus starrem Zeremoniell und Regeln aufzubauen, als ließe sich dahinter verbergen, daß der Dreh- und Angelpunkt aus ihrer aller Leben verschwunden war.

Tot.

Die Gespräche im Speisesaal verstummten bei Jasons Eintritt. Mit einer knappen Verbeugung grüßte er die annähernd zwei Dutzend Leute, die zum Frühstück zusammengekommen waren, bevor er sich mit schnellen Schritten zum Kopf der Tafel begab und auf *seinem* Stuhl Platz nahm, als wäre es selbstverständlich.

»Bitte setzt euch doch«, meinte er. Mutter war immer noch nicht heruntergekommen, doch man konnte ebensogut im Sitzen auf sie warten.

Doria Perlstein hatte seine Aufforderung nicht erst abgewartet; sie kümmerte sich nicht um die Etikette. Von ihrem Platz weiter unten am Tisch lächelte sie ihm ein Guten Morgen zu.

Er erwiderte das Lächeln. Eine merkwürdige Frau. Er wußte, sie war so alt wie Vater und Mutter, doch als sie die Persönlichkeit einer Priesterin der Heilenden Hand abwarf und ihr ursprüngliches Ich wieder die Oberhand gewann, verschwanden auch die Spuren der Jahre, aber nur von ihrem Körper, ihre Augen blieben davon ausgenommen. Es waren nicht die Augen eines etwa zwanzigjährigen Mädchens. Sie wirkten bestürzend viel älter.

»Morgen, Jason«, grüßte Tennetty, die sich den Stuhl zu seiner Rechten heranzog. Indem sie den Kopf so hielt, daß ihr einziges Auge den Raum überblicken konnte, musterte die hagere Frau mit gelassenem Mißtrauen die Gesichter der Anwesenden, bis sie sich überzeugt hatte, daß es keinen Grund gab, zur Waffe zu greifen – noch nicht –, und sich bequem zurechtsetzte.

Mit einem ›Guten Morgen‹, einem Lächeln und dem Klicken hoher Absätze schritt Jasons Schwester Aeia durch den Raum und glitt anmutig auf ihren Stuhl am Fuß der Tafel, wo sie sich die verschlafenen Augen rieb und anschließend ihr langes Haar am Hinterkopf zu einem improvisierten Pferdeschwanz zusammenfaßte. Sie trug enge Hosen aus Leder und dazu eine locker fallende, gefältelte Bluse von schier blendendem Weiß.

»Kleiner Morgenritt?« fragte er.

Sie nickte, während sie ein Brötchen nahm, es in das Honigglas tunkte und mit gesundem Appetit davon abbiß. »Solange ich hier bin, werde ich keine Gelegenheit zu einem Ritt auslassen.« In Heim fand Aeia durch ihre Lehrtätigkeit an der dortigen Schule kaum Zeit zum Reiten, dabei hatte es sich mit der Zeit zu einer ihrer Lieblingsbeschäftigungen entwikkelt.

Sag ihr, sie soll mit dem Essen vorsichtig sein, dachte Jason. *Ich glaube, sie hat schon etwas zugenommen.*

Ellegon mußte die Nachricht übermittelt haben; Aeia wandte sich mit einem unterdrückten Lachen an Bren Adahan, der seinen gewohnten Platz am unteren Tischende eingenommen hatte – neben ihr. »Mein kleiner Bruder scheint der Meinung zu sein, daß ich alt und fett werde. Wagst du es, dem Erben zu widersprechen?«

Bren Adahan nickte bedächtig. »In dieser Sache allerdings.«

»Sehr lobenswert, Bren – doch setz dich zu mir. Vor der Versammlung haben wir noch einiges zu besprechen.« Jason winkte ihm und deutete auf den Stuhl neben sich.

Die dünnen Lippen des holtschen Barons verzogen sich unwillig, doch Bren Adahan bemühte sich sogleich um eine ausdruckslose Miene, bevor er ein verbindliches Lächeln aufsetzte, das durchaus echt wirkte. Er nickte knapp, dann beugte er sich zur Seite, um Jasons Adoptivschwester einige Worte ins Ohr zu flüstern. Gleich darauf erhob er sich und nahm auf dem von Jason bezeichneten Stuhl Platz. Unbewußt strich er über einen kleinen Schnitt an seinem eckigen Kinn. Adahan hatte sich vor einem Zehntag den Bart abgenommen und rasierte sich seither zweimal täglich.

Jason versuchte die Tatsache zu verbergen, daß er Adahan nicht leiden konnte. Vielleicht lag es daran, daß Bren Adahan mehr als zehn Jahre älter war als Jason und sich gebärdete, als verdanke er diesem Altersunterschied Weisheit und Respekt.

Das ist nicht gerecht. Wie die Dinge stehen, hat er ohnehin kaum Zeit, mit Aeia zusammen zu sein.

Ich muß noch einige Punkte mit ihm besprechen. Warum sollten wir das nicht beim Frühstück erledigen, dachte Jason in Ellegons Richtung und wußte dabei, daß er sich selbst belog. Zwar gab es einiges zu besprechen, aber das war nicht der Grund. Jason mißfiel die Art, wie Bren seine Schwester anschaute, als würde er gerne …

Allerdings würde er gerne. Die Menschen sind so. Das ist alles ganz natürlich, wie Elarrah dir vor zwei Nächten hätte erklären können. Deine Schwester ist eine erwachsene Frau und weiß, was sie tut. Und sie wird ihn lassen, eines Tages, zu ihren Bedingungen. Also misch du dich nicht ein.

Jason wurde rot. *Elarrah?* Daß das für die oberen Stockwerke zuständige Zimmermädchen nachts unter seine Decke schlüpfte, hätte eigentlich ein Geheimnis sein sollen. Er wollte nicht, daß man sich die Mäuler zerriß.

Bleib ruhig; ich bin von Natur aus diskret. Doch es ist albern, sie im Schrank zu verstecken, nur weil ich in der Nähe bin. Ich habe in deinem Bewußtsein gelesen – Verstand will ich nicht sagen –, bevor du überhaupt geboren warst. Wenn es dich das nächstemal nach einer ungestörten Intimsphäre verlangt, dann bitte mich einfach, dich vorübergehend auszuklammern. Wie dein Vater es zu tun pflegte.

Ich will darüber nicht sprechen.

Ein fernes Kichern antwortete ihm. Er wußte nicht genau, ob er es mit den Ohren hörte oder in seinem Kopf.

Bren Adahan legte Jason die Hand auf den Arm. »Bist du in Ordnung, Jason?«

»Nein.« Er schüttelte heftig den Kopf, um seine Gedanken zu ordnen. »Ich meine, ja. Es geht mir gut; ich habe nur gerade mit Ellegon gesprochen.«

Bren Adahan nickte und richtete den Blick auf die zwei leeren Stühle am Ende des Tisches. Einer davon gehörte Danagar, der erst kürzlich aus Nyphien zurückgekehrt war, wo er herauszufinden versucht hatte, wer hinter dem Massaker von Kernat steckte. Die Reise, von der Danagar keine brauchbaren Fakten mitbrachte, hatte sich zudem als sehr viel länger und anstrengender erwiesen, als Karl Cullinane damals ahnen konnte; Danagar sah aus, als hätte er mindestens zwanzig Pfund Gewicht verloren.

Auf Thomen Furnaels Drängen hin hatte Jason Danagar ein Zimmer im Residenzturm angewiesen, mit der Order, lange zu schlafen ...

... und sich herausfüttern zu lassen.

Thomen. Er machte seit kurzem einen etwas seltsamen Eindruck. Jason fühlte sich versucht, Ellegon einen Blick in seine Gedanken tun zu lassen, aber …

Aber das ist nicht anständig. Dein Vater war strikt dagegen, daß ich in den Köpfen von Familienmitgliedern oder Freunden herumstöberte, und ich fange an zu begreifen, wie recht er hatte, wenigstens in diesem einen Punkt. Entweder sprichst du Thomen auf sein merkwürdiges Verhalten an und bestehst auf einer Erklärung, oder du wartest, bis er es von selbst zur Sprache bringt.

Jason nickte. Die Sache mit Thomen konnte warten; der zweite unbesetzte Stuhl stellte ein viel dringenderes Problem dar: Mutter.

Bren fing seinen Blick auf. »Es wird spät. Du solltest nach ihr schicken.«

Jason wehrte ab. »Nein. Wir werden ohne sie anfangen.« Er hob die Stimme. »U'len, du kannst das Frühstück auftragen.«

Mit ihrem typischen Watschelgang brachte die Meisterköchin das erste Tablett persönlich an den Tisch und stellte es zwischen Jason und Bren Adahan nieder. Ohne weitere Umstände häufte sie einen Stapel Haferkuchen auf Jasons Teller und legte einen faustgroßen Würfel Schinken daneben.

Er unterdrückte ein Lächeln. »So viel kann ich nicht essen«, sagte er.

Sie drohte ihm mit dem Finger. »Essen wirst du es, entweder zum Frühstück oder zu Mittag. Du willst morgen aufbrechen, und ich werde nicht dulden, daß du hinausgehst und dich totschlagen läßt, mit nichts als der Erinnerung an armseligen Reiseproviant vor Augen. Wenn man dir den dummen Kopf von den Schultern bläst, dann keinesfalls, weil du zu hungrig warst, um einen klaren Gedanken fassen zu können. *Ich* will mir keine Vorwürfe machen müssen.« Sie nahm das Honigglas und ließ die goldene Masse so freigebig über seine Pfannkuchen rinnen, als gelte es, Wasser auf ein Feuer zu gießen.

»Geh weg und laß mich in Ruhe«, grummelte er.

»Halt den Mund und iß.«

Er liebte die grämliche alte Frau – sie wachte über ihn, seit er denken konnte –, doch keiner von ihnen sprach darüber. Das hätte U'len nicht gefallen.

»Ich gehe, sobald du zu essen angefangen hast«, verkündete sie und verschränkte die Arme vor ihrem ungeheuren Busen. »Also iß.«

Er nahm die Gabel und machte sich ans Werk. Die übrigen Anwesenden folgten seinem Beispiel; der Raum füllte sich mit dem vertrauten Klirren und Klappern von Tellern und Besteck und dem Raunen einer zwischen den Bissen geführten Unterhaltung.

Allmählich mache ich mir Sorgen wegen Mutter. Übermittle bitte: Alle sitzen beim Frühstück, außer dir.

Ich möchte nicht. In ihre Gedanken zu schauen, ist kein Vergnügen ... Na, schon gut. Die Stimme in seinem Kopf verstummte.

Was ist los?

Ich mag es dir nicht sagen.

»*Was* ist los?«

Im Aufspringen stieß Tennetty den Stuhl zurück und hatte die Feuersteinpistole halb aus dem Gürtel gezogen, bevor Doria ihr sanft die Hand auf den freien Arm legte und sie beruhigte.

Aller Augen ruhten auf ihm.

Jason zuckte entschuldigend die Schultern. »Tut mir leid. Ich habe mit Ellegon gesprochen.« *Bitte.* Tief im Innern wußte er, was der Drache ihm sagen würde.

Sie ist nicht in ihrem Zimmer. Sie sitzt in ihrer Werkstatt vor der Arbeitsbank und weint. Wieder einmal. Sie will mir nicht antworten.

Er machte Anstalten, sich gleichfalls zu erheben, merkte jedoch, daß sich ihm erneut alle Blicke zuwandten.

Ein langes Schweigen entstand, bis Bren Adahan sich zu ihm herumdrehte. »Du mußt entschuldigen, ich hätte erwähnen sollen, daß ich gestern abend noch spät mit deiner Mutter gesprochen habe. Sie sagte, sie hätte noch eine Arbeit zu beenden und würde vermutlich entweder das Frühstück verschlafen oder sehr früh aufstehen und in ihre Werkstatt gehen.«

Womit er sagen will: ›Das ist die Lüge, die du hättest erzählen sollen. Jetzt kümmere dich um deine Pflichten. Wir haben eine Abmachung, was das betrifft, Jason Cullinane.‹

»Die haben wir«, flüsterte er.

Dann halt dich daran.

»In diesem Fall«, sagte Jason Cullinane, »nehmen wir alle bitte wieder Platz und beenden die Mahlzeit.«

Ohne eine Spur von Verlegenheit schob Tennetty die Pistole ins Halfter zurück, setzte sich auf ihren Stuhl und biß in ein Schinkenbrötchen, als wäre nichts geschehen.

Jason empfand Dankbarkeit. Von ihm erwartete man, daß er die Zügel in der Hand hielt, aber manchmal verzweifelte er an seiner Fähigkeit, selbst in kleinen Dingen. Man aß schweigend, und in dem großen Saal lastete die Erinnerung an Karl Cullinanes dröhnende Stimme.

Kapitel zwei

Andrea Cullinane

Haltet euch fern von der Witwe in Windsor,
die den halben Erdkreis regiert:
wir zogen hinaus und bauten ihr Haus,
sind für den Glanz ihrer Krone krepiert
(arme Teufel – sind für die Witwe krepiert!).
Hände weg von den Söhnen der Witwe
und den Waren in ihrem Stand,
denn der König muß weichen, der Kaiser desgleichen,
hebt die Witwe in Windsor die Hand
(arme Teufel – wir sind das Schwert in der Hand!).

Rudyard Kipling

Einer der Unterschiede zwischen Karl und mir – ein sehr großer Unterschied – besteht darin, daß ich viel zu rücksichtsvoll bin, um meine Frau als Witwe zurückzulassen. Mir wird nichts anderes übrig bleiben, als ewig zu leben.

Walter Slowotski

Die Augen gegen das grelle Licht der Morgensonne zugekniffen, schritt Jason Cullinane an den zwei salutierenden Wachtposten vorbei und in den frühen Tag hinaus. Es war ein herrlicher Tag, der Himmel …

Nanu?

Er drehte sich herum. »Kethol? Durine?« Aus welchem Grund mußten sie Wache stehen?

Kethol, der sein Gewehr nach dem Präsentieren wieder schräg vor dem Körper hielt, setzte ein breites Grinsen auf. »Guten Morgen, Herr.«

Durine schüttelte sich den Haarschopf aus den Augen und kratzte sich mit seiner Riesentatze an der Stelle, wo sein struppiger Bart nicht richtig aufhörte und der massige Hals nicht richtig begann. Der riesenhafte Mann war gebaut wie ein Bär.

»Morgen, Herr«, grüßte auch Durine.

»Was tut ihr beide auf Wache am Haupttor?«

Kethol zuckte die Schultern. »Hatten letzte Nacht ein bißchen Ärger mit dem General.« Er war ein hochgewachsener, grobknochiger Mann, und die Knöchel an seinen Händen, die das Gewehr umfaßten, waren breit wie Walnüsse.

»Und weshalb?«

»Es war hauptsächlich meine Schuld, Herr.« Jetzt war es an Durine, mit den Schultern zu zucken. »Ich hatte gestern abend einen Schluck zuviel. Na ja, und dann gab es eine Prügelei.«

Jason musterte die beiden Männer genauer. Über Kethols linkem Auge entdeckte er eine schillernde Beule und bei den Knöcheln an Durines linker Hand kam das rohe Fleisch zum Vorschein.

»Worum ging es?«

Durine hob wieder die Achseln.

»Eine der Huren aus der Stadt«, erklärte Kethol. »Pirojil hat sich in sie verguckt. Loryal hat ihn deswegen geneckt.«

»Loryal?«

»Einer von den Neuen, aus Tyrnael. Er und seine drei Brüder traten der Armee bei, kurz bevor der Kaiser und wir nach Ehvenor aufbrachen. Als Piro Loryal eine runterhaute, sprangen ihm zwei von dessen Brüdern auf den Buckel, dann stürzten Loryal und der dritte Bruder sich auf *mich,* kaum daß ich Anstalten machte, die Streithähne zu beschwichtigen.« Ein zähnefletschendes Grinsen teilte sein Gesicht in zwei Hälften. »Klar, ich nannte sie räudige Söhne einer mutterlosen Hündin, um sie zur Räson zu bringen. Durine tat nichts weiter, als zwei von den Knaben zu beschäftigen, während Piro und ich die Sache erledigten, Mann gegen Mann.«

»Verletzungen?«

»Nichts Schlimmes.« Das Schulterzucken schien Durines bevorzugte Körpersprache zu sein. »Pirojil hat zwei Zähne eingebüßt, und der Spinnenmedikus sagt, außerdem wären ein paar Rippen angeknackst. Dazu hat er sich noch einen üblen Biß ins Ohr eingehandelt; Loryal war scheint's mit dem Herzen dabei. Kethols Tanzpartner hatte Glück, daß der Kleriker sich gleich um ihn kümmerte, sonst müßte er jetzt die Oberstimme singen. Meine beiden Freunde haben angeschlagene Köpfe, nicht der Rede wert. Alle liegen auf der Krankenstube. Der Spinnenmedikus hat Piros Zähne wieder gerichtet, doch keine vollständige Heilung vorgenommen. Zum Strafdienst werden sie eingeteilt, sobald sie wieder auf den Beinen sind.«

Jason nickte. Valeran hatte ihm lange Vorträge über Kasernendisziplin gehalten. Garavars Vorgehen war sowohl ökonomisch wie auch disziplinarisch sehr vernünftig: man heile mit dem geringstmöglichen Aufwand an Zauberkraft die wirklich gefährlichen oder bleibende Schäden verursachenden Verletzungen der Raufbolde und lasse sie alsdann die Schmerzen der harmloseren Blessuren auskosten – je länger, desto besser.

Doch zu jeder Regel gab es Ausnahmen. Durine, Kethol und Pirojil waren auf dem verhängnisvollen Ritt nach Ehvenor seines Vaters Begleiter gewesen. »Ich werde mit Garavar ...«

Laß das bleiben, Jason. Ellegons Gedankenstimme klang streng. *Selbst als gekrönter Herrscher solltest du einen besseren Grund haben als diesen, um Garavars Befehle aufzuheben.*

Jason bemühte sich, die Unterbrechung mit einem Hüsteln zu kaschieren, doch nicht sehr erfolgreich, wie er selber merkte. *Aber …*

Kein Aber. Besuchen wir jetzt deine Mutter.

»Ich werde … nun ja, bis später dann«, sagte Jason und wußte, daß er seinen Ausrutscher nicht besonders geschickt überspielt hatte.

Offen gesagt, hast du ihn überhaupt nicht überspielt. Sie wissen, daß du vorhattest, dich in Garavars Belange einzumischen, aber vermutlich werden sie es für sich behalten.

Jason trat von dem Weg auf den Rasen. Es versprach immer mehr, ein schöner Tag zu werden. Ein leichter, sanfter Wind kam von Westen, der nur die flaumigsten Wölkchen mit sich führte. Die weißen Tupfen bewahrten den ansonsten strahlend blauen Himmel vor Eintönigkeit.

Das Gras reichte bis zu seinen Waden. Erst an diesem Morgen hatte man es mit weitausholenden Sensenschwüngen zu einem wellenbewegten Meer aus saftigem Grün getrimmt. Jason sog den reichen Duft von frisch gemähtem Gras ein und genoß jeden Atemzug.

Das war das Gute an Friedenszeiten, pflegte *er* zu sagen; die Leute hatten Zeit und auch Interesse, sich um etwas so Unwichtiges wie die Höhe des Rasens zu kümmern. Selbst der Macht eines Kaisers waren Grenzen gesetzt: man konnte ohne weiteres den Untertanen – die Gärtner ausgenommen – das Betreten des Rasens verbieten, doch im Krieg war es schwer, jemanden zu finden, der den Rasen pflegte.

Er schlug die Richtung zum Hauptturm der Residenz ein und betrat den Exerzierplatz.

Ein gewaltiger dreieckiger Schädel hob sich von den sonnenwarmen Steinen und wandte sich ihm zu.

»Morgen, Ellegon«, sagte Jason, während er sich dem riesigen Tier näherte. Vater pflegte Ellegon mit einem Greyhoundbus zu vergleichen, womit Jason natürlich nichts anfangen konnte, da er nie ein solches Gefährt zu Gesicht bekommen hatte. Ein Bus war eine Art Kutsche, doch handelte es sich bei einem Greyhound nicht um ein Tier, einen Hund eben?

Ellegons Maße waren gigantisch; Jason vermochte sich keinen Hund vorzustellen, der auch nur ein Zwanzigstel dieser Größe erreichte.

Guten Morgen, Jason, erwiderte der Drache. Mit einem tiefen Grunzen schob er erst die Vorderbeine und anschließend die hinteren Extremitäten unter den Leib und wuchtete sich dann in die Höhe. Die ungeheuren ledrigen Schwingen reckten und falteten sich ruckweise, während aus den tellergroßen Nüstern Qualm und Dampf aufstiegen.

Das Maul des Drachen öffnete sich und enthüllte Reihen um Reihen unterarmlanger Zähne, gleichzeitig entströmte dem Rachen ein unerträglicher Gestank, ein Pesthauch von verwestem Fleisch und Fisch. Ellegon war nicht sehr anspruchsvoll, was seinen Speisezettel betraf.

Jason würgte. »Dreh den Kopf zur Seite, *bitte.*«

'tschuldigung. Unter dem Knirschen seiner Halsschuppen wandte Ellegon den Kopf ab und reinigte die Luft mit einem raschen Flammenstoß.

Jason hatte nie begreifen können, warum manche

Leute sich Ellegon nur furchtsam näherten. Das war, nun, das war, als hätte man Angst vor Tennettys Schwertern. Auf dieser Welt gab es zwei Sorten Menschen, und nur eine Sorte hatte Grund, sich vor dem Drachen oder vor Tennetty zu fürchten.

Sie haben nicht nur Angst, gefressen zu werden. Die Menschen wollen nichts mit mir zu tun haben, weil ich zu viel weiß.

Viel zu viel. Es war eine Sache, wenn Ellegon Jason davor bewahrte, sich zum Narren zu machen, indem er sich mit Garavar anlegte, und eine andere, wenn er in Privatangelegenheiten herumstöberte.

Ich werde es nie wieder erwähnen, ließ Ellegon ihn wissen, doch Jason hätte schwören können, daß er noch ein fernes Gedankenmurmeln vernahm: *Genau wie sein Vater. Ihm rutscht zu oft das Gehirn zwischen die Beine …*

»Und du frißt zu viel! Gehen wir jetzt endlich zu Mutter.«

Es waren nur ein paar hundert Schritte über den Exerzierplatz zur Nordwestecke – viel zu kurz, als daß Ellegon sich die Mühe gemacht hätte, die Flügel auszubreiten und sich in die Luft zu erheben, er tappte hinter Jason her, der mit großen Schritten voranging.

Normale Menschen schlagen meistens einen großen Bogen um Zauberer in der Ausübung ihres Berufs – das ist nur vernünftig. Andrea Cullinanes Werkstatt befand sich weit abseits von allen anderen Gebäuden innerhalb der Burgmauern. Wären nicht die Bedenken wegen ihrer Sicherheit gewesen, hätten alle Beteiligten sich erheblich wohler gefühlt, sie jenseits des inneren Schutzwalls zu wissen, oder lieber noch in der Ortschaft Biemestren selbst.

Doch Sicherheit ging vor: also war Mutters Werkstatt, solange Jason zurückdenken konnte, in einem niedrigen Steinhaus in der Nordwestecke des Innenhofs untergebracht.

Jason klopfte an die Tür. Keine Antwort. »Mutter, ich bin's, Jason.«

Nichts.

Sie ist drinnen. Soll ich es versuchen?

Nein. Das muß ich selber tun.

Seine Hand zitterte, als er den Riegel berührte.

Schon sehr früh hatte man ihm eingeschärft, Mutter nicht zu stören, wenn sie arbeitete. Es war eine der wenigen Lektionen, bei denen er mit dem Rohrstock Bekanntschaft gemacht hatte; Mutter verabscheute es beinahe ebensosehr, ihn zu schlagen, wie er es haßte, geschlagen zu werden. Sie pflegte zu sagen, ›Störe den Magier nicht‹ sei das Diesseitige Äquivalent von ›Nicht mit dem Fahrer sprechen‹, was immer das heißen mochte.

Das war das Schwierige im Umgang mit den Anderseitern wie seinen Eltern und Walter Slowotski und Doria Perlstein – sie benutzten immer Ausdrücke, die sonst niemand verstand. Es ging dabei nicht nur um diese rätselhaften Anspielungen auf Autos und Flugzeuge und Mikrowelle (a propos Mikrowelle – was bitteschön hatte man sich darunter vorzustellen? Vielleicht die Abschiedsgeste eines Zwergs von der Anderen Seite?), oft war ihr Bezugssystem so völlig verschieden von dem normaler Menschen.

Doch wenn er auch die Anspielung nicht verstand, hatte er die Lektion so früh und so gründlich gelernt, daß sie fest in seinem Unterbewußtsein verankert war. Er *wußte*, daß sie nicht mit etwas wirklich Gefährlichem beschäftigt war, oder Ellegon hätte ihn gewarnt.

Genauso ist es.

Trotzdem, seine Hand zitterte. Indem er seine verräterischen Finger verfluchte, hob Jason den Riegel, drückte die schwere Eichentür behutsam nach innen, schlüpfte hindurch und ließ das Schloß wieder einschnappen.

»Mutter?«

Unwillkürlich schnüffelte er. Im Innern der Steinhütte war es dunkel und feucht, die Luft mit seltsamen und vertrauten Gerüchen geschwängert. Einen davon vermochte er nicht einzuordnen, obwohl er den schweren, moschusartigen Duft von Marrhymh und das beißende Aroma verbrannter Pfefferkörner erkannte. Insgesamt erinnerte ihn der Geruch an schalen Schweiß.

Das einzige Licht in dem Raum sickerte durch einen Spalt in dem Winkel zwischen Decke und Wand, und in der unzureichenden Beleuchtung war nichts weiter zu erkennen als der schmale Eingang, wo Jason stand und vor ihm dichte Reihen schwarzer Vorhänge, die alles andere verbargen.

»Mutter?«

Er schob sich durch den ersten Vorhang, den zweiten, den dritten. Sie fühlten sich trocken an, doch das Material klebte feucht an seinem Gesicht. Schaudernd ging er weiter.

»Mutter?«

Ganz schwach schimmerte das Licht einer Lampe durch den letzten Vorhang. Nachdem er hindurchgetreten war, sah er seine Mutter, die gebückt vor ihrer

Werkbank saß und mit ruckhaften, beinahe unkontrollierten Bewegungen Notizen machte, während über ihrem Kopf eine Öllampe blakte. Rechts von ihr ruhte eine Kristallkugel in den Windungen einer Messingschlange, deren auf den Nordpol gespießter Kopf mit trägem Desinteresse die Welt beschaute. Zu ihrer Rechten stand die nur in groben Umrissen ausgeführte Tonfigur eines Mannes mit vor der Brust verschränkten Armen. An der linken Hand waren von den drei letzten Fingern nur Stümpfe übrig.

Die Figur war noch nicht getrocknet; dahinter lagen ein Klumpen Ton und mehrere kleine Messer, kurze Stöcke mit Drahtschlingen und andere Töpferutensilien, die er nicht gleich identifizieren konnte.

»Mutter«, sagte er. »Hör auf damit.«

Sie gab keine Antwort, sondern schrieb weiter.

»Mutter«, wiederholte er. »Hör auf damit.«

Nichts.

»Ich zähle jetzt bis zehn, und dann nehme ich dir die Statue weg.«

Sie schüttelte so heftig den Kopf, daß ihr das strähnige schwarze Haar ins Gesicht flog. »Nein. Das letzte Mal bin ich näher herangekommen. Vielleicht gelingt ...«

Das Leuchten des Kristalls verstärkte sich.

»Sieh doch!«

»Das hat gar nichts zu bedeuten, solange du *ihn* nicht sehen kannst, und das kannst du nicht, weil er tot ist.«

»Keiner von uns hat seine Leiche gesehen.« Der Kristall leuchtete heller, heller ...

... und erlosch. Nur mehr das Flackern der Öllampe erhellte den Raum.

»Nein!« Sie schlug mit der Faust auf den Tisch und drehte sich zu ihm herum.

Er mußte mit Gewalt ein Schaudern unterdrücken. Ihre Augen waren rot, die Lider von Tränen und Schlafmangel geschwollen, die Wangen eingefallen.

»Mutsch ...« Er nahm ihre Hände in die seinen und erschrak darüber, mit welch schwächlichem Ruck sie sich von ihm freimachte. »Bitte. Wir ... wir alle ... haben die Explosion gesehen. Walter und Ahira sind zurückgeblieben. Er konnte das Inferno nicht überleben, aber wenn das Unmögliche wahr geworden wäre, dann hätten die beiden ihn längst hierhergebracht.«

Walter Slowotski und der Zwerg stellten immer noch eine offene Frage dar. Es gab keine Spur von ihnen, keine Nachricht. Während es noch zu früh war, um sie in Holtun-Bieme zu erwarten, sollten sie inzwischen Ehvenor erreicht haben – falls sie mit einem Melawi-Einbaum unterwegs waren –, oder über die Berge gekommen sein – falls sie den Weg über Land gewählt hatten.

Was war aus ihnen geworden? So lautete die aktuelle Frage. Vater war tot.

»Und doch werde ich es weiter versuchen. Bis ich seinen Leichnam finde, oder bis ich *ihn* sehe.«

Aber er wurde in Fetzen gerissen, dachte er. Doch das konnte er nicht aussprechen, nicht vor seiner Mutter, seines Vaters Witwe. »Dein Zauber vermag nicht zu finden ... was von ihm übrig ist. Vernichte die Figur, Mutter, dann geh und zieh dich um und wasch dich. Heute abend findet eine Beratung statt und du wirst ...« Er verstummte.

Du wirst dich bemühen müssen, wie ein lebender Mensch auszusehen. Das hatte er sagen wollen, aber er konnte es nicht. Manchmal zählt im Leben das Ungesagte mehr.

»Mutter ... du weißt, daß er tot ist. Es gibt einen unwiderlegbaren Beweis dafür – ganz abgesehen von dem, was wir mit eigenen Augen gesehen haben.«

»Der wäre?« Ihre Stimme, normalerweise ein weicher Alt, klang rauh und gebrochen.

»Vater liebte dich. Wäre er noch am Leben, gäbe es nichts, was ihn von dir fernhalten könnte.«

Ihre Unterlippe bebte. »Er ließ mir nicht einmal eine letzte Botschaft überbringen.«

»Das brauchte er nicht – so hat er es Tennetty erklärt.« Jasons Augen füllten sich mit Tränen. »Was hätte er uns denn auftragen sollen, dir zu sagen? Daß er dich liebte? Mutter, hast du das nicht *gewußt*?«

Mit lautlos zuckenden Schultern wandte sie sich ab.

Bitte. Jason hat recht. Wir müssen weiterleben, Andrea. Wir alle.

Nach einer Weile hörte sie auf zu weinen, und ihr Atem wurde ruhiger. Sie drehte sich herum und wischte sich mit dem Ärmel über das Gesicht. »Kann ich es nicht noch einmal versuchen?«

»Nein. Die Arbeit wartet, und du mußt dich ein wenig ...«

Für einen kurzen Augenblick kam ihr altes Lächeln zum Vorschein. »Herrichten? Damit ich nicht wie eine alte Hexe aussehe?« Sie zuckte die Schultern. »Nichts leichter als das.«

Nachdem sie ihn ein Stück zur Seite geschoben hatte, streckte sie die Hände aus und murmelte Worte, die nur einmal gesprochen werden durften, um sogleich auf ewig vergessen zu sein.

Sie veränderte sich.

Das tränenfeuchte Gesicht trocknete, die eingefallenen Wangen rundeten sich, vor seinen Augen straffte sich das Fleisch. Ihr strähniges Haar verlor den fettigen Glanz und bekam Fülle, während sie sich aufrichtete, die Schultern reckte und vor ihm stand, wie er sie kannte: mit klaren Augen und bestimmtem Wesen.

»Ich habe mir beinahe gedacht, daß du auf diese Weise versuchen würdest, dir und den anderen etwas vorzumachen.« Doria Perlsteins ruhige Stimme tönte aus der Dunkelheit; sie schob den letzten Vorhang beiseite und blieb neben Jason stehen. »Leg das Trugbild ab.«

Dieses eine Mal sah Doria nicht jünger aus als Mutter. Sie hielt sich wie eine weit ältere Frau – ungebeugt von den Jahren, aber niedergedrückt von der schweren Last des Wissens und der Erfahrung.

»Leg es ab, Andrea.« Doria schluckte mühsam. »Oder ich werde es von dir nehmen.«

Zusammen mit der Persönlichkeit der Klerikerin hatte Doria auch die Gabe verloren, sich neue Zaubersprüche anzueignen; ihr blieben nur die wenigen, die ihr von Anfang an mitgegeben worden waren. Was es für Sprüche waren und wie viele, bewahrte sie als ihr Geheimnis, doch jeder einzelne davon war unersetzlich.

»Warum die Aufregung?« Andreas Stimme klang voll und melodisch, wie eine Erinnerung aus Jasons Kindheit. »Dieser Zauber erfüllt seinen Zweck so gut wie alles andere und besser als das meiste davon.«

»Unsinn. Er macht dich nicht gesund. Er bewirkt lediglich, daß du gesund *aussiehst*, ob du es bist oder nicht. Das ist alles. Als ob man Salat mit Nitriten bestäubt. Erinnerst du dich an Nitrit?«

»Ich vermisse das Zeug nicht. Es löste immer gräßliche Allergien bei mir aus.«

Doria erwiderte ihr Lächeln. »Auch ohne das war es eine schlechte Idee, Nahrungsmittel damit zu behandeln. Es bewahrte nicht die Qualität, sondern nur die Farbe.« Sie griff nach Andreas Arm. »Verzichte auf Täuschungen. Trugbilder solltest du benutzen, wenn es sein muß, um dein Aussehen zum Schlechteren zu verändern, und niemals, um zu verdecken, was tatsächlich mit dir vorgeht. Jason, nimm den anderen Arm.«

Er gehorchte und fühlte ihn fest und rund in der Hand, bis seine Mutter ein zischendes Wort flüsterte, das in der Luft verging …

Und ihr Arm schrumpfte in seinem Griff.

»Du hast dich selbst zum Narren gehalten, wie auch uns.« Doria schnalzte mißbilligend. »Du verfällst immer mehr. Wir werden dich aufpäppeln müssen, einverstanden?«

Andrea brachte ein schwaches Lächeln zuwege. »Kennst du dich damit aus?« Ihre Stimme klang rauh.

Dorias Lächeln war aufmunternd. »Ich habe mich schon immer sehr für die verschiedenen Arten von Ernährung interessiert, auch für Säuglings- und Kinderdiät. Walter nannte es mein Ammenstudium. Nun, ein Kindermädchen brauchst du jetzt. Dein Zustand ist nicht wirklich ernst – gutes Essen, Bewegung und Ruhe werden dich bald kuriert haben. Von deiner Werkstatt hältst du dich fern, verstanden?«

»Nein«, brauste Andrea auf. »Ich muß es wenigstens versuchen. Ich muß ihn finden, falls er noch lebt, falls er …«

Doria seufzte. »Er ist tot, Andrea. Damit mußt du dich abfinden. Jetzt lasse ich dir ein Frühstück richten. Anschließend unternehmen wir einen langen

Spaziergang, bis du ordentlich müde bist. Dann wirst du schlafen und hinterher erwartet dich die nächste Mahlzeit und ein weiterer Spaziergang.« Ein freundlicher Ausdruck trat in ihr Gesicht. »Bis du wirklich so gut aussiehst, wie das Trugbild uns glauben machen wollte.«

»Du hast eins vergessen«, wandte Jason ein. »Wir haben heute abend eine Versammlung.«

Doria funkelte ihn an. »Dann werden du und Thomen eben den Vorsitz führen. Deine Mutter hat eine Verabredung mit einem Federbett. Verstanden?«

Ich habe zwei Nachrichten. Eine von deiner Mutter: ›Ich komme zur Versammlung, keine Sorge.‹ Die andere ist von Doria und lautet: ›Den Teufel wird sie tun. Man könnte glauben, dir ist niemand wichtig, außer deiner eigenen kostbaren Person.‹ Aber sie meint es nicht so.

Und wie ist deine Meinung?

Ich stimme mit Doria überein. Wenn ihr beide, du und Thomen, nicht in der Lage seid, die Versammlung heute abend zu leiten, wissen wir zumindest für's nächstemal Bescheid.

Kapitel drei

Vor der Ratssitzung

Unsere Schwerter sollen unsere Redner sein.
Christopher Marlowe

Ich war immer der Meinung,
daß Reden besser ist als Kämpfen.
Dabei ist Reden nur meine drittliebste Beschäftigung.
Walter Slowotski

Jason Cullinane saß alleine in der großen Halle von Burg Biemestren und schaute sich um, als hätte er diesen Raum nie zuvor gesehen. In gewissem Sinne hatte er ihn auch nie zuvor gesehen. Nicht aus dieser Perspektive. Er hatte bei Tisch Vaters Platz eingenommen, doch ein offizielles Essen hatte seit Jasons Rückkehr nicht stattgefunden.

Er ging hinüber zu dem langen Eichentisch und setzte sich auf seinen eigenen Platz, seinen alten Platz neben Vaters Sessel, dann wanderte sein Blick zu einer ganz bestimmten Stelle an der Tischkante. Dort hatte er während eines endlosen, langweiligen offiziellen Essens spielerisch das Messer angesetzt und sich immer tiefer in das Holz hineingearbeitet, bis Vater merkte, womit Jason sich die Zeit vertrieb. Vater, dessen Hände so behutsam mit ihm umgingen wie stets, hatte Jason das Messer abgenommen und einen Seufzer großer Enttäuschung ausgestoßen. Andere Väter schlugen ihre Söhne, doch Karl Cullinane hatte immer behauptet, das sei nicht richtig.

Ein Mann, dessen Beruf die Gewalt ist, darf niemals Gewalt gegen die ihm Nahestehenden ausüben, pflegte er zu sagen.

Karl Cullinane hatte nur geseufzt und enttäuscht dreingeschaut, und vielleicht hatte er in diesem Augenblick älter ausgesehen, als er war. Dann hatte er die Gäste und die Dienstboten aus dem Saal geschickt. Sie beide waren zur Schreinerwerkstatt gegangen, um eine Feile, Schmirgelpapier, Bürsten und Politur zu holen. Er und Jason hatten die Kerbe ausgeschmirgelt und die Stelle poliert, anschließend saubergemacht und die Werkzeuge zurückgetragen. Während der ganzen Zeit wirkte Karl Cullinane seltsam müde, als habe er einen traurigen Fehlschlag hinnehmen müssen.

Jason wäre es lieber gewesen, sein Vater hätte ihn geschlagen.

Mikyns Vater hatte Mikyn oft verprügelt.

Bei diesem Punkt angelangt, schüttelte er den Kopf. Das stand ihm noch bevor. Er mußte Mikyn und den anderen von Daherrins Mannschaft mit der traurigen Nachricht gegenübertreten. Doch er konnte diese Aufgabe bewältigen. Jason Cullinane hatte sich vielleicht wie ein Feigling davongemacht, doch er hatte Ahrmin gejagt und getötet, so wie sein Vater Ahrmins Vater getötet hatte.

Ihm stand noch manches bevor – wie diese verdammte Ratsversammlung.

Ich weiß nicht, wie man so etwas anpackt. Ich werde es lernen müssen. Doch es war nicht richtig, daß er seinen Beruf lernte, während er ihn ausübte.

Es ist schrecklich. Es ist unglaublich ungerecht. Es fällt mir schwer, mich auf eine größere Zumutung in der Geschichte des Universums zu besinnen.

Flammen loderten vor dem Fenster. Jason öffnete die Läden und hockte sich seitlich auf den Sims. Ellegon stand unten im Hof, öffnete spielerisch die Schwingen und faltete sie wieder zusammen, während an dem Nachthimmel über ihm die Feenlichter flimmerten, fremdartige Harmonien aus Farben.

Jason überwand sich zu einem unterdrückten Lachen. »Du willst doch nicht etwa andeuten, daß ich mich ein kleines bißchen selbst bemitleide, oder?«

Andeuten keinesfalls. Feststellen, behaupten, konstatieren, erklären, verkünden, versichern, ja. Der Drache senkte das Haupt und nahm einen Happen von dem Kadaver eines Ochsen, der vor ihm am Boden lag.

»Vermutlich ist das der Grund, weshalb du hier dein Unwesen treiben darfst und nicht, weil wir unbedingt jemanden brauchen, der unsere Viehbestände dezimiert.«

Ein verständnisinniges Kichern antwortete ihm, doch dann verlor sich der frotzelnde Unterton aus Ellegons Gedankenstimme. *Ich werde in Kürze zurück sein; am besten erledige ich meinen abendlichen Kontrollflug, bevor die Barone eintreffen.*

Er war erst wenige Augenblicke allein, als er hinter sich ein Geräusch vernahm.

Thomen Furnael kam über den blutroten Teppich auf ihn zu, und wie gewöhnlich hatte man den Eindruck, daß seinen Blicken nichts entging. Er war ungefähr so groß wie Jason, aber die fünf Jahre, die er ihm voraus hatte, ließen ihn kompakter erscheinen: Muskelstränge an Brust und Schultern kündeten von regelmäßigem körperlichen Training. Ein kurzer schwarzer Bart umrahmte sein Gesicht; darin, wie in dem gleichfalls kurzgeschnittenen Haupthaar, zeigten sich bereits silberne Fäden. Die Männer der Familie Furnael ergrauten früh.

Ebenfalls wie gewöhnlich war Thomen Furnael mit ausgesuchter Eleganz gekleidet, wie es sich für einen Baron und Regenten geziemte. Das an den Schultern weit geschnittene und auf Taille gearbeitete scharlachrote Oberkleid war mit schwarzem Leder gesäumt und wurde vom Saum bis zum Halsausschnitt mit einer Silberkordel geschnürt. Über die linke Schulter hatte er mit nobler Lässigkeit einen kurzen schwarzen Umhang drapiert, die Knöpfe an der schwarzen Hose bestanden aus Halbedelsteinen und die Stiefel mit den stumpfen Spitzen waren aus feinstem schwarzen Leder gearbeitet.

Etwas unpassend dazu wirkte der schmucklose breite Waffengurt mit einer schlichten Steinschloßpistole in einem Halfter an der rechten Seite und einem Kurzschwert links, dessen geschickt am Gürtel angebrachtes Wehrgehänge es dem Träger ermöglichte, die Waffe mit einem raschen Kreuzgriff über den Leib aus der Hülle zu ziehen.

»Jason, was tust du hier?«

»Ich warte. Ich wollte gerne als erster hier sein.«

Thomen schüttelte den Kopf. »Nein, du kommst als letzter. Sämtliche Teilnehmer an der Versammlung sollen hier sitzen und auf dich warten, bis es Zeit für dich ist zu erscheinen. Dann sollen sie sich erheben, während du langsam zu deinem Stuhl schreitest und dich niederläßt.« Er kicherte in sich hinein. »Das ist ein gutes Mittel, sie daran zu erinnern, wer hier das Sagen hat.«

»Und wer *hat* das Sagen?«

»Du natürlich. Oder du wirst es haben, falls du nicht vergißt, den Herren Baronen diese Tatsache immer wieder ins Bewußtsein zu rufen.« Er zeigte nach unten, auf einen der geflochtenen Strohläufer, die den Teppich vor Abnutzung schützten. »Auch danach brauchst du dich nicht zu richten – doch allen anderen sollte klar sein, daß sie den Teppich nicht betreten dürfen.«

Jason hatte Thomens Vater nie kennengelernt, aber Karl Cullinane hatte immer mit Hochachtung von ihm gesprochen und von Rahff, und hatte einmal bemerkt, die drei Furnaels seien ein Gegenbeweis zu Tom Paines Behauptung, erblicher Adel tauge nichts, da Tugend nicht erblich sei.

»Bist du sicher?« erkundigte sich Jason.

»Sachte, kehr jetzt nicht den Cullinane heraus. Vertrau mir. Oder, wenn du das nicht kannst, such dir einen anderen Regenten und schick mich zurück in meinen Gerichtssaal – besser noch, in meine Baronie.« Thomen verzog den Mund. »Das war nicht ganz mein Ernst. Zur Zeit gibt es niemanden, der wirklich in der Lage wäre, meinen Posten einzunehmen. Alle sind mit ihren Privatangelegenheiten beschäftigt, außer vielleicht Bren und Garavar, und der alte Gar ist überzeugt, daß es nichts gibt, was sich nicht mit einer Prise Artillerie regeln ließe. Bren wäre keine üble Wahl, aber die übrigen Barone aus Bieme würden einen holtschen Regenten nicht akzeptieren.«

»Du schon?«

Thomen nickte. »Sofern es sich um Bren handelte, ja. Er bewunderte deinen Vater beinahe so sehr, wie ich es tat – wie ich es tue.« Er winkte Jason. »Komm jetzt. Wir gehen besser, bevor die Gäste eintreffen.

Wir haben noch etwas Zeit totzuschlagen; was würdest du gerne tun?«

»Ich möchte von dir erfahren, was dich in den letzten paar Tagen so augenfällig beschäftigt hat.«

Was konnte es sein? Mutter war seit Jasons Rückkehr aus Melawei kaum noch in Erscheinung getreten, und die Rückkehr von Danagar war ein Grund zur Freude, nicht zur Sorge. Dennoch schienen die Pflichten eines Regenten unerklärlich schwer auf Thomens Schultern zu lasten.

»Nun, es gibt da ein Problem.« Thomen Furnael biß sich auf die Lippe. »Kann ich es noch eine Zeitlang für mich behalten? Es ist ... es ist ein bißchen verzwickt, und ich möchte überlegen, wie ich es am besten angehe.«

Jason zuckte die Achseln. »Einverstanden. Morgen?«

»Vielleicht schon früher. Es wird bei der Versammlung zur Sprache kommen.«

»Sollten wir nicht vorher darüber sprechen?«

»Besser nicht.« Thomen schüttelte den Kopf. »Nun? Wie möchtest du dir die Zeit vertreiben?«

Jason lächelte. Vielleicht vermochte er politische Zusammenhänge nicht so rasch zu durchschauen wie Thomen, doch es gab etwas, wobei er gewöhnlich die Oberhand behielt. »Zwei-Schwerter-Kampf. Sieg mit drei von fünf Punkten?«

Thomen Furnael nickte. »Es wäre vielleicht keine schlechte Idee, ein wenig von der überschüssigen Energie abzuarbeiten, wo du immer zuviel von hast.«

»Vater pflegte zu sagen, es wäre grammatikalisch unästhetisch, ein Adverb so zu teilen.«

»Worauf ich mit Walter Slowotski antworten möchte: Grammatik-Schlammatik, sehr verehrter Herr Professor.«

Sie ließen sich von dem Ingenieur vom Dienst die Waffenkammer aufschließen, und während Thomen Hemd und Stiefel ablegte und die Übungsschwerter und Masken hervorholte, nahm Jason sich einen Fidibus und entzündete die Lampen entlang den Wänden, bis die tanzenden gelben Flammen den niedrigen Raum einigermaßen ausreichend erhellten. Erst auf dem einen, dann auf dem anderen Bein hüpfend zog er die Stiefel aus und nahm die stählerne Netzmaske und die beiden Waffen entgegen, die Thomen ihm reichte. Die Maske war im Grunde genommen ein aus Stahldraht geflochtener Eimer, der über den Kopf gestülpt und von einem Band gehalten wurde. Bei der ersten Waffe handelte es sich um ein Florett mit starrer Klinge und einer an die Spitze geschweißten Schutzkappe, die etwa zweimal so groß war wie Jasons Daumennagel. In der zweiten Hand hielt der Fechter bei Übungskämpfen einen kurzen Holzstab von ungefähr Unterarmlänge, ein Ersatz für den Dolch, der beim Kampf mit zwei Schwertern zum Einsatz kam.

Jason legte die Waffen beiseite, so daß er sein Obergewand an einen Pflock in der Mauer hängen konnte. Gleichzeitig bewegte er die Schultern, um die Muskeln zu lockern. Er stülpte die Maske über den Kopf, hob die Waffen auf und versuchte ein paar Ausfälle, wobei sich der Muskelkater in den Oberschenkeln bemerkbar machte, der ihm von den Waffengängen mit Tennetty früher am Nachmittag geblieben war. Dazu paßte, was der alte Valeran Jason beigebracht hatte: Am gründlichsten lernt man die Lektionen, bei denen man viel Schweiß vergossen hat.

Thomen setzte die Maske auf, salutierte kurz und

nahm Angriffshaltung ein. Das Florett hielt er in der ausgestreckten rechten Hand, den hölzernen Dolch tief an der linken Seite. »Zu Anfang mit dem Florett auf die Trefferfläche Säbel*, dann Umstellung auf die Regeln für Säbel?«

»Klar. Für den Dolch gelten die Säbel-Regeln aber durchgehend.«

»Selbstverständlich.«

Jason holte tief Atem, ließ ihn bedächtig ausströmen und wiederholte den Vorgang zweimal. Diese Atemübung bewirkte einen klaren Kopf.

Er war bereit. Salutierend nahm Jason die gleiche Haltung ein, die Thomen innegehabt hatte, dann bewegte er sich tastend nach vorn, trat aber einen Schritt zurück, als Thomen einen klassischen Angriff über die obere Linie vortrug.

Jason führte seine Waffe abwehrend von rechts nach links und Stahl klirrte auf Stahl, als er Thomens Klinge beiseite wischte. Während der Baron zurückwich, folgte Jason mit einer Riposte und berührte den Gegner leicht an der Brust.

»Punkt für mich«, sagte Jason. »Eins zu Null. Dumme Angewohnheit, Thomen; leg sie ab, bevor man dich umlegt.«

»Wie meinst du das?« fragte Thomen, parierte und zog sich bei Jasons tief vorgetragenem Angriff weiter zurück. Die Klingen scharrten gegeneinander und als sie sich trennten, gelang Thomen ein regulärer Treffer an Jasons rechtem Arm.

»Eins zu Eins«, sagte Jason. »Und du weißt genau, was ich meine: dein erster Angriff ist immer simpel und du läßt deinen Gegner den ersten Punkt ein-

* Trefferfläche Säbel: oberhalb der Gürtellinie (Anmerkung des Übersetzers)

heimsen, nur um herauszufinden, wie schnell er sich bewegen kann.«

»Das gefällt dir nicht, wie?«

»Valeran hätte dich dafür mit der flachen Klinge verdroschen. Es ist ...«

Jason versuchte einen Sturzangriff, den Thomen mit seiner Riposte mühelos abwehrte und trat zurück, nachdem Thomen auch seinen Umgehungsstoß pariert hatte.

»... eine Technik, die höchstens für Romanhelden taugt. In einem wirklichen Kampf riskiert man keine Verwundung, nur weil man über die Qualitäten seines Gegners Bescheid wissen möchte.«

»Aber unser Kampf ist doch nur ein Spiel.« Thomen lächelte. »Ich brauche keine Duelle auf Leben und Tod auszufechten; ich gehöre der verweichlichten Oberschicht an, stimmt's? Ich brauche nichts weiter zu tun, als recht ansehnlich auf meinem Richterstuhl oder Fürstenthron zu sitzen. Oder ich kann ...«

Der nächste Schlagabtausch begann. Diesmal versuchte Jason einen blitzschnellen Umgehungsschlag, und es war an Thomen zu parieren und eine Riposte vorzutragen. Jason wehrte mit dem Dolch ab, doch Thomen löste sich von ihm, trat zwei Schritte zurück und attackierte erneut.

Jason vermochte nur mit Mühe seinen Platz zu behaupten, während die Klingen durch die Luft pfiffen.

Hohe Parade, Bindungsstoß, Riposte, Sperrstoß und dabei nie vergessen, daß auch die linke Hand eine Waffe hielt.

Thomens auf der oberen Linie vorgetragener Angriff prallte auf Jasons Ausfall. Beide versuchten zu parieren, doch ihr Schwung war zu groß. Als sie sich dicht an dicht gegenüberstanden, trat Jason nach Thomens Knie, nur war es nicht da. Nur einen kurzen Moment lang geriet er aus dem Gleichgewicht, doch das reichte Thomen, um ihn zweimal mit der Klinge an der Brust zu touchieren.

»Gilt nur als ein Punkt. Zwei zu Eins. Regeln für Säbel?« fragte Thomen.

»Sicher.« Jason schlug Thomens Klinge unnötig hart zur Seite und stieß mit seinem Florett nach Thomens Kopf, doch Thomen wich aus, fing Jasons Waffe an der Klingenschwäche mit der eigenen Klingenstärke ab, brach den Druck seines Arms und hatte Jason vom Kopf bis zu den Füßen ungedeckt vor sich stehen.

Thomen führte einen Hieb mit dem Dolch, nicht eben sanft, der Jasons Leib im Ernstfall vom Hals bis zur Hüfte aufgeschlitzt hätte. Dann trat er zurück und hob die Klinge zum Gruß. »Drei zu Eins. Ich habe gewonnen.«

Jason erwiderte den Gruß. »Noch eine Runde. Diesmal Zwei von Dreien?«

Thomen schüttelte den Kopf, während er zu dem Waschbecken in der Ecke der Fechthalle schritt. »Nein. Bis wir uns erfrischt und angekleidet haben, warten sie oben alle auf uns.«

Er versuchte es zu verbergen, aber Thomen Furnael war beinahe unanständig zufrieden mit sich selbst. Jason konnte förmlich seine Gedanken lesen: Vielleicht hatte der Vater Thomen einst in die Eier getreten, aber verdammt, wenn er nicht imstande war, sich den Sohn vom Leib zu halten.

Auch Jason wäre mit sich selbst zufrieden gewesen, vorausgesetzt, er hätte Thomen absichtlich gewinnen lassen.

Verdammt noch mal, Thomen war *gut*.

Kapitel vier

Die Ratsversammlung

Der eigentliche Zweck des Fürstenrats besteht darin, die Barone aus Bieme zu zwingen, sich in meine Gewalt zu begeben; ob sie mit dem Kopf auf den Schultern oder unter dem Arm die Ratshalle verlassen, hängt allein von mir ab und von ihrem Benehmen.

Mit den Baronen aus Holtun ist es eine andere Sache. Sie sind bis jetzt noch nicht zu einer Ratsversammlung geladen worden, nicht etwa, weil sie es nicht verdienen oder irgend so ein Blödsinn, sondern weil sie bereits unter kaiserlicher Aufsicht stehen. Teufel, die Militärgouverneure der holtschen Barone können ihren jeweiligen Schützling erst aufhängen und mir anschließend Bescheid sagen.

Da es jedoch an der Zeit ist, daß in Holtun wieder normale Zustände einkehren, werden auch die holtschen Barone an den Ratsversammlungen teilnehmen müssen. Dadurch vergrößert sich die Runde auf das Doppelte und vervierfacht (mindestens!) sich der Zeitaufwand.

Wenn ich mich doch in der Geschichte Großbritanniens besser auskennen würde! Haben so die Anfänge des Parlaments ausgesehen?

Karl Cullinane

Ein Bursche, den ich mal kannte, pflegte zu sagen: ›Nicht die Regierung ist die beste, die am wenigsten regiert – am besten ist die Regierung, die am wenigsten Grund hat, ihre Regierungsgewalt auszuüben. Ich hätte den Spruch für eins von Slowotskis Gesetzen ausgegeben, doch er ist ein bißchen zu ernst und vielleicht ein Quentchen zu wahr.

Walter Slowotski

Gemäß Thomens Empfehlung wartete Jason vor dem großen Saal, bis er fand, daß es genug sei.

An der Tür blieb er neben dem Wachtposten stehen – einem kleinen, stämmigen Korporal, Nartham, der sich durch eine besonders laute Stimme auszeichnete – und überlegte, wie man ihn wohl ankündigen würde, da er vergessen hatte, diesbezügliche Anweisungen zu geben. Thomen war von Nartham mit einem lauten ›Thomen, Baron Furnael, der Regent‹ präsentiert worden – Thomen nahm in seiner Eigenschaft als Regent und als Angehöriger des Adels an der Versammlung teil, nicht als Richter –, doch wie lautete der korrekte Titel für Jason?

Nartham stieß den Schaft seiner Hellebarde dreimal auf den Boden, um die Aufmerksamkeit der Versammelten auf sich zu ziehen. »Meine Damen und Herren, der Erbe.«

Jason schritt über den Teppich, wobei er sich trotz seiner Bemühungen um Haltung und Würde unbeholfener fühlte denn je. Thomen hatte ihn auf die Versammlung vorbereitet, und dennoch kam er sich vor wie der falsche Mann am falschen Platz.

Am Fuß des Tisches hielt er kurz inne. Mutters Stuhl. Doria, die gleich daneben stand, grüßte ihn mit einem leichten Nicken, dann legte sie die Handflächen zusammen und neigte den Kopf zur Geste des Schlafens.

Gut. Aeias Augen funkelten, während sie übertrieben kerzengerade hinter ihrem Stuhl stand, als wolle sie sagen: *Ich habe deine Windeln gewechselt, Jason; du kannst nicht erwarten, daß ich dich als Herrscher ganz ernst nehme.*

»Guten Abend«, sagte er und nahm seinen Platz – *seinen* Platz! – am Kopf der Tafel ein. »Setzt euch doch bitte. Unsere Tagesordnung umfaßt zahlreiche Punkte, die besprochen werden müssen.«

Die Fürsten aus Bieme, jeder in Begleitung eines Beraters, nahmen ihre Plätze an der linken Tischseite ein, während die holtschen Barone, die bis auf einen mit den Militärgouverneuren ihrer Fürstentümer erschienen waren, sich an der rechten Seite niederließen.

Vilmar, Baron Nerahan, wußte die Tatsache, daß er ohne Begleiter gekommen war, beinahe aufdringlich herauszukehren, wie um sämtliche Anwesenden daran zu erinnern, daß seine Baronie als die einzige in Holtun ohne kaiserlichen Statthalter regiert wurde. Der stets ausgesucht schmuck gekleidete, kompakte Mann ließ sich steif auf seinem Stuhl nieder, dann glättete er die plissierte Vorderseite seines makellos weißen Oberkleids, bevor er mit vornehmem Anstand die Hände im Schoß faltete und der Welt einen höflich interessierten, doch überwiegend nichtssagenden Gesichtsausdruck zeigte, wobei den spähenden Augen unter den schweren Brauen allerdings nicht die geringste Kleinigkeit entging.

Tennetty hatte als einzige im Saal noch nicht Platz genommen; jetzt trat sie einige Schritte zurück und lehnte sich gegen die Wand. Wie üblich in ein ledernes Männerhemd und abgetragene Hosen gekleidet, rückte sie an ihrem Waffengurt, als wollte sie jedermann vor Augen führen, daß sie einen viel gebrauchten Säbel trug, einen Nehara-Dolch sowie zwei geladene Pistolen statt lediglich eines formellen Kurzschwerts.

Thomen beugte sich vor und flüsterte ihm zu: »Ich bat den Drachen, rechtzeitig zum Beginn der Sitzung hier zu sein, doch er scheint sich verspätet zu haben.

Am besten fangen wir mit den Punkten an, bei denen keine Probleme zu erwarten sind. Doch als erstes mußt du die Abwesenheit deiner Mutter erklären.« Thomen winkte dem Hofschreiber, einem stämmigen Ingenieur, der an seinem Schreibpult unmittelbar neben der langen Versammlungstafel ganz und gar fehl am Platze wirkte. Der rotbärtige Mann sah aus, als hätte er sich lieber zum Schichtdienst in der Waffenschmiede einteilen lassen.

Thomen nickte leicht mit dem Kopf.

»Also schön«, sagte Jason und erhob sich. Thomen hatte es deutlich erklärt: Er mußte die Versammlung stehend eröffnen. Sie überragen, die Zusammenkunft beherrschen, keinen Zweifel daran aufkommen lassen, daß er das Zepter führte. Selbst wenn letzteres nicht genau der Wahrheit entsprach. Ganz besonders, wenn es nicht der Wahrheit entsprach.

»Meine Damen und Herren, ich heiße sie zu dieser Ratsversammlung willkommen. Wir werden heute abend viel zu besprechen haben, also werde ich mir eine lange Rede darüber ersparen, wie sehr mein verstorbener Vater von uns allen vermißt wird, und gleich in medias res gehen. Punkt eins: die Abwesenheit meiner Mutter. Sie hat in letzter Zeit viel zu hart gearbeitet, so daß man ihr bis zum Tag meiner Abreise strikte Ruhe verordnet hat.«

Ein unterdrücktes Raunen lief um den Tisch.

Thomen ergriff das Wort. »Um den von außerhalb angereisten Versammlungsteilnehmern die Möglichkeit zu geben, die Kaiserin persönlich zu begrüßen, habe ich veranlaßt, daß für die nächsten paar Tage in der Burg Quartiere hergerichtet werden.«

Bren Adahan schüttelte den Kopf. »Vielleicht können die übrigen noch bleiben, aber Ranella und ich sollten auf dem Weg über Furnael und Klein-Pittsburgh nach Adahan zurückkehren. Die Produktion geht zurück, und wir müssen den Grund dafür herausfinden – die Berichte legen die Vermutung nahe, daß es in Adahan Nachschubschwierigkeiten gibt, aber ...«

Einem Kaiser, auch einem angehenden Kaiser, gebührt absoluter Gehorsam. »Es genügt, wenn Ranella nach dem Rechten sieht. Du wirst tun, was man dir befiehlt«, sagte Jason.

Im Saal herrschte plötzlich eine frostige Atmosphäre. Bren Adahan hatte ganz unbekümmert gesprochen; auf eine derart scharfe Reaktion Jasons war er nicht gefaßt gewesen.

»Vergebung, Sire«, entgegnete Bren Adahan. »Ihr habt vollkommen recht; ich werde selbstverständlich tun, was man mir befiehlt. Vermutlich war meine Ausdrucksweise zu wenig präzise und hat ein Mißverständnis verursacht; ich wollte lediglich Euch und den Regenten darüber informieren, daß es sowohl in meiner Baronie als auch in der Baronie Furnael dringende Probleme gibt, die sofortige Aufmerksamkeit verlangen und vorschlagen, daß Gouverneur Ranella und ich uns der Sache annehmen.« Er neigte den Kopf vielleicht einen Millimeter zu tief und schaute dann mit steinernem Gesicht vor sich hin.

Thomen verdrehte die Augen gen Himmel, während die übrigen Anwesenden unbehaglich auf ihren Stühlen rutschten.

Roter Feuerschein leuchtete durch das Fenster.

Guten Abend miteinander, grüßte Ellegon und verkündete seine Ankunft mit einer plumpsenden Landung im Burghof. Ledrige Schwingen knatterten im Wind, während der Drache sich auf dem Boden bequem einrichtete.

Und auch dir einen guten Abend, sagte Ellegon mit jener besonderen Färbung seiner Gedankenstimme, die Jason verriet, daß der Drache ihn allein ansprach, *Quarkhirn. Sieht aus, als wäre ich zu spät gekommen.*

Wovon redest du? Und was hat dich aufgehalten?

Nichts Wichtiges. Ich entdeckte einen kleinen Trupp Reisender, die zu ungewöhnlich später Stunde noch unterwegs waren, also duckte ich mich hinter den nächsten Hügel und wartete, bis sie nahe genug kamen, daß ich ihre Gedanken lesen konnte. Sie waren in Ordnung.

Die Vorsicht des Drachen war begründet. Seit Ellegon während des Holtun-Bieme-Kriegs angeschossen worden war, begegnete er Fremden mit einigem Mißtrauen. Für seine Gesundheit war es vorteilhafter, Menschen mit ungewissen Absichten aus der Deckung heraus zu beobachten, als sie in geringer Höhe zu überfliegen, um ihre Gedanken zu erforschen und dabei von einem in Drachenbann getauchten Armbrustbolzen getroffen zu werden.

Aller Augen waren abwartend auf Jason gerichtet.

»Nun«, meinte er, »wo waren wir stehengeblieben?«

Du wolltest dich eben bei Bren Adahan entschuldigen. Dort waren wir stehengeblieben. Also, Jason.

Aber …

Keine Widerworte, sprich mir nach: Ich bitte meinerseits um Vergebung, Baron Adahan …

»Ich bitte meinerseits um Vergebung, Baron Adahan …«

… Ihr müßt entschuldigen …

»… Ihr müßt entschuldigen …«

*… doch wie allgemein bekannt, bin ich noch neu

in diesem Geschäft, und ich fürchte, die Vielzahl der ungewohnten Pflichten zerrt ein wenig an meinen Nerven – und am besten setzt du hier dein gewinnendstes Lächeln auf, Freund aller Fettnäpfchen.*

»Ich bin … ich bin noch neu in diesem Geschäft und neige wahrscheinlich deshalb ein wenig zur Reizbarkeit.«

Er gab sich Mühe mit dem gewinnenden Lächeln, doch ob es ihm gelang, vermochte er nicht zu beurteilen. Jason Cullinane konnte sich nicht erinnern, je gewinnend gelächelt zu haben. Er gehörte zu den Leuten, die von anderen gewinnend angelächelt *werden*.

Es hatte gewirkt, fand er, als Bren Adahan sich eindeutig beschwichtigt in seinem Stuhl zurücklehnte.

Nein, hat es nicht. Gewirkt hat die Botschaft, die ich soeben in deinem Namen übermittelt habe: ›Tut mir leid, daß ich so ein Trottel bin – wir reden noch darüber. Hättest du Lust, nach der Versammlung mit Aeia noch auf ein Glas zu mir zu kommen?‹

»Als nächster Punkt«, sagte Thomen, »steht die geplante Abwesenheit des Erben auf der Tagesordnung.«

»Mit Verlaub?« Ariken, der weißhaarige Baron aus Krathael, beugte sich vor und sprach bei Thomens zustimmendem Nicken weiter. »Ihr habt damit einen wichtigen Punkt angesprochen. Diese Eure Reise … von der wir gehört haben …«, sagte er mit krächzender Greisenstimme. »Mit allem Respekt … immer mit allem Respekt … aber ich bin dagegen und frage mich, weshalb Ihr es für notwendig erachtet, in solch … schwierigen Zeiten … Euer Reich zu verlassen. Bevor Ihr nicht gekrönt seid und vollständig in Eure Pflichten eingeführt … könnte es, vielleicht, beinahe verantwortungslos erscheinen ... das Reich ... zu verlassen ... wenn auch ... wenn auch nur für kurze Zeit.« Schwer atmend, mit aschgrauem Gesicht, lehnte er sich zurück. »Und es tut mir wohl, Euch zu sehen, von Zeit zu Zeit.«

Gibt es nichts, das man für ihn tun kann?

Kennst du ein Heilmittel gegen das Alter? Man konnte nichts tun, weder für den Baron noch zur Verbesserung der Situation. Die Baronie Krathael war während des Kriegs von den Holts überrant worden; daher rührte die unbedingte Ergebenheit des Barons für Karl Cullinane, seinen Retter und dessen Erben. Solange der alte Herr seine Baronie mit ausreichender Kompetenz regierte, würde es ein Akt krasser Herzlosigkeit sein und scheinen, ihn zu zwingen, zugunsten seines Sohnes abzudanken.

Arrifezh, der geschmeidig-schlanke Baron Arondael, schüttelte den Kopf. »Wenn er einige Zeit außerhalb seines Reichs verbringen möchte, dann ist es besser, er tut es jetzt. Wenigstens ...«

»Wenigstens läßt er das Kaiserreich nicht im Stich, wie es sein Vater tat? Lautet so Euer Vorwurf, Baron Arondael?« warf Baron Nerahan ein. Er war ein Mann, dem die Grausamkeit ins Gesicht geschrieben stand und der mit unsteten Augen unter düsteren Brauen in die Welt sah. Die scharfgratige Nase und der borstige Schnurrbart erinnerten Jason an die Physiognomie einer Ratte. Während des Holtun-Bieme-Krieges war er für nahezu unvorstellbare Grausamkeiten verantwortlich gewesen.

Doch seither hat er sich, wie dein Vater zu sagen pflegte, den Pfadfindertugenden verschrieben. Und während er es immer noch auf Arondael abgesehen hat, bemüht er sich doch, als dein treuer Gefolgsmann sein Ziel zu erreichen, also sei nett zu ihm.

»Lautet so Eure Anklage?« wiederholte Nerahan. »Behauptet Ihr, der Kaiser hätte uns im Stich gelassen?«

»So lautet meine Anklage, wenn sonst keiner den Nerv dazu hat. *Ja*!« Tyrnael schlug mit der flachen Hand auf den Tisch und bedachte Tennetty mit einem verächtlichen Schnaufer, als sie die Hand an den Griff einer ihrer Pistolen legte. Das Kinn starrsinnig vorgereckt, schüttelte Listar Tyrnael sich das wirre schwarze Haar aus den Augen. »Er hat uns im Stich gelassen. Seine Verantwortung lag hier. Er war der Kaiser.«

»Baron!« Thomens Stimme schnitt durch das gedämpfte Flüstern, das sich bei der unvermuteten Wendung des Gesprächs erhoben hatte. Er schürzte die Lippen und trommelte mit den Fingern auf die altersglatte Tischplatte. »Es war seine Entscheidung, nicht die Eure und nicht meine. Er hat den vollen Preis bezahlt und nach besten Kräften dafür gesorgt, daß wir nicht unter den Folgen zu leiden haben. Laßt die Sache ruhen.«

Tyrnael zeigte sich nicht geneigt, diesen Rat zu befolgen. »Daraus läßt sich eine Lehre ziehen und ich ...«

»Baron, bitte.« Bren Adahan meldete sich zu Wort. »Er hat recht. Zum Wohl des Reiches, laßt die Sache ruhen.«

Auf Nerahans Kopfnicken reagierte Arondael mit einem Stirnrunzeln.

»Außerdem«, fuhr Thomen Furnael fort, »was die Reise des Erben nach Heim betrifft, so kann ich euch diesbezüglich mit Neuigkeiten dienen, die eure Meinung nicht unbeträchtlich beeinflussen dürften. Doch vorher gibt es noch andere Dinge zu besprechen.«

Tyrnael, immer noch sichtbar verärgert, gab nach.

Kevalun, der Militärgouverneur von Iralahan, beugte sich bei diesen Worten vor. Irgend etwas an Thomens Gehabe mußte seine Aufmerksamkeit erregt haben. »Neuigkeiten, Baron?« erkundigte er sich, vielleicht eine Spur zu drängend. Man hätte den jugendlichen Kevalun ohne weiteres für einen Gleichaltrigen halten können, dachte Jason, doch der General war in den Fünfzigern. Tatsächlich hatte Kevalun einen Sohn von dreißig Jahren sowie eine sechzehnjährige Tochter – eine recht attraktive sechzehnjährige Tochter.

Laß dein Gehirn nicht in die Hose rutschen und hör zu.

»Neuigkeiten, General. Doch alles zu seiner Zeit. Bevor wir uns den Angelegenheiten Heims und der Reise des Erben zuwenden«, fuhr Thomen fort, »stehen etliche andere Punkte auf der Tagesordnung, mit denen wir uns befassen müssen. Machen wir uns an die Arbeit.«

Der erste Punkt betraf den fortschreitenden Abzug der kaiserlichen Truppen aus der Baronie Nerahan und die Befreiung der Baronie vom Kriegsrecht. Wie zu erwarten, ging die Umstellung den Nerahans und den Holts zu langsam vonstatten, den meisten der Biemern dagegen zu schnell und zu plötzlich.

Danach ging es um die Bewilligung von Geldmitteln: Ranella und Bren Adahan argumentierten leidenschaftlich für einen weiteren Ausbau der Fabrikanlagen in Klein-Pittsburgh, während Thomen eine Teilnahme an der Diskussion ablehnte, aufgrund eines Interessenkonflikts: die Fabrik, obwohl nahe der Grenze zu Adahan gelegen, stand in Furnael.

Einigermaßen überraschend kam es zu dem Konsens, die Gelder bereitzustellen.

Wieso überraschend? Thomen hat jedem der Barone einen aus der neuen Stahlproduktion gefertigten Dolch übersenden lassen. Es ist guter Stahl, beinahe die Qualität von Woss. Die Aussicht, demnächst zu niedrigen Preisen damit beliefert zu werden, ist schon eine Investition wert.

Das führte zur Frage der Eisenbahn. Während es in einer beinahe freundschaftlichen Atmosphäre zu der Einigung über die Finanzierung der Stahlwerke gekommen war, machten die Barone, mit der Ausnahme von Thomen und Bren Adahan, einmütig Front gegen die beträchtlichen Ausgaben für den, wie Terumel Baron Derahan es nannte ›zweifelhaften mechanischen Zauberkram‹.

Ranella schaute zu Jason. Sie war eine stämmige, reizlose Frau mit Händen, die ständig die Spuren irgendwelcher fehlgeschlagener Experimente trugen.

Sie hofft auf deine Unterstützung in dieser Angelegenheit. Thomen glaubt, daß sie recht hat, doch er glaubt, daß die Barone sich nicht darauf einlassen werden.

Jason stand auf. »Ich befürworte den Bau einer Eisenbahn«, sagte er. »Eine Eisenbahn hat sogar noch größere Vorteile, als die Straßen, die Holtun und Bieme miteinander verbinden.«

»Ja, ja, ja.« Arbert, Baron Irulahan wischte das Offensichtliche mit einer Handbewegung beiseite. »Doch ein solches Vorhaben verschlingt riesige Mengen von Steuergeldern – Zehntausende Mark allein für den Anfang. Wann wird diese Investition sich amortisieren?«

Bis jetzt hatte General Garavar schweigend der Diskussion gelauscht, jetzt ergriff er das Wort. »Sofort, wenn wir es richtig anpacken.« Er winkte seinem Adjutanten, der ihm eine Landkarte reichte. »Ich habe lange und eingehend darüber nachgedacht«, erklärte er und breitete die Karte auf dem Tisch aus. Sie zeigte mit wenig zusätzlichen Details die Umrisse von Holtun, Bieme sowie den angrenzenden Ländern. »Ranella plant den ersten Schienenstrang zwischen Biemestren und Klein Pits-aburg«, erklärte er. Die Worte in der immer noch ungewohnten fremden Sprache wollten ihm nicht recht von der Zunge. »Das ergibt natürlich einen Sinn – Biemestren ist die Hauptstadt. Doch meiner Meinung nach sollten wir hier mit dem Bau beginnen, von Biemestren aus in die Baronie Tyrnael, mit dem Endpunkt in Kernat.«

Kernat. Schweigen legte sich über den Verhandlungstisch. Der Fall des Massakers von Kernat galt noch längst nicht als abgeschlossen, obwohl es Danagar nicht gelungen war, einen Schuldigen zu finden. Handelte es sich um einen Versuch der Sklavenhändler, einen zweiten Krieg in den Mittelländern heraufzubeschwören? Oder hatte Prinz Pugeer von Nyphien herausfinden wollen, wie weit er den Kaiser herausfordern konnte, bis dieser zurückschlug?

»Und welchen Vorteil haben wir davon?« Tyrnael hob eine Augenbraue.

»Jetzt ist es ein Viertagesritt von Biemestren nach Kernat – drei Tage, wenn ich die Männer antreibe. Bei der Ankunft sind sie müde, die Pferde erschöpft, die Kampfkraft der Truppe ist geschwächt. Hätten wir die Eisenbahn, dauerte die Reise nur einen Tag, Mensch und Tier kämen ausgeruht und kampfbereit am Zielort an.

Baut die erste Strecke hier, und ich kann innerhalb eines Tages die gesamte Streitmacht Heims, plus

Kanonen, nach Tyrnael transportieren, um in Nyphien einzumarschieren oder einen Angriff der Nyphier zurückzuschlagen.« Er schwieg kurze Zeit, damit seine Zuhörer Gelegenheit hatten, über seine Worte nachzudenken. »Wenn wir anschließend ein Netz von Nebenstrecken bauen, die das ganze Land überziehen, läßt sich nicht nur der Handel schneller und unkomplizierter abwickeln, können wir nicht nur Stahl und Getreide von einem Ende des Reichs zum anderen transportieren, sondern auch unsere Truppen können um ein Vielfaches wirkungsvoller eingesetzt werden.«

»Trotzdem ist es ... eine gewaltige Summe Geldes«, wandte Baron Krathael ein. »Es muß Bauland zur Verfügung gestellt werden, ein Teil davon in meiner Baronie. Mit welcher Entschädigung kann ich rechnen?«

Der Meinungsaustausch verkam zu einer Diskussion über Wegerechte. Seit langem gab es Präzedenzfälle, sowohl in Holtun wie in Bieme, die dem Thron das Wegerecht für den Bau von Militärstraßen zubilligten, doch über die Höhe der Entschädigung, die dem Grundbesitzer zu bezahlen war, fanden sich nirgends brauchbare Angaben.

Karl Cullinane hätte vermutlich etwas Ähnliches geäußert wie: *Zum Teufel mit sämtlichen Präzedenzfällen – wir überlegen uns eine vernünftige Art und Weise, das Projekt zu handhaben, und dann führen wir es durch.*

Ranella warf Jason einen Blick zu. »Wenn ich etwas sagen darf? Ich hätte einen Kompromiß vorzuschlagen: eine Versuchsstrecke von Burg Biemestren aus, etwa einen halben Tagesritt landeinwärts. Die in der Nähe ansässigen Bauern könnten mit dem Zug ihre Waren zum Markt bringen und wir haben Gelegenheit, die Verwendbarkeit der Eisenbahn als militärisches Transportmittel zu testen.«

Jason wußte, daß es jetzt an ihm war, etwas zu der Diskussion beizusteuern, aber was sollte er sagen? Die vernünftigen Argumente waren alle von Garavar und Ranella vorgebracht worden, ihm blieb nur noch übrig, mit der Faust auf den Tisch zu hauen, und damit hätte er sich lächerlich gemacht.

Thomen übernahm die Initiative. »Das Einverständnis des Erben vorausgesetzt, erhält Ingenieurin Ranella die Genehmigung, eine Versuchsstrecke zu bauen.«

Du mußt nicken.

Jason tat wie ihm geheißen. »Ich bin einverstanden, selbstverständlich.«

Thomen schaute auf das Blatt Papier, das vor ihm auf dem Tisch lag. »Nächster Punkt: Baron Nerahan hat den Antrag gestellt, daß seine Soldaten im Gebrauch von Schußwaffen unterwiesen sowie mit solchen ausgerüstet werden sollen. Baron Nerahan.«

Nerahan erhob sich und legte mit leidenschaftlichem Nachdruck die Gründe für sein Anliegen dar. Jason wäre von der Tiefe seines Gefühls beeindruckt gewesen, hätte Ellegon ihm nicht mitgeteilt, daß Nerahan mit einem abschlägigen Bescheid auf seinen ersten Vorstoß rechnete und lediglich den Boden für einen zweiten, erfolgreichen Versuch vorbereitete. Jason war überrascht: daß jemand so nachdrücklich eine Bitte vortrug, mit deren Erfüllung er gar nicht rechnete, erschien ihm einigermaßen verwunderlich.

Wie nicht anders zu erwarten, zog Arondael in vorderster Linie gegen das Ansinnen Nerahans zu Felde, die übrigen Barone opponierten mehr oder weniger pro forma. Mit einer Ausnahme.

Thomen Furnael stand auf. »Ich spreche jetzt nicht als Richter oder als Regent, sondern lediglich als Mitglied dieser Runde.« Mit auf dem Rücken verschränkten Händen durchwanderte er den Saal. »Überall in der Welt sind gefährliche Kräfte am Werk. Ich meine nicht nur das Problem Nyphien, obwohl wir uns in naher Zukunft damit befassen müssen, so oder so. Ich meine auch nicht nur die Gerüchte über merkwürdige Geschöpfe, die angeblich aus dem Feenland herüberkommen sollen ...«

Merkwürdige Geschöpfe? Mir ist nichts davon zu Ohren gekommen.

Thomen verfügt über bessere Nachrichtenquellen als du. Nein, das stimmt nicht: Er verfügt über dieselben Quellen, doch er hört aufmerksamer zu, wenn man ihm etwas erzählt. Thomen arbeitet weit härter als manch andere Leute, die ich kenne.

Jason ging auf die Anspielung nicht ein. *Schon gut, was sind das für Neuigkeiten*?

Nichts Besonderes, wirklich nicht. Doch in der Umgebung von Ehvenor hat es einige bizarre Todesfälle gegeben. Die Informationen sind nicht besonders zuverlässig, doch man soll die Kadaver von sechs aneinandergeleimten Pferden gefunden haben – allerdings nur die Vorderhälften, sie waren in der Mitte glatt durchgebissen. Außerdem erzählt man von toten Menschen und von Leichenteilen und von Geschöpfen, die sich gleich Drachen in die Luft heben sowie von anderen, riesigen Geschöpfen, die sich wie Menschen fortbewegen – Geschöpfen, die unsichtbar sind, wenn man den Blick auf sie richtet. Das Gedankenbild des Drachen entsprach einem Schulterzucken. *Fraglich ist, wieviel Gewicht man diesem Gerede beimessen soll. Manchmal sind derlei

Gerüchte völlig aus der Luft gegriffen und in den meisten Fällen wenigstens zu zwei Dritteln.*

Thomen redete immer noch. »... und Teil dieses Plans ist es, so viele der holtschen Barone wie möglich in ihre angestammten Rechte einzusetzen und das so bald wie möglich. Ich kann begreifen, daß viele von uns nicht gewillt sind, Baron Nerahan Vertrauen zu schenken, doch ich bitte euch, darüber nachzudenken, welche Konsequenzen es hat, wenn wir ihm und allen übrigen holtschen Baronen weiterhin mit Ablehnung begegnen.«

Baron Tyrnael nickte. »Wenn es denn sein muß, sollten wir mit Adahan den Anfang machen, nicht mit Nerahan.« Bren Adahan lächelte steif. »Baron Adahan hat seine Loyalität der Krone gegenüber unter Beweis gestellt und seine ... Verbundenheit mit der Familie ist allgemein bekannt.«

Aeia bedachte ihn mit einem Blick von bedrohlicher Liebenswürdigkeit. »An was für eine Art von Verbundenheit dachtet Ihr genau, Baron?« Sie stellte die Frage in leichtem Ton, doch Jason wußte, daß sie innerlich kochte.

Liegt in der Familie: Ihr Cullinanes könnt es nicht leiden, daß eure, hm, Angelegenheiten öffentlich diskutiert werden.

Tyrnael lächelte. »Ihr und Baron Adahan werdet ständig zusammen gesehen. Das läßt nur den einen Schluß zu, daß Euch an seiner Gesellschaft gelegen ist. Und sollte Baron Adahan Euch *nicht* gebeten haben, ihn zu heiraten, werde ich dem Erben und dem Regenten empfehlen, ihm seinen Titel abzuerkennen und die Baronie jemandem zu geben, der kein Narr ist.«

»Ich bin kein Narr«, erwiderte Bren Adahan mit einem Grinsen.

»Eben das wollte ich zum Ausdruck bringen.«

Das beschwichtigte Aeia, aber nicht Bren Adahan. »Es ist mir lieb, daß ich mich nicht um die täglichen Regierungsgeschäfte in Adahan kümmern muß – vorläufig. Zum einen bietet uns die Militärregierung einen ausgezeichneten Vorwand für die Stationierung kaiserlicher Truppen in der Nähe von Klein-Pittsburgh, um unsere Stahlwerke dort zu schützen, sollte es nötig sein. Zum zweiten habe ich von dem Ingenieur noch viel zu lernen und kann nicht mit ihm arbeiten, wenn ich mich in Adahan befinde. ›Suchst du gelehrten Rat, begib dich zur Wohnung des Gelehrten‹ – ich werde meine Studien in Heim weiterführen.« Nach einem kurzen Blick auf Aeia wandte er den Kopf ab.

Sie nickte. »Bedenkt nur, was ein zum Ingenieur ausgebildeter Baron für Holtuns Zukunft bedeuten kann.«

An Tyrnaels Kinn zuckte ein Muskel. »Das tue ich.«

»Sehr schön«, meinte Thomen mit einem Kopfnikken, das Tyrnaels letzte Bemerkung als Zustimmung wertete. »Womit wir zum nächsten Punkt kämen, und da haben wir es mit einer Angelegenheit zu tun, die bestimmt nicht nur ich höchst beunruhigend finde.« Er brachte ein Blatt Papier zum Vorschein. »Ein aus Heim eingetroffener Händler hat dieses Schreiben von Lou Riccetti überbracht. Der Ingenieur erwähnt darin den Verkauf von Gewehren und Pulver nach Therranj.«

Kapitel fünf

Die silberne Krone

Nicht Reichtum begehr' ich,
Hoffnung noch Liebe,
noch eines Freundes Neigung;
mir genügt der Himmel droben
und die Straße vor mir.
Robert Louis Stevenson

Ich bin ein genügsamer Mensch. Meine Ansprüche beschränken sich auf genügend Schlaf für zwei Männer, genügend Whiskey für drei und genügend Frauen für vier.
Walter Slowotski

»Ein großer Teil des Briefs ist persönlich«, sagte Thomen in das Schweigen hinein. »In den für uns interessanten Passagen heißt es:

Lady Dhara ist aus Therranj hier eingetroffen, um wieder einmal den, wie sie es nennt, ›Status des Tales von Varnath‹ zu besprechen. Ich glaube zwar kaum, daß ihnen dieses Thema sonderlich am Herzen liegt, inzwischen nicht mehr, obwohl sie mir ein Pauschalangebot unterbreitete, das uns den Besitz Heims garantiert, plus einer beträchtlichen Menge verschiedener Metalle (darunter Gold, Silber und Quecksilber!) sowie Juwelen – sie brachte eine kleine Truhe voller industriell nutzbarer Diamanten als Gastgeschenk mit. Kommt nicht ungelegen.

Wie auch immer, die Nachrichten besagen, daß es zwi-

schen Therranj und Melhrood zunehmend zu Spannungen kommt.

Unsere Gegenleistung bei dieser Abmachung würde allerdings in der Lieferung von Gewehren und Pulver bestehen, sowie möglichst dem Geheimnis der Herstellung von Schießpulver.

In Anbetracht von Ranellas neuem Rezept wäre das vielleicht nicht mal eine schlechte Idee, wenn der Preis stimmt. Irgendwann wird irgendwer unweigerlich austüfteln, wie du-weißt-schon-was zu bewerkstelligen ist; doch mit dem anderen du-weißt-schon-was ist es viel schwieriger, besonders in bezug auf das Problem, mit dem sich die Briten konfrontiert sahen, als sie ihre Bewaffnung zu früh auf Explosivstoffe umstellten.

Während Thomen aus dem Brief vorlas, runzelte Ranella die Stirn, öffnete den Mund, wie um ihn zu unterbrechen, lehnte sich aber schweigend zurück, als Bren Adahan sie am Arm berührte und den Kopf schüttelte.

Wie dem auch sei, kannst Du ein paar Zehntage erübrigen und mit dem Drachenexpreß herkommen, um die Angelegenheit zu besprechen? Ich habe die Elfen vertröstet, aber es gefiel ihnen nicht sehr, und mir gefällt nicht, daß es ihnen nicht gefällt. Ich lebe gern in Frieden mit meinen Nachbarn.

Außerdem gibt es hier Arbeit für Ellegon. Wir haben ein Sicherheitsproblem: fünf neue Probanden stehen zur Bewußtseinsprüfung an, und wenn Ellegon sich nicht bald darum kümmert, müssen wir Thelluren hinzuziehen. Abgesehen von der Tatsache, daß die Spinnenpriester nicht so tief in ein fremdes Bewußtsein eindringen können, wie Ellegon es vermag, ist Thellaren ohnehin nicht besonders gründlich, und ich traue ihm nicht ganz.

Außerdem ist es dringend nötig, daß wir beide uns mit den Problemen befassen, die in puncto Kommunikation auf uns zukommen. Zwar handelt es sich um eine Entwicklung, die nur langsam vorangeht, doch erst vor wenigen Tagen hat ein Lehrling mich darauf aufmerksam gemacht, daß Englisch allmählich zur Lingua franca zwischen Völkern wird, die in Handelsbeziehungen zu Heim stehen, und das Beispiel macht Schule ...

Thomen legte das Papier aus der Hand und schaute zu Ranella. »Kannst du uns das erklären? Was ist das für ein ›Rezept‹? Und was hat es mit diesem ›du-weißt-schon‹ auf sich?«

»Nein«, lehnte sie ab. »Dabei handelt es sich um ein Produktionsgeheimnis. Ich darf nicht darüber sprechen, außer mit der höchstpersönlichen Erlaubnis des Ingenieurs.«

Thomen akzeptierte die Weigerung mit einem Nikken. »Ich verstehe. Dennoch, immerhin ist es eine Sache, die sowohl der Kaiserin, wie auch Doria Perlstein bekannt ist. Sollen wir uns an diese Adresse wenden?«

Ranella zuckte die Schultern. »Nur zu.«

Tennetty lupfte ihre Pistole im Halfter und schaute Jason an, als erwarte sie von ihm einen Wink, wen sie erschießen sollte.

Jason zuckte die Schultern, ließ aber dieser Geste rasch eine beschwichtigende Handbewegung folgen, damit sie nicht auf die Idee kam, sein Schulterzucken dahingehend zu deuten, daß sie ihr Opfer nach Belieben wählen könne.

Er grübelte angestrengt. Es hatte etwas mit dem Geheimnis der Herstellung von Schießpulver zu tun und vielleicht auch mit der Herstellung einer anderen Sorte Pulver – dem Explosivstoff der Sklavenhändler vielleicht? –, doch nur die Anderseiter und einige sehr wenige, sehr alte Ingenieure wußten, wie man überhaupt Schießpulver herstellte. Natürlich kannten viele der Jüngeren diesen oder jenen Teil des Herstellungsverfahrens, doch in seiner Gesamtheit war es ein Produktionsgeheimnis. Selbst Jason wußte, daß der Staub aus den unbewohnten Höhlen der Ingenieure dabei Verwendung fand – Höhlen noch jenseits der Region, die Riccetti aus nur ihm bekannten Gründen die Fledermausgrotte nannte.

Ariken Krathael räusperte sich. »Herr, wollt Ihr sagen, daß Ihr Eure … Verpflichtungen gegenüber diesem Verwalter Heims über die gegenüber dem Thron von Bieme – von Holtun-Bieme – stellt?«

Nach diesen Worten flog ein hitziges Für und Wieder über den Tisch; einige der Barone kritisierten mit erhobener Stimme Ranella, während Bren Adahan seine den Erben unterstützenden Argumente förmlich hinausschrie.

Du solltest eingreifen, oder Ranella gerät in Schwierigkeiten.

Aber was soll ich sagen?

Du kannst darauf hinweisen, daß dies ein zusätzlicher Grund für dich ist, sowohl nach Heim wie auch nach Endell zu reisen.

Womit er recht hatte. »Ruhe bitte«, sagte Jason, sich erhebend.

Das Stimmengewirr legte sich, ohne jedoch ganz zu verstummen.

Peng!

Tennetty senkte die rauchende Pistole und betrachtete mit kritisch schräg geneigtem Kopf das Loch im Deckenbalken.

»Ein Stück daneben, zu dumm. Wahrscheinlich werde ich alt.« Sie zog und spannte die zweite Pistole, ohne den Lauf auf jemanden im besonderen zu richten. »Ich glaube, der Erbe hat um Eure Aufmerksamkeit gebeten?«

Schritte dröhnten auf der Treppe, und vier Wachen stürmten in den Raum, zwei von ihnen mit schußbereiten Pistolen, der dritte mit dem blanken Schwert, ein vierter mit Hellebarde.

Tennetty grinste. »Beachtliches Reaktionsvermögen, Leute. Ende der Übung; kehrt auf eure Posten zurück.«

Thomen entließ die Wachen mit einer Handbewegung und einem Blick unter finster gesenkten Brauen.

Der Posten an der Tür verbarg sein Grinsen hinter der vorgehaltenen Hand; Aeia konnte aufgrund ihres Standes ihre Heiterkeit offen zeigen.

»Ich halte nicht sonderlich viel von Warnschüssen innerhalb geschlossener Räume«, bemerkte Terumel Derahan.

Eine Wolke aus Pulverqualm schwebte träge zur Decke empor; es stank nach Holzkohle und Schwefel.

Tennetty knackte mit dem Hahn der geladenen Pistole. »Ich auch nicht. Als Karl Eurem Vater den Kopf abschlug, *das* war eine Warnung. An seine Nachkommen. Vergeßt sie nicht.«

Ellegon ...

Ich habe versucht, sie zum Schweigen zu bringen, aber sie will nicht hören. Tennetty ist nicht vollständig gezähmt, mußt du wissen.

Ist mir auch schon aufgefallen.

Tennetty redete immer noch. »Seht Ihr den dunklen Fleck auf dem Teppich? Es ist ...«

Jason stand auf, schluckte krampfhaft und bemühte sich um eine tönende Befehlsstimme. »Tennetty, sei still. Sofort.«

»... die Stelle, an der Euer Vater starb und ...«

»*Sei still.*«

Ihre Augen trafen sich für einen langen Blick.

Er spürte einen säuerlichen Geschmack im Mund. Wollte sie nicht nachgeben?

Aus den Augenwinkeln konnte Jason sehen, wie Bren Adahan und Aeia behutsam Anstalten trafen, sich von ihren Stühlen zu erheben, doch er wagte es nicht, den Blick von Tennetty abzuwenden. »Steck die Pistole weg, Tennetty«, sagte er. »Auf der Stelle.«

Flammen zuckten draußen im Hof; der Drache brüllte. *Tu, was er sagt.*

Jason hielt weiter unverwandt den Blick auf Tennetty gerichtet. »*Auf der Stelle.*«

Während sie mit gedämpfter Stimme Flüche murmelte, ließ Tennetty den gespannten Hahn einrasten und schob die Pistole in den Gurt. »Du ahmst seinen Tonfall nicht übel nach«, meinte sie. »Doch er hätte nicht so zu mir gesprochen, nicht wenn ich in seinem Interesse handelte. Also werden wir vielleicht eines Tages herausfinden, wie gut du in seinen Stiefeln zu gehen vermagst. Vielleicht schon sehr bald, so oder so.«

Damit machte sie auf dem Absatz kehrt und verließ den Saal.

Jason stellte fest, daß seine Knie nachzugeben drohten, deshalb ließ er sich schwer auf seinen Stuhl fallen. »Ich muß mich entschuldigen, bei euch allen. Bei Euch im besonderen, Baron Derahan. Wenn es auch Euer Vater war, der die Herausforderung aussprach, so hätte mein Vater ihm Gelegenheit geben sollen, sein Handeln zu überdenken.«

Derahan wirkte nicht im mindesten beschwichtigt.

Warum auch? Du hast angedeutet, daß sein Vater ein Narr war, den deinigen herauszufordern. Er hat töricht gehandelt, kein Zweifel, aber es ist politisch nicht eben geschickt, das auszusprechen. Jetzt lehnst du dich besser zurück und überläßt es Thomen, das Thema zu wechseln.

»In jedem Fall«, hatte Thomen sich bereits an die Versammelten gewandt, »sind die Nachrichten in diesem Schreiben ein Grund für den Erben, in der Begleitung von Ellegon und vielleicht noch einigen Gefährten nach Heim zu reisen. Jeder muß einsehen, daß es eine falsche Entscheidung des Ingenieurs wäre, den Elfen das Geheimnis des Schießpulvers zu verraten, ganz gleich, welchen Preis sie dafür bieten. Da unser Kaiser tot ist ...«

»... bin ich der beste Gesandte, der zur Verfügung steht«, warf Jason ein.

Lächle und sprich mir nach ...

Jason lächelte.

»Außer Ihr denkt, daß es einen anderen gibt, der im Rang über mir steht?«

»Außer Ihr denkt, daß es einen anderen gibt, der im Rang über mir steht?«

»Ich habe eine Idee.« Bren Adahan kicherte. »Wer immer glaubt, er stehe im Rang über Jason, darf es Tennetty sagen.«

»Ihr habt ein stichhaltiges Argument vorgebracht.« Nerahan schürzte einsichtsvoll die Lippen. »Das Schießpulver begründet die Überlegenheit, von der Heim und das Kaiserreich gemeinsam profitieren, doch nur so lange, wie das Herstellungsverfahren ein Geheimnis bleibt. Vielleicht vermag der Erbe Lou Riccetti davon zu überzeugen.«

»Ja, ja, ja«, mischte Baron Hivael sich ein. »Doch wozu diese zweite Reise? Nach Endell?«

Jason öffnete den Mund zu der Erwiderung: *Weil Walter Slowotski mich darum gebeten hat.*

Doch eigentlich hatte Walter nur darum gebeten, seine Frau Kirah und die Kinder von Ellegon nach Holtun-Bieme bringen zu lassen und das so bald wie möglich. Er hatte nicht gesagt, Jason persönlich solle sie abholen.

Doch Jason empfand es als seine Aufgabe, diese Bitte eines alten Freundes zu erfüllen, er wollte nicht jemand anderen damit beauftragen. Teil dieser Aufgabe war es, Kirah und ihren Töchtern zu sagen, daß Walter und Ahira immer noch als vermißt galten. Diese bittere Nachricht mußte er persönlich überbringen.

»Weil ich mein Wort gegeben habe«, sagte er. Das entsprach der Wahrheit, wenn vielleicht auch nicht ganz. Er hatte sich selbst eine zweite Reise versprochen, bevor er sich endgültig als Prinz von Bieme und Kaiser von Holtun-Bieme niederließ.

Jason stand auf. Nicht weit von ihm entfernt stand das Podest mit dem reich geschnitzten Thron der Prinzen von Bieme. Neben dem Thron befand sich eine verschlossene Truhe. Nachdem er einen großen Messingschlüssel aus dem Gürtel genommen hatte, kniete Jason nieder, öffnete die Truhe und entnahm ihr einen schlichten Silberreif. Die Rubine, Diamanten und Smaragde, mit denen der Reif besetzt war, erhöhten noch die zu spiegelndem Glanz polierte Schönheit des edlen Metalls statt sie zu überschatten.

»Krieger schwören auf ihre gute Klinge, ich habe auf dies hier geschworen«, verkündete er und fügte in Gedanken hinzu: *in diesem Moment*, »daß ich diese

Reise unternehme, bevor ich daran denke, die Krone sowie die damit verbundenen Pflichten zu übernehmen. Wer von den hier Anwesenden möchte mich zum Lügner stempeln?«

Überraschenderweise, zumindest für Jason, verstummte das Geflüster um den Tisch. Thomen nickte ihm bewundernd zu.

Als die Versammlung sich aufgelöst hatte und sie wieder allein waren, wandte Jason sich an Thomen. *Bitte übermitteln: Nun, wie habe ich mich geschlagen*?

Thomen runzelte die Stirn.

Er sagt: »Ziemlich armselig, wenn du es genau wissen möchtest. Das bewundernde Nicken war für das Publikum bestimmt, nicht für dich. Aber vielleicht hast du dich für einen Anfänger gar nicht so ungeschickt angestellt.«

Jason steckte die Krone wieder in den Stoffbeutel und schaute in den Hof hinunter.

Vermutlich wirst auch du mich noch mit deiner Meinung beehren, ob ich Wert darauf lege oder nicht.

Gut geraten. Unten richtete der Drache sich für die Nacht ein. Er streckte den Hals, so daß er das Kinn auf den Boden stützen konnte, und zog die säulengleichen Beine wie eine Katze unter den Leib.

Meine Meinung also? Ich finde, Thomen hat ganz recht, wenigstens zur Hälfte. Mit der ersten Hälfte …

Nun, zumindest war Jasons Reise beschlossene Sache. Jetzt blieb nur noch übrig, die Begleiter auszuwählen. Darüber wollte er mit Tennetty sprechen; in solchen Dingen war ihr Urteilsvermögen dem seinen überlegen. Selbst wenn sie zur Zeit einen Groll gegen ihn hegte.

Zwischenspiel

Laheran und die toten Männer

Laß dich's nicht verdrießen, daß du andere nicht zwingen kannst, sich dem Bild anzupassen, das du von ihnen hast, da du auch selber nicht zu sein vermagst, wie du gerne sein möchtest.

Thomas a Kempis

Der Wind vom Zirrischen Meer wehte über das Gildehaus und die Sklavenpferche, seltsamerweise ohne den typischen Geruch der Verschläge mitzubringen: den Gestank nach Fäkalien und Angst und manchmal Tod.

Ein Dutzend Leute standen auf den heißen Steinen im Innenhof der Gildehalle von Erifeyll, und die meisten von ihnen rochen nach Angst.

Angst war nicht das einzige, wonach die beiden zerlumpten Männer und das Mädchen stanken; in Erifs Kerkern gab es keine Badegelegenheiten. Die Narren hatten keine Ahnung, wie man die Ware behandeln mußte. Die Sklaven hatten weder eine Möglichkeit zur Flucht, noch – sollten sie es dennoch versuchen – gab es einen Ort, an den sie sich flüchten konnten.

Nicht nur trugen alle drei Ketten an Hals, Handgelenken und Knöcheln, zusätzlich hatten sechs von Lord Erifs Soldaten hinter ihnen Aufstellung genommen, bis an die Zähne bewaffnet.

Eriffeyll, nur zwei Tagesreisen entfernt vom herrlichen Pandathaway.

»Sie haben sich auf der Rückseite Einlaß verschafft«, erklärte einer der Posten. »Irgend jemand hat die Gitterstäbe einfach aus der Mauer gerissen«, fügte er hinzu. »Aber wenigstens ist nicht allen die Flucht gelungen.«

Laheran hörte nicht zu. Weil einige der Sklaven wieder eingefangen werden konnten, schien dieser Idiot die Sache als halb so schlimm anzusehen. Einzelheiten interessierten ihn nicht. Dies hier war *Erifeyll*. Folgte daraus, daß der nächste Schlag in Pandathaway fallen würde? Vermutlich nicht. Zu offensichtlich. Also vielleicht doch Pandathaway, weil der Feind glaubte, daß die Gilde aus dem vorgenannten Grund nicht damit rechnete, während die Gilde wiederum glaubte, daß der Feind glaubte und so weiter.

Laheran seufzte. Eine der Lehren aus seinen Anfangsjahren in der Gilde besagte, daß man sich angesichts einer schwer zu knackenden Nuß am besten vorerst den lösbaren Schwierigkeiten zuwandte, derweil man über das eigentliche Problem nachdachte. Er wandte sich an die drei Sklaven.

Das Mädchen zuckte mit einem Klagelaut zusammen, als Laheran ihren Halsreif überprüfte. Kein Gildefabrikat. Es hatte seinen Grund, daß die meisten der in der Gilde verwendeten Halsreifen in Gold getaucht wurden, trotz der hohen Kosten. Gold rostete nicht.

Das Eisen dieser Halsreifen war rostig und rauh wie Sandpapier. Die Haut darunter wurde aufgescheuert; auf Laherans Zeichen hielten zwei seiner Männer das Mädchen mit geübten Händen fest, so daß er sie genauer untersuchen konnte. Sein tastender Finger entdeckte Blut und grünlichen Eiter.

»Idioten«, sagte er. Und: »Den Schlüssel.«

Der Unteroffizier schien widersprechen zu wollen, überlegte es sich anders und zog den Schlüssel aus der Gürteltasche. Laheran öffnete das Schloß des Halsreifens und ließ ihn zu Boden fallen.

Die Wunde war böse entzündet.

Amateure. Als wären Ketten und Schläge die einzig denkbare Art, Sklaven zu behandeln. Das Mädchen war zwölf, vielleicht dreizehn Jahre alt. Nach den runden Augen und dem spitzen Kinn zu urteilen stammte sie von den Zerspellten Inseln, eine Bursosi oder Klimosierin. In ein oder zwei Jahren mochte sie sich zu einer ansehnlichen, sogar attraktiven Erscheinung auswachsen und mußte mit Freundlichkeit, nicht mit der Peitsche gefügig gemacht werden. Mit roher Gewalt bewirkte man nichts als narbige Häßlichkeit und dumpfe Ergebenheit.

Kundige Hände befühlten ihre Stirn – sie hatte Fieber –, wanderten tiefer und tasteten über ihren Leib. Hm … vielleicht sogar früher als in ein paar Jahren.

Er wandte sich an Kelimon. »Laß die drei aufs Schiff bringen. Ein paar Tropfen Heiltrank auf die Schwären am Hals sollten genügen, doch man soll sie gründlich untersuchen, das Mädchen braucht vielleicht zusätzliche Pflege.« Laheran drehte sich zu dem Unteroffizier herum. »Hiermit erkläre ich diese drei Sklaven zum Eigentum der Gilde; sie wurden auf der Flucht gefangen.«

Doch die meisten der etwa zwölf Sklaven aus diesem Pferch – Laheran mußte wegen der genauen Anzahl in den Akten nachsehen – waren entkommen, außerdem hatten sie sämtliche Pferde mitgenommen sowie alle Geldmittel, die die Gilde zur Abwicklung ihrer Geschäfte in Erifeyll deponiert hatte.

Wie auch immer, die beiden Männer und das Mädchen konnten ihm nichts erzählen, was er nicht schon wußte. Sie hatten nichts weiter gesehen als den Zwerg, der sie durch das rückwärtige Fenster des Sklavenzwingers nach draußen schob.

Der Soldat schüttelte den Kopf. »Ich glaube, Lord Kuryil – er ist der Besitzer des Zwingers – bekundete ein Interesse an der Kleinen.«

»Dann hätte er soviel Verstand haben sollen, sie besser zu pflegen«, bemerkte Laheran mit steifen Lippen. »Vorläufig steht sie nicht zum Verkauf. Bring sie zum Schiff, Kelimon, alle drei. Wir werden sie im Gildehaus in Pandathaway abliefern.«

Unter normalen Umständen hätte Laheran die Bemerkung des Soldaten zum Anlaß genommen, mit Verhandlungen zu beginnen, doch wenn Kuryil den schlechten Zustand des Mädchens mit Absicht herbeigeführt hatte, um ihren Wert zu mindern, mußte ihm eine Lektion erteilt werden. Abgesehen davon war er über diesen Vorfall mehr als verärgert. Er war aufrichtig genug einzugestehen, daß er hauptsächlich aus diesem Grund Kuryil vor den Kopf stieß – nicht um dem Fürsten eine Lektion zu erteilen und auch nicht, weil er vermutete, daß ein Bad, etwas Pflege und einige Zehntage freundlicher, wenn auch strenger Behandlung, den Wert des Mädchens um einiges vergrößern würden.

Der graugekleidete Magier und sein Lehrling standen ein paar Schritte abseits, beider Gesichter eine Maske der Gleichgültigkeit. Der Lehrling sah aus wie ein Jugendbildnis seines Meisters, Laheran konnte sehen, wo sich um seine Augen die ersten Krähenfüße einprägten.

»Soll ich den Bann jetzt aufheben?« wollte der

Magier wissen. »Oder müssen wir den ganzen Tag in der heißen Sonne stehen?«

Laheran trat vor die Tür zu dem Sklavenzwinger. Wieder das rätselhafte Gekrakel in der Fremden Sprache und darunter die Symbole – Schwert, Dolch, Axt –, doch die abschließenden Worte waren in Erendra geschrieben.

Der Krieger lebt, verkündeten sie.

Und: *Diese Tür nicht öffnen. Eine auf Sklavenhändler gemünzte Überraschung wartet dahinter. Verderbt sie ihnen nicht.*

Laheran richtete den Blick auf den Magier und die Wachen. »Ihr nehmt Befehle von Karl Cullinane entgegen, etwa nicht?« fragte er, eigentlich mehr rhetorisch.

Einer der Männer verkniff sich eine Erwiderung.

»*Nun*?« schnappte Laheran. »Heraus damit.«

»Es kostete Lord Erif eine beträchtliche Summe, durch einen Zauberbann hier alles unverändert zu erhalten, Meister Laheran«, sagte der Mann. »Er tat es für Euch, um seine Bereitschaft zur Zusammenarbeit mit der Gilde zu bekunden, nicht weil er Befehle von Karl Cullinane entgegennimmt oder von irgend jemandem sonst.«

Laheran nickte. »Ich sprach unüberlegt. Vergebung.« Er legte die flache Hand auf das gesplitterte Holz der Tür, aber sie rührte sich nicht. Er drückte fester und fester, doch gänzlich ohne Erfolg, er spürte nicht einmal das unmerkliche Nachgeben einer verriegelten Tür.

Er ging zu einem Fenster, dessen Läden geschlossen waren, schob die Hand zwischen Wand und Laden hindurch und zog.

Auch das Fenster ließ sich nicht öffnen; der Zauberbann bewahrte das Gebäude in genau dem Zustand, wie die Mörder es verlassen hatten.

Er seufzte. Genug; irgendwann mußte es getan werden.

»Löst den Bann«, sagte Laheran.

Der Magier trat an die Tür und berührte sie leicht mit einem gesplitterten Fingernagel, wobei er mit gedämpfter Stimme und sorgfältig artikulierend drei Silben sprach, die, kaum vernommen, wieder verflogen, ohne auf der Zunge oder dem Gedächtnis zu verweilen.

Der Fensterladen öffnete sich mit einem heftigen Ruck und verfehlte nur um Haaresbreite Laherans Nase. Als er krachend gegen die Mauer prallte, zuckten Hände nach den Schwertern.

Auch Laheran zog sein Schwert, nahm vorsichtig neben dem Fenster Aufstellung, schob die Klinge in den Raum dahinter und bewegte sie hin und her. Nichts geschah.

Einer der Soldaten trat vor. »Ich verstehe den Grund für dieses Zögern nicht«, sagte er, tat noch einen Schritt und stieß mit der Hand gegen die Tür.

Laheran stürzte sich mit einem raschen Sprung auf ihn und gemeinsam stürzten sie zu Boden, eben als die Tür aufschwang.

Man konnte den dumpfen Schlag hören, mit dem der gefiederte Bolzen in die Schulter des Postens drang; der schwere Mann ließ seine Waffe fallen und schrie.

Laheran kam anmutig auf die Beine und klopfte sich den Staub aus den Kleidern. »Am besten schafft ihr euren Freund zum Spinnenarzt«, bemerkte er zu den übrigen Soldaten, während einer von ihnen sich über den armen Tropf beugte, der die Tür aufgestoßen hatte. »Für euch gibt es hier nichts von Interesse.«

Laheran trat über die Schwelle. Wie er vermutet hatte: Einer der toten Männer war Daviran, einer seiner wenigen Freunde, mit dem zusammen er als Lehrling in die Gilde eingetreten war.

Und jetzt saß der für seine Schläue berühmte Davi auf einem Stuhl, im Gesicht die Blässe des Todes und ein von Ohr zu Ohr reichendes rotes Grinsen unter dem Kinn.

Nichts lebte mehr in dem trostlosen Raum. Ein Toter lag auf dem Boden, ein weiterer saß wie Davi auf einem Stuhl, ein vierter war kopfüber an das obere Gitterkreuz des Sklavenkäfigs gefesselt; auch den Armbrustbolzen hatte keine lebende Hand abgefeuert. Man hatte die Armbrust an die Tür zu einer kleinen, dem Eingang gegenüberliegenden Kammer genagelt, und ein improvisierter Flaschenzug löste den Bolzen, sobald die Haupttür sich öffnete.

Laheran knieter nieder, um den Leichnam unter dem Tisch zu untersuchen. Die rechte Hand war zerquetscht und so übel zugerichtet, als hätte sie jemand durch eine Weinkelter gedreht.

Selbstverständlich war diese Verletzung nicht die Todesursache. Seine Rippen waren gebrochen, das Brustbein eingedrückt, was vermutlich den sofortigen Tod herbeigeführt hatte.

Das roch nach dem Zwerg, Ahira, und Davis durchschnittene Kehle verriet die Hand von Walter Slowotski.

Und der arme tote Bastard, der kopfüber am Eisengitter hing, war ein echter Karl Cullinane. Laheran umfaßte das kurze Stück von dem Speerschaft, der aus der Brust des toten Sklavenhändlers ragte.

Es stand ihm förmlich vor Augen, wie dieses Ungeheuer den Gildebruder kopfüber an die Eisenstäbe fesselte und dann gemächlich den Speer in der Hand wog, bevor er sein hilfloses Opfer schließlich durchbohrte.

Diese drei, Ahira, Slowotski, Cullinane, mußten sterben.

Laheran zog seinen Dolch und prüfte dessen Schärfe. War es tatsächlich möglich, einem Mann zehntausend kleine Schnitte zuzufügen, ohne ihn zu töten? Ahrmin hatte recht gehabt: Cullinane war zu gefährlich, um ihn am Leben zu lassen. Er mußte sterben. Und seine Freunde mit ihm.

Wieder hob Laheran den Blick zu dem an die Tür gehefteten Pergament.

Der Krieger lebt, glaubt ihr? Nicht mehr lange, Karl Cullinane! Nicht mehr lange, du mordgierige Bestie!

Laheran riß das Pergament von der Tür und zerfetzte es mit dem Dolch haßerfüllt zu schmalen Streifen.

Kapitel sechs

Tennetty

Das Gewerbe des Samurai setzt sich zusammen aus Betrachtungen über seine eigene Stellung im Leben, dem treuen Dienst an seinem Herrn – zu den Zeiten, da er einen hat –, der Vertiefung seiner Vertrauenswürdigkeit im Umgang mit Freunden und – unter gebührender

Berücksichtigung der eigenen Position – der völligen Hingabe an seine Pflicht.

Yamaga Soko

Der Unterschied zwischen einem vertrauten Freund und einem ergebenen Vasallen ist alles andere als trivial. Was mich betrifft, so wäre ich lieber das erstere; Vasallen gehen für meinen Geschmack zu oft zum Brunnen.

Walter Slowotski

»Komm herein«, sagte sie.

Ihr Zimmer, eine kleine Kammer im Kerkergeschoß des Turms, wurde einzig von einer flackernden Lampe erhellt, die in einer Mauernische stand. Es war kalt hier unter der Erde und es roch nach Moder, aber das schien Tennetty nicht zu kümmern, die im Schneidersitz auf ihrem zerwühlten Bett saß und die Schneide eines Dolches prüfte. Ihr Gesicht lag im Schatten, der die schwarze Klappe über der leeren Augenhöhle verbarg.

»So«, meinte sie. »Du hast es dir von ihnen ausreden lassen?«

»Was glaubst du? Daß ich mich vor der Reise drükken will?«

Sie kicherte höhnisch. »Sehr schlau, Jason. Du hast einen scharfen Blick für das Offensichtliche.« Von irgendwoher aus der Dunkelheit brachte sie einen Wetzstein zum Vorschein, spuckte darauf und begann mit langsamen, gleichmäßigen Bewegungen die Dolchklinge zu schärfen.

Jason ärgerte sich über diese Anschuldigung und wußte nicht recht, wie er darauf reagieren sollte. »Ich dachte, ich hätte in Melawei etwas bewiesen«, erwiderte er und bemerkte erst, wie aufgeblasen diese Worte klangen, als sie schon heraus waren.

Sie musterte ihn gleichmütig. »Du hast bewiesen, daß du mit einem Gewehr umzugehen verstehst, ein einziges Mal. Es war im rechten Augenblick, soviel will ich dir zugestehen. Doch du hast nicht bewiesen, daß du ein gleichwertiger Ersatz für ihn bist, Junge. Du sitzt auf *seinem* Stuhl und erwartest von allen, daß sie zu dir aufblicken, als könntest du *ihm* das Wasser reichen ...« Sie spuckte wieder auf den Stein und fuhr fort, die Klinge zu bearbeiten. »Nun, das kannst du nicht. Und du kannst lange darauf warten, daß ich zu dir aufsehe.«

»Tennetty, ich ...«

Ohne Vorwarnung, ohne den mindesten Ansatz zu einer derart schnellen Bewegung erkennen zu lassen, stürzte sie sich mit einem Satz auf ihn.

»Wachen!« schrie er, bekam ihre Dolchhand zu packen und suchte einen Tritt gegen ihre Kniescheibe anzubringen.

Sie hakte ihren Fuß hinter sein Standbein und brachte ihn zu Fall, wobei er sich einen Arm hinter dem Rücken einklemmte, während sie schwer auf seiner Brust hockte.

Die Spitze der Dolchklinge schimmerte im Lampenschein, senkte sich auf sein Auge herab – und hielt inne.

»Dein Vater hätte sich meiner zu erwehren gewußt, Jason. Du bist nicht so schnell wie er war, nicht so tapfer, kein ihm gleichwertiger Herrscher, kein ...«

Mit einem trockenen Schlaggeräusch prallte ein Gewehrkolben gegen ihren Schädel. Eine riesige Hand schob sich in Jasons Blickfeld und packte ihren

Arm; eine zweite, etwas kleinere Hand griff in ihre Haare und zog sie empor, ohne sich durch ihr schmerzerfülltes Ächzen beirren zu lassen. Sie stieß mit dem freien Arm nach ihren Überwältigern, doch ihre Schläge wurden abgewehrt. Es klang, als hätte jemand mit der geballten Faust gegen einen Schinken geschlagen.

»Halt sie fest, Durine«, sagte Kethol, ließ ihr Haar los und bückte sich, um Jason auf die Füße zu helfen.

Sie setzte sich mit einem heftigen, nach seinem Unterleib gezielten Tritt zur Wehr, doch Durine, der sich anmutiger und schneller bewegte, als es einem Mann seiner Größe von Rechts wegen zustand, hatte sich bereits gedreht, um den Tritt an der Hüfte abgleiten zu lassen.

Er packte und schüttelte sie wie ein Hund eine Ratte, bis sie das Messer fallen ließ. Dann zog er sie mit der einen Hand dicht an sich, während er ihr die Faust in den Magen rammte.

Würgend sackte sie zusammen und wäre gefallen, hätte Durine sie nicht elegant herumgewirbelt und zu Boden gestoßen, worauf er neben ihr niederkniete, ihre Hände mit seiner großen Tatze festhielt und seinen Dolch aus dem Gürtel zog.

Er hob den Blick zu Jason, der von Kethol gestützt werden mußte. »Wollt Ihr es tun, Herr, oder soll ich?« Unter der Lederjacke hoben sich die massigen Schultern. »Mir kommt es nicht drauf an.«

Jason bemühte sich, allein zu stehen. »Würdet ihr alle …«

Tennetty fauchte, ein Laut, der mehr an ein Tier, denn an einen Menschen gemahnte. »Auf die Probe gestellt, ich habe ihn nur auf die Probe gestellt«, sagte sie. Aus ihrem Mund klang es nicht flehend, sondern wie eine Drohung.

»Laß sie aufstehen, Durine«, befahl Jason. Er spürte einen salzigen Geschmack im Mund und tastete nach seiner blutenden Lippe. Er konnte sich nicht daran erinnern, aber sie mußte während des Kampfes aufgeplatzt sein.

Durine richtete den Blick ratsuchend auf Kethol, der die Schultern zuckte, als wollte er sagen: *Es ist seine Sache*. Zögernd ließ der große Mann Tennettys Handgelenke los, stand auf und schob seinen Dolch wieder in den Gürtel. »Ich würde nicht nach dem Messer da greifen, Tennetty«, warnte er mit einer Spur von Gelassenheit in der Stimme, vielleicht weil die Phrase ihm so abgedroschen vorkam, etwa so wie: *Zieh dich warm an, es ist kalt draußen*. »Das wäre keine gute Idee.«

Mit einem behutsamen Kopfnicken kroch sie zu ihrem Bett, zog sich hinauf, lehnte sich zurück und massierte mit einer Hand die getroffene Kopfseite. In der spärlichen Beleuchtung wirkte sie alt und sehr verbraucht. »Ich höre.«

»Ich finde, du hast ihn oft genug auf die Probe gestellt. Es reicht jetzt.« Kethol nahm ihren Pistolengurt von dem Haken neben dem Bett und hängte ihn sich über die Schulter. »Nun, junger Herr, wie geht es jetzt weiter?«

»Ich kam her, um mit ihr zu besprechen, wen ich mit auf die Reise nach Heim und Endell nehmen soll.« Jason versuchte den Vorfall mit einer Handbewegung als unbedeutend abzutun. »Es kam zu einer Meinungsverschiedenheit darüber, ob ich den Fährnissen einer solchen Reise gewachsen sei, und sie versuchte, mich von ihrem Standpunkt zu überzeugen.«

Kethols Mund verzog sich zu einem Lächeln. Auf

seinem Gesicht wirkte dieser Ausdruck deplaziert. »Mit allem Respekt, Herr: Habt Ihr deshalb um Hilfe gerufen? Wolltet Ihr vielleicht vorführen, daß Ihr eine besondere Art der Selbstverteidigung beherrscht?« Er wandte sich an Durine. »Was ist deine Meinung?«

Durine wiegte den Kopf. »Gefällt mir nicht. Wir sollten sie vor den General bringen.«

Kethol schnaubte. »Nachdem er uns erklärt hat, er wolle unsere häßlichen Visagen die nächsten zwei Zehntage nicht mehr sehen? Vielleicht wenden wir uns statt dessen an Hauptmann Garthe?«

»Wegen eines Angriffs auf den Erben? Ich ...«

»Ich entscheide, was in der Sache unternommen wird!« schnappte Jason.

Durine überlegte einen Augenblick, dann nickte er. »Ja, Herr. Wir können mit dem General darüber sprechen, sobald Ihr abgereist seid. Vorausgesetzt, Ihr nehmt sie nicht mit. Auch einem Hund gibt man keine Gelegenheit, ein zweites Mal zuzubeißen.«

Tennetty schüttelte den Kopf. »Falsch. Ich werde ihn begleiten. Ich verstehe meine Arbeit so gut wie irgend jemand sonst.«

»Arbeit nennst du das? Den zukünftigen König bedrohen?« Kethol hob die Brauen. »Und wer wird ein Auge auf dich haben?«

Tennetty hütete sich davor, erneut den Kopf zu schütteln. »Da wir auch noch Fracht transportieren wollen, müssen wir unsere Gruppe so klein halten wie möglich – denkt daran, in Endell kommen noch Slowotskis Frau und seine Kinder dazu. Bren Adahan und Aeia müssen nach Heim zurückkehren, und das bedeutet, daß wir vielleicht noch drei Leute mitnehmen können. Jason, ich und noch drei weitere. Ich dachte an Garthe, Teven und eventuell Danagar, falls er sich genügend erholt hat, aber ...« Ein Schmerzanfall verzerrte ihr Gesicht. Sie kniff das ihr verbliebene Auge zusammen, ohne verhindern zu können, daß ihr die Tränen unter dem Lid hervorquollen.

»Ein Obergefreiter und zwei von den Söhnen des Generals? Mit Hauptmann Garthe wäre ich schon einverstanden, aber ich habe eine bessere Idee«, meinte Kethol und schaute Jason an. »Was haltet Ihr von mir, Durine und Pirojil auf den drei freien Plätzen? Allerdings müßtet Ihr den General überreden, uns die Strafe zu erlassen und zu erlauben, daß Pirojil von dem Spinnenarzt wieder auf die Beine gebracht wird.«

Was für Jason keinerlei Mühe bedeutete.

»Ich statt Pirojil«, warf Tennetty ein. »Entweder nimmst du mich mit oder tötest mich. Karl hat mir aufgetragen, auf dich zu achten, Jason.« Mit übertrieben langsamen Bewegungen erhob sie sich von ihrem Bett und kam auf ihn zu. Durine warf einen raschen Blick auf Jason, doch Kethol ließ keine Sekunde lang die Augen von Tennetty, während sie die Halteschlaufe vom Hahn ihrer Pistole streifte, die Waffe behutsam aus dem Halfter zog und sie mit dem Kolben voran in Jasons Hände legte.

»Spann den Hahn«, sagte sie.

Durine hob die Augenbrauen. Kethol zögerte, dann nickte er.

Jason spannte den Hahn und hielt die Waffe, wie er es gelernt hatte, mit dem Lauf zur Decke gerichtet.

»Jetzt richte die Pistole auf mich.« Wieder mit äußerst langsamen Bewegungen drückte sie seinen Arm herunter, bis die Pistolenmündung unter ihrem Kinn den Hals berührte.

»Vertrau mir oder erschieß mich«, sagte sie, als wäre ihr das eine so recht wie das andere.

»Es ist Eure Entscheidung, Herr«, meinte Durine. »Euer Vater hielt große Stücke auf Tennetty, aber ich weiß nicht, ob Ihr das Risiko eingehen solltet. Auch einem Hund gibt man keine Gelegenheit, ein zweites Mal zu beißen.«

»Das hast du vorhin schon gesagt«, erinnerte ihn Jason.

»Wenn schon. Also?«

Jason deutete mit dem Kopf zur Tür. »Laßt uns ein paar Augenblicke allein«, forderte er die beiden Männer auf, ohne den Pistolenlauf zu senken. Glaubte sie wirklich, schneller zu sein als der Zündfunke?

»Wir warten dicht vor der Tür«, warnte Durine. Er und Kethol hoben ihre Gewehre auf und verließen das Zimmer.

»Was würdest du meinem Vater raten, Tennetty?« fragte er.

Sie zögerte nicht mit der Antwort. »Mich zu töten. Es ist töricht, jemandem Vertrauen zu schenken, der so dicht davor gewesen ist, dich zu töten.«

»Obwohl ich weiß, daß du es nicht wieder tun wirst?«

»Aber das weißt du nicht. Du kannst es nicht wissen. *Ich* weiß es nicht. Dein Vater hätte mir keine weitere Chance gegeben.«

Jason nickte. »Mag sein, du hast recht.« Er ließ den Hammer einschnappen, senkte die Waffe und gab sie ihr zurück. »Andererseits, wie du so richtig bemerkt hast, bin ich nicht mein Vater.« Er drehte sich herum und ging aus dem Zimmer, und sein Rücken kam ihm so nackt und verletzlich vor wie eine Schnecke ohne Haus.

Kapitel sieben

Trennungen

Es hat mir nie gefallen, wie Katzen sich verabschieden – die undankbaren kleinen Geschöpfe verschwinden einfach ohne ein Wort.
Nicht meine Art. Lebewohl zu sagen ist eine Kunst, die wir Menschen ausgezeichnet beherrschen.

Walter Slowotski

Aeia führte ihn ins Schlafzimmer. »Mutter braucht Schonung«, flüsterte sie. »Es geht ihr nicht besonders.«

Doria saß mit untergeschlagenen Beinen in einem ausladenden Sessel neben dem Fenster, ein Kniepult auf dem Schoß und den Stift in der Hand. Als Aeia und Jason hereinkamen, stellte sie das Pult auf einen kleinen Tisch und trat zu ihnen.

Andrea Cullinane lag schlafend im Bett. Ihr Gesicht wirkte merklich jünger und nicht mehr ganz so grau und abgespannt wie noch am Vormittag. Für einen Moment beschleunigte sich ihr Atem, die Augenlider zuckten, doch eben als Jason dachte, sie würde aufwachen, drehte sie sich auf die andere Seite und grub den Kopf tiefer ins Kissen.

»Sie wird sich bestimmt bald erholt haben«, meinte Doria mit gedämpfter Stimme, »aber sie hat lange Zeit übertriebenen Gebrauch von ihren magischen Fähigkeiten gemacht.« Sie schob in professionellem Mißfallen die Unterlippe vor. »Stell dir einen Junkie im Entzug vor, und du hast ein ziemlich genaues Bild von ihrem Zustand.« Sie zog Jason und Aeia ein Stück beiseite, weit genug vom Bett entfernt, daß ihre im Flüsterton geführte Unterhaltung unbelauscht blieb, doch so nahe, daß sie die schlafende Andrea sehen konnten.

»Junkie?« fragte Jason.

Doria runzelte die Stirn. »Trinker, meinetwegen. Man kann sie mit einer Trinkerin vergleichen, die versucht, das Trinken aufzugeben. Das Schlimme ist nur, von der Magie kommt man niemals völlig los, aber die Beschäftigung damit muß sie auf ein Maß zurückschrauben, das ihr nicht schadet.«

Aeia nickte. »Aber wird sie wieder ganz gesund?«

Doria antwortete nicht gleich. »Du mußt bedenken, daß ich nicht mehr die bin, die ich mal war, aber ...«

»Aber du kannst dich immer noch auf dein Gefühl verlassen«, beendete Aeia den angefangenen Satz. »Sagt Andrea«, fügte sie hinzu, als Doria Anstalten machte zu protestieren.

»Mag sein.« Doria zuckte die Schultern. »Auf jeden Fall kann sie keine weitere Aufregung verkraften, nicht jetzt. Bei voller Gesundheit ist sie an Körper und Geist robuster als die meisten anderen, aber ...«

»Woher weißt du das? Und was ist das für ein ›Gefühl‹?« Jason musterte sie skeptisch. Als Doria sich in Melawei gegen den Willen der Matriarchin auflehnte, hatte sie sich von der zauberkundigen Klerikerin der Heilenden Hand wieder in die etwas pummelige Doria Perlstein von der Anderen Seite verwandelt. Er war ihr dankbar – immerhin hatte sie entgegen den Befehlen der Matriarchin ihre Zauberkraft eingesetzt, um ihm das Leben zu retten –, aber deshalb war er nicht blind für den Verlust ihrer Fähigkeiten.

Dorias Gesichtszüge versteinerten sich. »Nach der Vergewaltigung durch Ahrmins Sklavenjägerhorde«, sagte sie mit flacher, ausdrucksloser Stimme, »erholte sich Andrea von einem Schock, durch den ich in Katatonie verfiel. Sie war imstande, das Erlebnis zu verarbeiten und nicht viel später eine normale sexuelle Beziehung zu deinem Vater aufzunehmen. Dazu bedarf es einer inneren Kraft, von der ich bezweifle, daß du sie besitzt, Junge.« Die letzten Worte stieß sie mit unvermuteter Heftigkeit hervor. Bevor sie weitersprach, rang sie um Selbstbeherrschung. »Doch zur Zeit ist sie nicht auf der Höhe, weshalb ihr beide eure Reise als harmlosen kleinen Urlaub darstellen werdet, einen letzten unbeschwerten Ausflug, bevor ihr euch dem Joch der Ehe beugt und den Pflichten der Regierung oder was auch immer ...«

»Doria?« Andreas schläfrige Frage verklang in einem Gähnen. »Was ist – oh, Jason, Aeia«, sagte sie, richtete sich auf und lächelte. Dann streckte sie ihnen die Hände entgegen.

An ihrem wachen Gesicht ließ sich das tatsächliche Ausmaß ihrer Erschöpfung ablesen. Ihre Augen waren verquollen und rot, die Mundwinkel verkrustet. Jason ergriff eine ihrer Hände. Sie fühlte sich trocken und heiß an, die Haut lose wie die einer alten Frau. Doch Mutter konnte unmöglich alt werden!

Sie schaute lächelnd von Aeia zu Jason. »Ihr beide werdet jetzt aufeinander achten, nicht wahr? Und seid vorsichtig.«

Oder vielleicht doch?

Er hob die Achseln. »Nicht der Rede wert. Ein Katzensprung nach Endell. Und auf Ellegons Rücken ist schon gar nichts zu befürchten. Nicht der Rede wert«, wiederholte er.

Warum klangen ihm seine eigenen Worte so unecht in den Ohren? Er hatte doch keineswegs übertrieben: Was sie vorhatten, war allenfalls ein Kurzurlaub, nichts weiter.

Andrea schien ihn nicht gehört zu haben. »Ich habe Janie seit einer Ewigkeit nicht gesehen. Liebe Güte, sie muß inzwischen so groß sein wie du. Und die kleine Doria Andrea kenne ich nur aus Walters und Kirahs Briefen.« Sie zwinkerte Doria zu. »Obwohl mir nicht entgangen ist, daß man dir den ersten Platz eingeräumt hat.«

»Immerhin«, meinte Doria, »sie Andrea Doria zu nennen, wäre ein ...«

»Nein, sag's nicht!«

»... wäre eine Katastrophe gewesen.«

Die beiden Frauen von der Anderen Seite kicherten wie die Schulmädchen. Jason saß ratlos auf der Bettkante und breitete zum Zeichen seiner Unwissenheit die Hände aus als Aeia ihn fragend anblickte, um ihm gleich darauf mit einem Schulterzucken zu verstehen zu geben, daß auch sie keine Ahnung hatte, worum es eigentlich ging.

Doch das Lachen war ansteckend, und Jason und Aeia konnten nicht anders, als darin einzustimmen.

Lachend fiel der Abschied leichter.

Doria gesellte sich im Korridor zu ihnen. »Es geht ihr wirklich nicht besonders gut. Sie hat zu lange vorgetäuscht, bei bester Gesundheit zu sein und damit alles noch verschlimmert. Also möchte ich, daß sie ausruht und sich keine Sorgen macht … Und ich möchte, daß ihr beide pünktlich zum verabredeten Zeitpunkt wieder hier eintrefft. Verstanden?«

Aeia umarmte sie. »Verstanden, Tante Doria.«

Jason nickte. »Auch ich werde dich vermissen.«

Sie biß sich auf die Lippen und lächelte. »Das ist auch einer der Gründe, mein Junge. Paßt auf euch auf.«

Zweiter Teil
Heim

Kapitel acht

Vor den Toren Enkiars

›Verschiedenes‹ ist stets die umfangreichste Kategorie.
Slowotskis Gesetze

Die Nacht war droben hell und klar, drunten finster und bedrohlich. An Backbord, etwa eine Meile unter Ellegons ausgebreiteten Schwingen, erhellten armselige Laternen die stumpfe Düsternis der Straßen Enkiars. Vom westlichen Rand der Stadt leuchtete die rote Glut von drei Müllverbrennungsfeuern herauf.

Die Sterne flimmerten grell, während träge wallende Feenlichter scharlachrote und hellblaue Schleier über den Himmel breiteten. Wieder versuchte Jason, nach vorn zu blicken, an Ellegons langgestrecktem Hals vorbei, doch der brausende Flugwind trieb ihm die Tränen in die Augen. Er wischte sich die salzige Flüssigkeit aus dem Gesicht und sank in die Gurte zurück.

Eine schwielige Pratze legte sich auf seine Schulter. »Es kann nicht mehr weit sein«, übertönte Durines Stimme den Wind und das Schlagen der Flügel. »Wir landen jeden Augenblick.« Der Griff um Jasons Schulter verstärkte sich zu einem beruhigenden Druck.

Hinter Durine, halb verborgen von festgeschnürten Leinwandsäcken, duckten sich die anderen in ihren Sätteln: Kethol schaute mit großen Augen und merklichem Unbehagen in die Tiefe, während Tennetty lediglich eine wachsame Gleichmut erkennen ließ. Aeia betrachtete den Ritt auf dem Rücken eines Drachen als etwas Selbstverständliches – sie war mit Ellegon geflogen, bevor Jason auf die Welt kam –, während Bren Adahan einen starren Ausdruck angespannter Gelassenheit zur Schau trug.

Auf dem ersten der üblichen Lagerplätze waren sie nicht, berichtete Ellegon. *Also versuchen wir es beim nächsten.*

Obwohl Enkiar sich für einen Status militanter Neutralität entschieden hatte und die Stoßtrupps aus Heim in den Wäldern westlich und nördlich der Stadt unbehelligt ihr Lager aufschlagen konnten, wurde diese Neutralität außerhalb der Stadt doch nicht immer mit dem gehörigen Nachdruck gewahrt. Obwohl Fürst Gyrens Truppen innerhalb der Mauern für Ordnung sorgten, ließ die Disziplin in den äußeren Bezirken rapide nach.

Doch auch letzteres hatte seine Vorteile. Enkiars Neutralität hinderte die Soldaten aus Heim nicht daran, sich nützliche Informationen zu beschaffen. Einige Male war es ihnen gelungen, aufgrund solcher Informationen eine Karawane der Sklavenhändler in einen Hinterhalt zu locken. Andererseits verfügten auch die Sklavenhändler über ihre Zuträger. Frandreds Trupp war seinerzeit in eine von ihnen gestellte Falle geraten und hatte hohe Verluste hinnehmen müssen. Also kampierten die Stoßtrupps aus Heim nie zweimal hintereinander auf dem gleichen Platz, und es wurden stets Wachposten aufgestellt.

Auf einer Säule aus Rauch und Feuer stieg vor ihnen eine grüne Signalrakete in den Himmel.

Sehr gut. Sie lagern auf Nummer fünf meldete Ellegon. *Ein Zwerg steht auf Wache.*

Woher weißt du das?

Denk nach. Auf diese Entfernung, erklärte Ellegon, *könnte keines Menschen Auge mich vor dem dunklen Himmel ausmachen. Zwerge sind scharfsichtiger.*

Fast ohne die Schwingen zu regen sank Ellegon erdwärts, um schließlich mit heftigen Flügelschlägen seine Geschwindigkeit zu vermindern, als der Boden ihnen scheinbar viel zu rasch entgegenkam.

»Fackeln!« rief unten eine vertraute barsche Stimme.

Daherrin, weshalb stehst du auf Wache?

»Wir waren knapp an Zwergen«, tönte die Antwort aus der Dunkelheit.

Schattenhafte Gestalten tauchten auf und brachten Fackeln, die Ellegon behutsam eine nach der anderen mit seinem feurigen Atem entzündete.

Jason löste mit raschen Griffen die Haltegurte und rutschte an Ellegons Flanke hinunter, bis er mit einem harten Ruck in dem taufeuchten Gras landete.

Im unsteten Licht der Fackeln sah er sich Daherrin und Mikyn von Angesicht zu Angesicht gegenüber. Mikyn war etwa so alt wie Jason und von Kindheit an sein Freund. Doch jetzt wirkte Mikyn müde, sehr viel älter als bei ihrer letzten Begegnung: Sein spärlicher brauner Bart war nur wenig voller geworden, er hatte dunkle Schatten unter den Augen, und die Knochen seines Gesichts traten schärfer hervor. Ohne ihn zu kennen, hätte Jason Mikyn auf fünfundzwanzig, vielleicht sogar dreißig Jahre geschätzt. Alt.

Am deutlichsten machte sich die Veränderung in seinem Gesichtsausdruck bemerkbar: Ser Jugendfreund betrachtete Jason wie einen Fremden.

»Jason«, sagte Daherrin mit bestürzend kalter, nüchterner Stimme. Dem Zwerg waren keine Veränderungen anzumerken. Nach wie vor reichte die massige, klobige Gestalt Jason kaum bis zum Kinn, doch was die Breite der Schultern betraf, brauchte Daherrin keinen Vergleich mit dem legendären Karl Cullinane zu scheuen. Aus einem grau gesprenkelten, mausbraunen Bartgestrüpp ragte eine absurd anmutende Adlernase, flankiert von Augen wie schwarze Perlen. In der ungewissen Beleuchtung erstarrte das faltige Gesicht zu einer undeutbaren Maske.

Doch plötzlich verzog es sich zu einem Grinsen, das das Gesicht eines Menschen in zwei Hälften gespalten hätte. »Jason«, wiederholte Daherrin und umarmte ihn mit solcher Kraft, daß seine Rippen knackten. »Jason, Bürschchen, es tut gut, dich wiederzusehen.« Er ließ Jason los und trat einen Schritt zurück. »Verdammt will ich sein, wenn du um die Schultern nicht erheblich zugelegt hast.« Er wurde ernst. »Habe von der Sache mit deinem Vater gehört, und es tut mir leid.«

Jason nickte. »Mir auch.«

Mikyn beteiligte sich nicht an der Unterhaltung; er beobachtete Jason.

Der Zwerg schlug Jason herzhaft auf die Schulter und warf ihn beinahe um. »Ich habe auch gehört, wie du es Ahrmin besorgt hast. Gute Arbeit.« Er lächelte. Das Geschäft des Tötens war für Daherrin ein Beruf wie jeder andere. »Bist du sicher, daß der Bastard tot ist? Ich kann mich erinnern, daß auch dein Vater einmal überzeugt war, ihn erledigt zu haben.«

Jason erwiderte den forschenden Blick des Zwergs. »Ich habe sein Gehirn gesehen.«

»Guter Junge. Wetten, daß deine Mutter stolz auf dich ist.« Der Zwerg machte Anstalten, sich abzuwenden. »Eins noch.«

»Ja?«

Der Zwerg sprach den Drachen an. »He, Ellegon, würdest du gleich mal aufpassen, daß die Stimmung hier nicht überkocht?« Gleichzeitig drehte er sich wieder zu Jason herum.

Mir wäre es lieber, du würdest nicht ...

»Riech mal dran, Wichser«, sagte der Zwerg. Eine riesige Faust traf Jason an der Wange; die Welt bäumte sich auf und stieß ihm mit einem gewaltigen Schlag gegen den Rücken die Luft aus den Lungen. Er wollte sich aufrichten, aber dunkle Schleier drohten sein Bewußtsein einzuhüllen.

Das unverkennbare Klicken von Gewehrhähnen durchdrang die flimmernde Dunkelheit vor seinen Augen.

»Tennetty, ta havath«, sagte Durine. »Immer mit der Ruhe, alle miteinander.«

»Streich's dir hinter die Ohren«, rief Tennetty mit schriller Stimme. »Mir willst du den Kopf abreißen, weil ich Hand an ihn gelegt habe und den da läßt du ...«

»Tennetty, halt den Mund. Runter mit den Waffen, allesamt«, befahl Aeia laut. »Ellegon!«

Kein Grund zur Aufregung. Es ist nichts geschehen, wofür es sich zu sterben lohnt. Drachenfeuer erhellte den Nachthimmel und vertrieb den Nebel in Jasons Kopf. »Er ist in Ordnung. Jason, steht auf.*

Mikyn schaute auf ihn herab. »Du hast deine Schulden noch längst nicht abgezahlt. Aber es war eine erste Rate.« Er reichte Jason die Hand.

Jason griff danach und erwog für einen Moment,

seinem Jugendfreund in die Eier zu treten. Zweimal. Mit Genuß.

Doch er verwarf den Gedanken und ließ sich von Daherrin und Mikyn auf die Beine helfen.

»Das hätte für die Hälfte meiner Leute der Tod sein können.« Die Nasenflügel Daherrins bebten, während er Jasons Finger mit schmerzender Kraft umklammerte. »Ich wollte jedem der Männer einen Prügel in die Hand geben und dich über glühenden Kohlen Spießruten laufen lassen, und wenn du nicht ausgerechnet der zukünftige Kaiser wärst, würde nichts in der Welt mich davon abhalten, genau das zu tun. Doch du bist nun mal der kommende Chef, also müssen wir damit leben, wie du die Sache vermasselt hast.

Doch merk dir eins: Du magst der Thronerbe sein, Kaiser in spe, *sein* Sohn oder was auch immer, aber du wirst das niemals, niemals wieder tun, oder die kleine Ohrfeige von eben wird dir vorkommen wie der Schmalz, den deine Mutter dir früher auf den Hintern gab, nachdem sie deine Windeln gewechselt hatte. Hast du mich verstanden, Jason Cullinane?«

»Ich habe dich verstanden.« Jason ließ die stützenden Hände los und stand mit weichen Knien zwischen Daherrin und Mikyn.

Beruhigt euch wieder. Es ist nichts passiert.

Ein paar Schritte entfernt in der Dunkelheit standen Tennetty und Kethol immer noch drei von Daherrins Kriegern gegenüber. Acia und Durine hatten zwischen den feindlichen Parteien Aufstellung genommen. Gewehre waren schußbereit, Schwerter gezogen, doch es war kein Blut geflossen, kein unwiderrufliches Unheil angerichtet worden.

Der gewaltige Leib des Drachen überragte die

stumm verharrenden Menschengestalten, aus seinen Nüstern kräuselte sich Rauch. *Sag ihnen, daß alles in Ordnung ist.*

»Ta havath.« Jason hob die Hand. »Regt euch ab, ja? Es war nur ein Spaß.« Er tat einen Schritt und änderte seine Meinung. Das Dröhnen in seinem Kopf war alles andere als ein Spaß.

Annähernd hundert Krieger versammelten sich um das Lagerfeuer, als Daherrins Quartiermeister den von Ellegon gebrachten Nachschub aufteilten. Es gab drei Kategorien: Kleidung, Waffen und Verschiedenes.

Kleidung war ausreichend vorhanden. Die Männer verschwanden einer nach dem anderen mit ihrer frischen Wäsche einen von Laternen beleuchteten Pfad entlang, der zu einem nahen Bach führte, wo sie sich einseiften, fröstelnd mit dem kalten Wasser abwuschen und in die sauberen Kleider schlüpften. Feucht und frierend, aber sauber kehrten sie zurück und packten die getragenen Sachen für die Wäsche in Heim zusammen.

Auch Schießpulver und Kugeln gab es reichlich, außerdem einige Gewehre als Ersatz für beschädigte Waffen, die nicht ohne weiteres repariert werden konnten.

›Verschiedenes‹ war, wie Walter Slowotski zu sagen pflegte, immer die größte Kategorie. Dazu gehörten: Ersatzlampen, Flickzeug, einige kostbare Flaschen mit Heiltrank, Lederriemen, Seile, gebündelte Pfeilschäfte mit Werkzeug und Zubehör, ein kleiner Beutel mit Briefen … aber kein Proviant. Obwohl man von den Truppen im Einsatz erwartete, daß sie selbst für Verpflegung sorgten, waren Trokkenfleisch und frisches Gemüse immer ein willkommener Leckerbissen. Diesmal enthielt Ellegons Fracht nichts dergleichen.

Daherrin fluchte gedämpft vor sich hin. »Wie ist es doch schön, Euch bei uns zu haben«, bemerkte er zu Aeia, mit heldenhaft gemäßigtem Sarkasmus in der Stimme, »sowie Euer Hochwohlgeboren«, er verneigte sich übertrieben vor Bren Adahan, »und Durine ist natürlich eine Wohltat für meine alten Augen ...«

Der riesenhafte Mann kicherte.

Der Zwerg spie ins Feuer und schaute sinnend dem Speichel nach. »Trotzdem wäre mir Euer Gewicht in Mohrrüben und Pflaumen lieber gewesen.«

Sein Stellvertreter, ein hagerer Mann, dem die meisten Vorderzähne fehlten, zuckte die Schultern. »Wasch schollsch. Wir können morgen schemanden in die Schtadt schicken, um frischen Proviant schu kaufen.«

»Durchaus. Aber ...« Daherrin überlegte einen Moment. »Doch eigentlich möchte ich den Sklavenjägern aus dem Weg gehen, wenn irgend möglich.«

Jason zog eine Augenbraue in die Höhe.

»In der Stadt halten sich Sklavenhändler auf«, erklärte der Zwerg. »Eine große Karawane – zu groß für uns. Aber sie sind auf dem Rückweg nach Pandathaway. Ich habe einen Läufer zu Frandred geschickt; vielleicht tun wir uns zusammen und greifen sie in der Gegend von Metreyll an, falls sie diesen Weg nehmen.«

Eine große Karawane? Ellegon zuckte unruhig mit den Flügeln.

Eine große Karawane bedeutete in den meisten Fällen mit Drachenbann vergiftete Armbrustbolzen.

Der Zwerg nickte. »Allerdings. Deshalb möchte ich dich gerne bis morgen noch in meiner Nähe wissen. Du kannst zu den Bergen fliegen und dich dort verborgen halten, doch sei darauf gefaßt, uns schnell zur Hilfe zu kommen, falls wir in Enkiar in Schwierigkeiten geraten.«

Weißer Dampf quoll zischend zwischen den Zähnen des Drachen hervor. *Doch aus so großer Entfernung kann ich keine Gedankenverbindung herstellen, außer mit Jason.*

Vielen Dank.

»Jason.« Daherrin zupfte an seinem Bart. »Hast du irgendwelche Probleme, was einen Besuch in der Stadt betrifft?«

Nicht noch einmal, dachte er. *Ich werde niemals wieder Reißaus nehmen.* »Keine Probleme, Daherrin.« Jason schüttelte den Kopf. »Ich komme zurecht.«

Tennetty nickte. »Richtig. Ich bewache deinen Rücken.«

»Nein«, warf Bren Adahan ein.

Überrascht schaute alles in seine Richtung.

»Ich kann mich nicht erinnern, nach deiner Meinung gefragt zu haben«, bemerkte Tennetty.

Bren Adahan wischte ihren Einwand mit einer Handbewegung beiseite. »Du bist viel zu bekannt. Kaum sieht einer Karl Cullinanes einäugige Rachegöttin, schaut die ganze Stadt auf ihren neuen Schützling. Jason ist am sichersten, wenn er unauffällig mit einer kleinen Gruppe in die Stadt reitet – nur er und ein paar Mann.«

»Was der Baron sagt, klingt vernünftig«, meinte Durine. »Wir sind dabei.«

»Nein.«

Kethol betrachtete Adahan mit schiefgelegtem Kopf. »Was hast du jetzt wieder einzuwenden?«

»Ich habe etwas dagegen, einen Spähtrupp loszuschicken, der sich aus Mitgliedern verschiedener Trupps zusammensetzt. Jason sollte von Leuten geschützt werden, die aufeinander eingespielt sind. In einer solchen Gruppe kennt einer den anderen wie sich selbst und weiß die unmerklichsten Signale zu deuten, die wir – du, Durine und ich – gar nicht bemerken würden.«

Kethol biß sich nachdenklich auf die Lippen. »Du könntest recht haben. Es gefällt mir nicht, aber du *hast* recht. Es ist besser, Daherrin mit seinen eigenen Leuten arbeiten zu lassen – das ist die beste Leibwache, die Jason sich wünschen kann.«

»Dieses Unternehmen hier ist ohnehin meine Angelegenheit und nicht die eure«, meldete Daherrin sich zu Wort. »Ich gehe mit meinen Leuten und Jason. Jason, ich, Mikyn, Arrikol und Falherten. Jetzt aber – wie sollen wir dich nennen? Legst du Wert auf einen bestimmten Namen?«

»Taren«, sagte Jason. »Daran bin ich gewöhnt.«

Der Zwerg hob die Stimme. »Alle mal herhören – dies ist Taren. Ihr werdet euch daran gewöhnen, ihn nur bei diesem Namen zu nennen, ausschließlich bei diesem Namen. Fünf Strafwachen und nur den zwanzigsten Anteil an der nächsten Beute für den ersten, der sich das nicht merken kann. Doppeltes Strafmaß für den zweiten. Einen dritten wird es nicht geben.« Er schlug die fleischigen Hände zusammen. »Also schön. Packen wir diesen Krempel aus.«

Kapitel neun

›Der Krieger lebt‹

Grundsätzlich ist eine Kneipe wie die andere, und ich liebe sie alle – vorausgesetzt, es gibt ein ordentliches Bier und ebensolche Unterhaltung (womit ich nicht den Mann am Klavier meine).

Walter Slowotski

Bei dem befestigten Vorposten neben der Straße begann ein Soldat an den langen Holzarmen der zwei Signalflaggen zu hantieren. Der hochgewachsene, hagere Mann bewegte sich mit einer Leichtigkeit, als sei das Gewicht des stählernen Helms und des rostigen Kettenhemds ohne Bedeutung, oder als weigere er sich, es zur Kenntnis zu nehmen. Die roten und weißen Tücher flatterten heftig in dem lauen Mittagswind, während die mit Gelenken versehenen Stangen sich klickend und knackend hoben und senkten, innehielten, nur um gleich darauf mit ihrem marionettenhaften Gestikulieren fortzufahren.

Jason, der sich einen großen braunen Wallach als Reittier ausgesucht hatte, bemerkte, daß Daherrin die Signale aufmerksam verfolgte. »Kannst du das lesen?«

Daherrin nickte kurz. »Ein bißchen, Taren.« Er zuckte die Schultern. »Genug, um zu wissen, daß es sich um keins ihrer Alarmsignale handelt – die sind meistens kurz und knapp. Wir dürften keine großen Schwierigkeiten haben; immerhin ist Enkiar eine offene Stadt.«

»Bis jetzt haben wir in Enkiar noch nie irgendwelchen Ärger gehabt, Taren«, bestätigte Mikyn. Wie die anderen versuchte er sich durch häufige Benutzung Jasons Decknamen einzuprägen. Jason hoffte, daß sie bald damit aufhörten, bevor in der Stadt die Leute sich anfingen zu fragen, was dieses ständige Taren dies, Taren jenes wohl bedeuten mochte.

»Hast du noch Verbindung mit dem Drachen?« wollte Daherrin wissen.

Jason antwortete mit einer vagen Kopfbewegung. Es war schwer zu sagen. Er glaubte, Ellegons Gegenwart spüren zu können, weit entfernt, aber sicher war er nicht. Außerdem war es im Augenblick völlig unwichtig, ob er Ellegon erreichen konnte oder nicht; spannend wurde es erst, wenn sie in Enkiar in Schwierigkeiten gerieten.

Eine noch bessere Frage war, ob es ihnen nützte. Auch der lauteste Hilferuf konnte Ellegon nicht auf der Stelle herbeizaubern; es dauerte einige Minuten, die Entfernung zwischen seinem Aufenthaltsort und der Stadt zurückzulegen, dagegen brauchte es nur den Bruchteil einer Sekunde, um einen lebendigen Menschen von den Unbilden dieser Welt zu befreien.

Beim Weiterreiten achteten sie darauf, die Hände von den Waffen fernzuhalten, obwohl keiner von ihnen schwer bewaffnet war: Die vier Menschen trugen lediglich Dolch und Schwert, Daherrin hatte sich für einen Streitkolben entschieden, der sich mit seinem ungewöhnlich langen Schaft auch zum Stockfechten eignete. Es lagen fünf Gewehre in dem Pritschenwagen, den Falherten lenkte, doch sie dienten nur als Requisiten, denn in Enkiar waren Gewehre verboten.

Der Vorposten bestand aus einigen niedrigen

Steinhäusern, die eine Besatzung von etwa zwanzig Mann aufnehmen konnten, nicht mehr. In Bogenschußweite dahinter erhob sich die Stadtmauer, in der nur ein offenes Tor Zutritt gewährte.

Daherrin war schon häufiger in der Stadt gewesen; mindestens einer der Posten kannte ihn, vielleicht sogar alle sechs, denn nach einem kurzen Gespräch, einer diskreten finanziellen Transaktion und einem Händeschütteln durften sie weiterreiten. Die Gewehre mußten sie zurücklassen, doch die fünf von den Sklavenhändlern erbeuteten Donnerbüchsen, die zudem mit dem von den Sklavenhändlern entwickelten Pulver geladen werden mußten, waren kein großer Verlust. Das Pulver der Sklavenhändler war kein Geheimnis, seit Jahren nicht mehr, aber atemberaubend teuer.

»Außerdem«, meinte Daherrin und steckte die aus Knochen geschnitzten Zollmarken in die Börse an seinem Gürtel, »gibt es ihnen Stoff zum Nachdenken.« Sein häßliches Gesicht verzog sich zu einem breiten Grinsen. »Sollen sie rätseln, ob wir tatsächlich unser eigenes Pulver verwenden, oder ob dieses Geheimnis mit du-weißt-schon-wem gestorben ist.«

Das ergab keinen Sinn, nicht den geringsten. Das Rezept für Schießpulver war ein Geheimnis der Ingenieure, das ausschließlich dem Ingenieur und seinen ältesten und vertrautesten Mitarbeitern bekannt war. Alle übrigen Anderseiter hatten vielleicht eine ungefähre Ahnung von der Zusammensetzung, doch keiner kannte die Einzelheiten dieses äußerst komplizierten chemischen Prozesses.

Ein Teil seiner Gedanken mußte sich auf seinem Gesicht gespiegelt haben, denn Mikyn schnaufte laut durch die Nase. »Ich finde es auch verrückt, aber eine Menge Leute sind überzeugt, daß er einfach alles vermochte.«

»Vielleicht haben die Leute recht«, meinte Arrikol. Er war ein großer, blonder Salker, der sein Haar nach Seemannsart zu einem dicken Zopf geflochten trug. Während sie das Stadttor hinter sich ließen und die belebten Straßen entlangritten, griff er, ohne sich dessen bewußt zu sein, an den Schwertknauf, zog die Klinge ein Stück aus der Hülle, stieß sie wieder zurück und wiederholte diese Bewegung mehrmals, bis er sich schließlich dabei ertappte und um eine gelassene Haltung bemühte. Falherten, der auf dem schmalen Bock des Pritschenwagens hockte, schnalzte mit der Zunge und schüttelte sacht die Zügel. »Der Markt liegt in der anderen Richtung, Daherrin; du bist in die falsche Straße eingebogen.«

Der Zwerg lächelte. »Sie sollen merken, daß wir in der Stadt sind, Fal. Sonst kommen sie womöglich auf die Idee, wir hätten irgendwelche Sorgen. Oder Angst. Haben wir Angst?«

Falherten erwiderte das Lächeln nicht.

Jason schluckte schmerzhaft.

Die Hauptstraßen von Enkia, breit genug für zwei in entgegengesetzter Richtung fahrende Wagen, waren mit Kopfsteinen gepflastert. Im Lauf der Jahrzehnte hatten sich die Steine abgenutzt, die Zwischenräume waren mit Staub und Schmutz ausgefüllt, und man gewann eher den Eindruck, auf einem festgewalzten Feldweg unterwegs zu sein als auf einer Pflasterstraße: Von der Wölbung der Steine und den Rillen dazwischen war längst nichts mehr zu merken.

Es war Mittag, herrliches Wetter und dementsprechend lebhaft ging es in der Stadt zu. Scheinbar endlose Scharen zerlumpter Kinder spielten Fangen, ein juchzender Tanz von den Bürgersteigen über die Straßen in die Häuserlücken, um an anderer Stelle wieder zum Vorschein zu kommen. Eine untersetzte Frau in der kargen grauen Kleidung der Bauern ging die Straße entlang, ein dickes, nußbraunes Huhn unter jedem Arm. Das strähnige Haar hatte sie mit einem schreiend roten Tuch zusammengebunden.

Drüben in der Schmiede arbeitete ein dicker Mann am Amboß, das Gesicht, die nackte Brust und den schweren Bauch mit Schweiß bedeckt. Aus dem dikken schwarzen Haarpelz an seinem Oberkörper lugten an mehreren Stellen weiße Narben hervor, an denen sich ablesen ließ, wie oft er ein glühendes Stück Eisen ungeschickt oder unachtsam gehandhabt hatte.

In einer Bude nicht weit davon kauerte eine magere Frauengestalt vor ihrem Kohlenbecken und tauchte einen Pinsel in eine Saucenschale. Nachdem sie die Fleisch- und Gemüsestücke auf dem Grill mit der Gewürztunke bestrichen hatte, vertauschte sie den Pinsel mit einem Papierfächer und fachte behutsam die Kohlen an. Der Geruch nach bratendem Lammfleisch, Zwiebeln und Knoblauch breitete sich aus.

Zwei kräftige Männer mit flachen, breitkrempigen Hüten beugten sich über ein leeres Getreidefaß. Während der eine wiederholt mit einer kleinen Lederbörse winkte, schüttelte der andere immer wieder den Kopf und rief: »Dafür nicht, dafür nicht«, wobei er den anderen mit Speichel besprühte.

Ein ganz gewöhnlicher Markttag.

»Zum Vieh- und Gemüsemarkt geht es da lang, Taren«, erklärte Daherrin.

Hinter dem letzten der einstöckigen Häuser erstreckten sich mehrere Rinderpferche. Jason haßte den Geruch; er war zu lange hinter einer Herde geritten, die von Metreyll nach Pandathaway getrieben wurde.

Es gab Interessenten; drei wohlgenährte Männer, die Jason für Gastwirte hielt, brachten den Besitzer schier zur Verzweiflung, indem sie sich zwischen den Geboten für das halbe Dutzend Tiere in dem Gatter ausführlich miteinander besprachen.

Hinter den Rindern kamen die Schweine; dahinter die Käfige mit Geflügel. Und hinter den Geflügelkäfigen hatte man drei große Gitterverschläge gebaut, jeder einzelne groß genug für etwa zwei Dutzend erwachsene Menschen.

Vor jedem Käfig stand ein Wächter, keiner von ihnen in der roten und braunen Uniform von Prinz Gyren. Sklavenhändler.

Sie machten keinen üblen Eindruck; drei Bewaffnete in Eisen und Messing und Leder. Nichts Ungewöhnliches, außer man bemerkte, wie einer von ihnen die Augen zusammenkniff.

Das Böse war nicht immer auf den ersten Blick zu erkennen. Vielleicht war das einer der Gründe, weshalb Gyren seine Stadt aus dem Zwist zwischen Heim und der Sklavenhändlergilde heraushalten wollte. Gyren der Neutrale nannte er sich stolz – als wäre es besonders nobel, in einem Streit zwischen Gut und Böse für keine Seite Partei zu ergreifen.

Nun ja, vielleicht war gut nicht immer gut. Jason war ganz bestimmt nicht immer gut, edel, gerecht und was sonst noch. Einmal hatte er sich wie ein Feigling benommen und oft genug hatte er Angst gehabt. Doch wenigstens betrachtete er seine Mitmenschen nicht als Handelsobjekte.

Der mittlere Käfig war leer, die beiden anderen nur spärlich besetzt. In dem einen befanden sich ungefähr zehn niedergeschlagene Männer zwischen zehn und fünfzig Jahren, in dem anderen fünf Frauen, keine davon besonders hübsch oder herausgeputzt.

War es möglich, daß einige oder mehrere von ihnen aus Kernat stammten? Jason stieß seinem Pferd die Fersen in die Weichen, lenkte es zu den Käfigen und rief: »Kommen welche von euch aus Kernat? Oder aus Bieme?«

Einer der Wächter griff nach dem Horn an seinem Gürtel und ließ die Hand erst sinken, als sein Gefährte den Kopf schüttelte. »Ta havath«, grüßte letzterer und streckte Jason die nach oben gekehrte Handfläche entgegen. »Du bist ein Kaiserlicher?«

Jason nickte. »Der Herkunft nach, nicht der Lohnliste, wenigstens zur Zeit.«

Hinter ihm scharrte Daherrins Pferd ungeduldig mit den Hufen und schnaubte. »Ta havath, Taren«, mahnte der Zwerg. »Du gehörst zu den Freischärlern Heims, nicht mehr zu den Kaiserlichen.« Der Zwerg musterte die Sklavenhändler ausgiebig, mit einem deutlich beleidigenden Lächeln. »Mein Name ist Daherrin, Sklavenhändler. Schon mal gehört?«

Der Angesprochene nickte. »Ich habe dich nach der Beschreibung erkannt.«

Der Zwerg erwiderte das Kopfnicken. »Warum schwitzt du dann nicht wie dein Kollege da?« erkundigte er sich mit einem knappen Wink zu dem nebenstehenden Wächter. »Oder bekommst Magenkrämpfe, wie dein anderer Freund?«

»Weil es keinen Grund zur Aufregung gibt.« Der Sklavenhändler lächelte seinerseits. »Man hört so manches von euch Freischärlern, aber nicht, daß ihr dumm genug seid, euch ins eigene Fleisch zu schneiden, indem ihr in einer offen Stadt Streit anfangt.« Er wandte sich an Jason. »Du brauchst dir keine Gedanken zu machen, junger Freund. Von denen stammt keiner aus eurer Gegend, sie kommen alle von den Zerspellten Inseln. Ich habe seit Jahren keine frische Ware aus Holtun oder Bieme zu Gesicht bekommen.« Seine Worte klangen überzeugend, auch schien keiner der Sklaven Widerspruch erheben zu wollen, also sagte er vermutlich die Wahrheit.

Daherrin hatte sich bemüht, Jasons Blick aufzufangen, aber Jason war ihm bewußt ausgewichen. »Taren«, schnappte Daherrin jetzt aufgebracht. »Das reicht jetzt.«

Jason zog sein Pferd herum, und die anderen nahmen ihn in die Mitte. »Tut mir leid, Daherrin«, meinte er, sobald sie um eine Ecke gebogen waren und den Sklavenmarkt hinter sich gelassen hatten. »Aber ich mußte es wissen.«

»Wir können später darüber reden«, antwortete der Zwerg. »Später.« Er spuckte aus. »Nein, verdammt, wir reden jetzt darüber. Du wirst *nie wieder*«, sagte er, »nie wieder etwas ohne meine ausdrückliche Erlaubnis unternehmen. Nicht du hast hier den Befehl; ich habe ihn. Wenn ich ausfalle, tritt Falherten an meine Stelle, dann Mikyn, dann Arrikol. Du kommst erst an die Reihe, wenn wir alle tot sind.«

Jasons Ohren brannten.

»Was du eben abgezogen hast, Junge«, fuhr der Zwerg fort, »war ein Streich von der Sorte, wie dein Vater sie immer auf Lager gehabt hat. Aber er kam damit durch. Du bist nicht er. Er hätte sie alle drei eigenhändig abservieren können; du mußt erst noch wachsen.«

»Na und?« Jason konnte sich die Widerworte nicht verkneifen. »Es war mein Risiko.«

»Scheiße«, sagte der Zwerg. »Nicht, wenn du zu meiner Truppe gehörst. Wenn du etwas unternimmst, zählst du auf uns, genau wie wir auf dich zählen. Du hast jede Menge Gelegenheit für unabhängiges Denken, aber du kannst nicht handeln als wärst du allein, denn du bist es nicht.«

Schweigend ritten sie eine Minute nebeneinander her.

»Die meisten sind häßlich«, bemerkte Mikyn plötzlich. »Wie gewöhnlich.«

»Hä?«

»Ich habe Walter Slowotski immer von den wunderschönen Frauen erzählen hören, die er befreit hat.«

»Da ist was dran. Aeia ist verdammt ansehnlich, für einen Menschen«, gab Daherrin zu bedenken.

»Aber die meisten sehen aus wie die da.« Mikyn zeigte mit dem Daumen über die Schulter, in Richtung auf den Sklavenmarkt, den sie eben verlassen hatten. In den Käfigen hatte sich kein einziges hübsches Mädchen befunden; alle hatten sie ausgesehen wie überarbeitete Dienstboten.

»So wie ich das verstehe«, meinte Daherrin beim Weiterreiten, »empfinden häßliche Menschen Schmerz ebenso stark wie schöne.« Der Zwerg schnalzte ein-, zwei-, dreimal mit der Zunge, bis sein Reittier eine schnellere Gangart anschlug. »Nicht, daß wir irgend etwas tun könnten. Nicht jetzt und nicht hier. Also, kaufen wir Proviant.«

Als erstes kauften sie den Hafer für die Pferde, und obwohl Daherrin fünfmal so lange um den Preis feilschte, wie Jason es gewagt hätte, brauchte er nicht lange, um den Handel abzuschließen. Das Aufladen wäre sogar noch schneller vonstatten gegangen, wenn Daherrin mit Hand angelegt hätte, aber als Anführer eines Stoßtrupps war er nicht in jedem Fall bereit, sich die Finger schmutzig zu machen.

Die Zeremonie wiederholte sich an jedem der Stände. Handeln, Zahlen, Aufladen. Erst das Korn für die Pferde, dann ein paar Säcke Trockenfleisch und schließlich ein Vorrat an Äpfeln, Karrotten und Rüben für Mensch und Tier.

Endlich wechselte die letzte Kupfermünze den Besitzer, war der letzte Sack mit Äpfeln geöffnet und geprüft, die letzte Kostprobe entnommen (durch einen Schlitz in der Mitte des Sacks, während der Händler eben den Rücken kehrte). Daherrin schälte und teilte den Apfel und bot dem Händler ein Stück an, wobei er scheinbar unabsichtlich das Messer in der Hand behielt, mit dem er den Apfel zerschnitten hatte. Der Obsthändler schien nicht weiter überrascht, vermutlich hatte er schon mit mißtrauischen Zwergen zu tun gehabt, und dann hatten sie endlich alle Einkäufe erledigt.

»Na gut. Ich nehme an, wir kehren ins Lager zurück«, sagte Jason.

»Du nimmst falsch an. Er nannte es ›Flagge zeigen‹«, wurde er von Daherrin enttäuscht, »obwohl er nicht eben Spaß daran hatte. Machte ihm soviel Angst wie mir. Was nicht heißen soll, daß ich mir in die Hose mache.« Er musterte Jason eindringlich von Kopf bis Fuß. »Du findest, daß ich ein Risiko eingehe, genau wie du vorhin. Der Unterschied besteht darin, daß ich den Befehl gebe. Kapiert? Kalkuliertes Risiko, kein hirnloses Wagnis.«

»Was hast du denn eigentlich vor?« wollte Jason

wissen, als Daherrin sich im Sattel zurechtsetzte und sein Pferd in Trab fallen ließ.

»Traditionen, Taren«, erwiderte der Zwerg. »Man kann sie nicht einfach sterben lassen.«

Mit ihm. Die Worte hingen unausgesprochen in der Luft. »Wenn ich mich recht erinnere, gibt es da drüben ein Gasthaus«, sagte der Zwerg.

Falherten hatte einige Schwierigkeiten, den Pritschenwagen zu wenden.

Bei dem Gasthaus handelte es sich um ein einstöckiges Fachwerkgebäude, das sich von den mindestens zwölf anderen Kneipen in der Straße erstens durch den riesigen Zinnkrug unterschied, der in der Größe eines Badezubers prahlerisch über der Tür hing, und zweitens durch den ungefähr dreißig Mann starken Trupp Soldaten in der Uniform Fürst Gyrens, die vor dem Haus auf der Straße standen.

Ihr Anführer, ein Mann mit vorspringendem Kinn und einem langen, öligen Schnurrbart, hob Halt gebietend die Hand, als Daherrin vom Pferd stieg und seinen Gefährten ein Zeichen gab abzuwarten.

Daherrin setzte ein freundliches Grinsen auf. »Seid gegrüßt, Hauptmann ...?«

»Asklans. Seid gegrüßt, Daherrin.«

»Oh? Wir sind uns schon begegnet?«

Der Hauptmann nickte. »Vor ein paar Jahren. Einige meiner Männer und ich wollten den Freischärlern Heims beitreten. Vielleicht ganz gut, daß man uns nicht genommen hat; hier haben wir es auch nicht schlecht getroffen. Die Bezahlung ist nicht besonders, dafür weht kein so rauher Wind. Und wir möchten, daß es so bleibt.«

»He, Fal«, sagte der Zwerg und bedeutete Mikyn und Arrikol abzusteigen. »Du und Taren, ihr bewacht den Wagen. Wir werden dem Hauptmann ein Bier spendieren oder auch drei.«

Jason schaute zu Daherrin. *Bitte übermitteln: Ich lasse mich nicht aus der Gefahrenzone schieben*, wollte er sich unwillkürlich an Ellegon wenden, bis ihm einfiel, daß der Drache für eine Botschaft zu weit entfernt war.

Doch der Zwerg hatte sich ohnehin anders entschieden. »Ich habe meine Meinung geändert. Taren, du siehst zu durstig aus, um auf der Straße stehenzubleiben.«

Jason forschte am Rand seines Bewußtseins nach einem Zeichen Ellegons. Ja, der Drache wartete, und vielleicht fragte er sich, wie die Dinge stehen mochten.

Er versuchte, ein Gefühl zurückhaltender Beruhigung zu übermitteln, doch war er nicht sicher, daß er ein solches Gefühl selbst zu empfinden vermochte, ganz zu schweigen davon, es an jemand anderen weiterzugeben. Mit einem Schulterzucken folgte er Daherrin in die Gaststube. Asklans und ein halbes Dutzend seiner Männer schlossen sich ihnen an.

Bestimmt gab es eine Ausnahme von der Regel über die gemeinsamen Eigenschaften aller Kneipen – soweit Jason es beurteilen konnte, war keines von Slowotskis Gesetzen völlig hieb- und stichfest –, aber diese hier entsprach genau dem, was Walter im Sinn gehabt haben mußte: ein düsterer, verräucherter Gastraum, vereinzelte Lampen, die zuviel Qualm und zuwenig Helligkeit verbreiteten.

Außerdem war es voll: Gut und gerne vierzig Personen saßen auf Stühlen an grob gezimmerten Tischen, und die meisten schauten auf Daherrin und seine drei Begleiter und auf die Soldaten, die hinter ihnen hereinkamen. Es waren zum größten Teil Bürger der Stadt und Bauern aus der näheren Umgebung, einige in dem feinen Wollstoff der Kaufleute, andere trugen Hemd, Schurz und Beinlinge der Landleute. Etwa zwölf der Anwesenden waren bewaffnet, manche hatten ihre Schwerter am Gürtel hängen, manche hatten sie an die Wand gelehnt.

»Ich rieche Sklavenhändler«, sagte der Zwerg und schnüffelte geräuschvoll. »Die Gilde hat es nicht nötig, ihre Mitglieder in einheitliche Uniformen zu stecken, solange sie stinken wie die Böcke.«

Es wurde still, sehr still. Die vier Bauern an einem der Tische wechselten schweigend Blicke, standen auf und gingen hinaus. Ihr Bier und das Brot ließen sie zurück.

Einer der Sklavenhändler senkte die Hand langsam, drohend auf den Schwertgriff und ließ sich auch von Asklans' Handbewegung nicht zurückhalten, erst als einer seiner Kameraden verstohlen den Kopf schüttelte, ließ er die Hand auf dem Oberschenkel liegen.

Daherrin setzte sich an den nächststehenden Tisch, ohne die Sklavenhändler auch nur einen Moment aus den Augen zu lassen.

Der Wirt – ein breitgebauter Mann mit dem üblichen Bierbauch und riesigen Händen – watschelte eilfertig heran und fuhr mit einem alten Lappen über die Tischplatte. »Etwas zu trinken? Zu essen?«

»Nur Bier«, antwortete der Zwerg. »Vier Krüge. Arriken, geh mit und hilf ihm beim Einschenken.«

»Das wird nicht nötig sein«, meinte Asklans und nahm hinter dem Zwerg Aufstellung. Ohne daß er ihnen ein sichtbares Zeichen gegeben hätte, verteilten sich seine sechs Männer im Raum, zwei von ihnen stellten sich neben die Küchentür, zwei andere überblickten die Gaststube aus der gegenüberliegenden Ecke und die beiden letzten postierten sich in der Nähe des Tisches, an dem die Sklavenhändler saßen.

»Mag sein«, erwiderte Daherrin, ohne sich umzudrehen. Doch er rief Arriken nicht zurück, der dem Wirt in die Küche folgte, um wenig später mit vier schäumenden Zinnkrügen zurückzukehren. Nachdem er von jedem Krug einmal genippt hatte, stellte er den ersten vor Daherrin auf den Tisch, den zweiten vor Mikyn, den dritten vor Jason und den letzten behielt er selbst.

»Trink aus, Taren«, sagte er. »Sollte unser Abenteuer einen schlechten Ausgang nehmen, haben wir wenigstens noch einen guten Schluck genossen.« Er setzte sich auf den Stuhl neben den Zwerg und trank in großen Zügen. Schaumflocken setzten sich in seinen Bart, wo sie sich auflösten und versickerten.

Geraume Zeit wurde in der Gaststube kein Wort gesprochen, bis einer der Sklavenhändler sich erhob. Daherrin schüttelte leicht den Kopf und Mikyn, der ausgesehen hatte, als wolle er sich über den Tisch auf den verhaßten Feind stürzen, entspannte sich wieder, allerdings nur im selben Grad wie Jason, also nicht sehr viel.

Jason fühlte sich nicht wohl. Sklavenjäger sollten böse aussehen – Ahrmin war das Gestalt gewordene Grauen gewesen –, doch dieser machte einen durchaus angenehmen Eindruck. Er sah aus wie ein durchschnittlicher Mann von zwanzig Jahren, bekleidet mit der in Eren üblichen Kombination aus Hemd, Schurz und Beinlingen. Das Schwert trug er an der linken Hüfte, in einem Winkel, der es ihm erlaubte, die Klinge mit der rechten Hand aus der Scheide zu ziehen.

Sein Gesicht wirkte nicht verkniffen, die Augen lagen nicht tief in dunklen Höhlen. Ein ganz normaler, braunhaariger Mann, mit einem vielleicht zu freundlichen Grinsen auf dem breitflächigen Gesicht.

»Seid gegrüßt«, sagte er, setzte sich gegenüber von Daherrin, Jason und Arriken an den Tisch und legte beide Hände um seinen Krug. »Willem, Handlungsreisender der Sklavenhändlergilde. Ihr seid?«

»Daherrin«, gab der Zwerg Auskunft und begegnete gelassen dem forschenden Blick des Menschen. »Anführer einer Freischärlertruppe aus Heim.«

»Arriken, Freischärler«, sagte Arriken.

»Taren, Freischärler«, sagte Jason.

»Tod«, wisperte Mikyn kaum hörbar.

»Mikyn«, schnappte der Zwerg. »Ta havath.«

»Ich bin dein Tod«, wiederholte Mikyn. Ein hartes Lächeln verzerrte seine Lippen, das keinen Widerschein in seinen Augen fand. »Ich bin das letzte, was du sehen wirst, bevor die Welt für dich untergeht.« Er flüsterte die Worte sanft, beinahe liebevoll.

Als Kind waren Mikyn und seine Eltern von Sklavenhändlern geraubt worden. Er und sein Vater waren von einem Trupp Freischärler unter der Führung Karl Cullinanes bestraft worden. Von seiner Mutter hatte man nie wieder gehört.

»*Mikyn*«, mahnte der Zwerg erneut. »Ta havath, habe ich gesagt. Wir sind nur hier, um Flagge zu zeigen«, fuhr er in der Sprache der Anderseiter fort, »nicht, um uns den Schädel einschlagen zu lassen. Reg dich ab, Junge.«

Mikyn schien ihn gar nicht gehört zu haben. »Denk an mich«, flüsterte er. »Denk immer an mich.«

Jason verspürte einen metallischen Geschmack im Mund: den Geschmack von Furcht. *Ellegon!*

Kein Gefühl der Beruhigung, das in sein Bewußtsein strömte.

Asklans schlug dreimal die Hände zusammen. »Jetzt ist es genug. Ich dulde hier keine Schlägerei.« Er nickte einem seiner Männer zu, der zwei Finger in den Mund steckte und dreimal hintereinander einen kurzen Pfiff ausstieß. Von draußen ertönte sofort ein ähnliches Signal.

Jason, Daherrin, Mikyn und Arriken sahen sich von gut einem Dutzend Soldaten umringt, deren jeder ein blankes Kurzschwert in der Hand trug. Den Sklavenhändlern an deren Tisch erging es nicht anders.

»Enkiar ist neutral«, sagte Asklans. »Und so wird es bleiben, auch wenn ich tausend Sklavenhändler oder Freischärler niedermetzeln muß. Im Namen von Fürst Gyren, ihr alle werdet Enkiar verlassen – Daherrin, wir werden Euch und Eure Männer auf die Straße nach Heim geleiten. Willem, Ihr werdet Meister Lifezh mitteilen, daß Ihr morgen früh aufbrecht und zwar in Richtung Khar.«

»Das war unsere Absicht«, nickte Willem. »Das war unsere Absicht.«

Die Soldaten drängten Daherrin und seine Begleiter mit sanfter Gewalt aus der Vordertür, während die Sklavenhändler zum Hintereingang bugsiert wurden.

An den Tischen der Bauern im Hintergrund der Gaststube erhob sich eine Stimme. »Der Krieger lebt«, raunte sie. »Der Krieger lebt.«

Jason konnte den Sprecher nicht sehen, doch er erhaschte einen Blick in Willems Gesicht, bevor die Soldaten ihn aus der Tür schoben.

Der Sklavenhändler war kalkweiß geworden.

Der Krieger lebt? Was sollte das bedeuten? Und warum erschreckte es die Sklavenhändler dermaßen?

»Bei Sonnenuntergang seid ihr auf dem Marsch«, sagte Asklans. »Bei Sonnenuntergang, hört ihr?«

»Wir hören«, erwiderte Daherrin. »Ich bin nicht sicher, daß wir alles verstehen, aber wir hören.«

Kapitel zehn

Abschied

›Meine Vorstellung von einem gefälligen Menschen‹, sagte Hugo Bohun, ›ist ein Mensch, der mir gefällt.‹

Benjamin Disraeli

Streitgespräche gehören zu den größten Vergnügen im Leben, selbst ein Streit mit dir selbst. Natürlich würde ich mit dem gleichen Vergnügen auch das Gegenteil vertreten.

Walter Slowotski

Es ist kein Feind in der Nähe. Ich komme.

Ellegon schwang sich aus dem spätnachmittäglichen Himmel. Die von seinen heftig schlagenden Flügeln verursachten Windböen erschreckten die Pferde und stäubten einen Funkenregen von den erlöschenden Feuern über den Lagerplatz.

Es war nicht das erste Mal, und die von Daherrin für diese Aufgabe eingeteilten Männer wußten, was sie zu tun hatten. Fünf von ihnen traten die Funken mit den Stiefeln aus, während der sechste die schwelenden Überreste zur Sicherheit mit Wasser besprengte.

Die Disziplin der zwölf Soldaten aus Enkiar, die neben der Straße warteten, war bewundernswert. Zwar begannen einige der Pferde nervös zu tänzeln, aber die Reiter behielten die Tiere fest in der Hand. Enkiars Neutralität schien sich auch auf Drachen zu erstrecken – solange sie keine feindseligen Absichten bekundeten.

Wenn nur keiner von ihnen vergiftete Armbrustbolzen bei sich hat, jammerte Ellegon.

Man sollte annehmen, daß du ihre Gedanken gelesen hast.

*Du kannst annehmen, was du willst. Aus ihren Gedanken habe ich nur erfahren, daß keiner von ihnen *weiß*, ob seine Pfeile vergiftet sind. Das nützt mir wenig, wenn ihr Waffenmeister die Bolzen heimlich in Drachenbann getaucht hat. Mir wäre es lieb, wenn wir jetzt gleich aufbrechen könnten.*

Durine zog bereits die Schnallen am Packgeschirr des Drachen fest und half erst Aeia und dann Bren Adahan auf Ellegons Rücken.

Gedulde dich noch einen Moment.

Während die anderen ihre Plätze einnahmen, ging Jason mit Daherrin ein paar Schritte abseits. »Was war das, mit diesem ›Der Krieger lebt‹?«

»Wer weiß?« Der Zwerg sah ihn an. »Ich würde mir nichts dabei denken. Wahrscheinlich hat irgendein Einzelgänger sie das Fürchten gelehrt, obwohl die Sorte in den letzten Jahren rar geworden ist.

Wenn meine Vermutung stimmt, dann wird er früher oder später in Heim auftauchen.«

Mikyn nahm sein Pferd am Zügel und trat zu ihnen. »Da bin ich mir nicht so sicher. Was hältst du davon, wenn sich jemand auf ihre Spur setzt, um es herauszufinden?«

Der Zwerg schüttelte den Kopf. »Nein. Davon halte ich gar nichts. Es sind hundert Mann, und das Zahlenverhältnis gefällt mir absolut nicht.«

»Und wenn ich gehe, allein?« fragte Mikyn. Seine Stimme hatte einen merkwürdigen Klang, der Entschlossenheit bedeuten konnte oder auch Furcht. »Du kennst mich.«

»Nein«, wiederholte der Zwerg. »Die Bastarde haben während der letzten Jahre dazugelernt – wenn sie mit einer Karawane unterwegs sind, lassen sie sich von einer Nachhut den Rücken decken.«

»Dann führe ich mich eben als fahrender Handwerker bei ihnen ein. Die gesamte Ausrüstung für einen fahrenden Schmied haben wir im Gepäck.«

»Mikyn, erst vor einem Zehntag haben wir darüber gesprochen und du warst der Ansicht, die Masche mit dem reisenden Hufschmied sei reichlich abgenutzt und ...«

»Mikyn«, unterbrach Jason den Zwerg, »was ist los?« Jason hatte geglaubt, daß Mikyn dem Sklavenhändler vorhin nur Angst einjagen wollte, doch jetzt war er sicher, daß mehr dahintersteckte.

»Ich habe mich an die Stimme erinnert. Es war seine Stimme. Als wir verkauft wurden. Ich hörte seine Stimme.«

Der Zwerg schnaubte mißbilligend. »Nicht sehr wahrscheinlich. Das ist zwanzig Jahre her, und der Kerl kann nicht viel älter sein als du.«

»Dann ist er ein Bruder oder Sohn oder gottverdammter Vetter, oder er ist einer von den Schweinehunden, deren Stimme so ähnlich klingt wie ...« Mikyn ballte die Hände zu Fäusten. »Aber er gehört *mir*. Hast du gehört, Daherrin? Er gehört mir. Du hast recht: Unser Trupp kann die Fährte nicht aufnehmen. Aber ich kann.«

Jason, es wird Zeit.

Einen Moment. »Daherrin, es ist deine Truppe, und ich will mich keinesfalls einmischen ...«

»Natürlich.« Der Zwerg lachte. »Die übliche Cullinane-Eröffnung für die übliche Cullinane-Einmischung in anderer Leute Angelegenheiten. Du findest, er sollte losziehen und sich den Bauch aufschlitzen lassen?«

»Nein. Ich bin der Meinung, du solltest ihn nicht gehen lassen. Außer du änderst deine Meinung, nach genauerer Überlegung.« *Bitte übermitteln: Allerdings bin ich überzeugt, er wird sich nicht zurückhalten lassen, auch nicht durch einen ausdrücklichen Befehl, also gibst du ihm besser deinen Segen, damit er sich nicht wie ein Deserteur bei Nacht und Nebel davonstehlen muß.* »Und nur, wenn Mikyn verspricht, sich nicht leichtsinnig in Gefahr zu begeben. Mein Vater hat viele Sklavenhändler mit in den Tod genommen.«

»Das kann man wohl sagen«, bestätigte Mikyn, und ein dünnes Lächeln schimmerte durch seinen Bart.

»Aber wir alle wären besser dran, wenn er noch lebte.« Jason legte die Hände auf Mikyns Schultern. »Denk daran.«

Mikyn zögerte, dann nickte er steif.

Er ist immer noch fest entschlossen. Aber der Zwerg läßt dir mitteilen: ›In Ordnung, Junge. Ich werde so tun, als hätte ich mir die Sache überlegt und ihn heute nacht gehen lassen, sobald wir einen neuen Lagerplatz gefunden haben.‹

»Paß auf dich auf, Jason.« Daherrin drückte Jason die Hand. »He, ich weiß, daß du nach diesem Unternehmen seßhaft werden willst. Solltest du jedoch deine Meinung ändern, habe ich einen Job für dich. Die Bezahlung ist miserabel und die Arbeitsbedingungen bewegen sich zwischen furchtbar und unerträglich, aber wenigstens das Essen ist gut.«

Kapitel elf

Wehnest

Herr, gib mir die Weisheit, zwischen unnötiger Brutalität und brutaler Notwendigkeit zu unterscheiden. Wenigstens manchmal.

David Warcinsky

Die für einen einigermaßen moralischen Menschen vielleicht schwierigste Unterscheidung ist die zwischen notwendiger Brutalität und unnötiger Brutalität. Ich dramatisiere nicht gern, aber so ist es.

Walter Slowotski

Wehnest war gewönlich Ellegons letzte Station auf dem Weg nach Heim. Teils, weil der Ort eine gehörige Flugstrecke von jedem der üblichen Treffpunkte entfernt lag; teils, weil bei Nachschubflügen meistens einige Waren übrig blieben, sehr häufig überzählige Neharaklingen, die überall ihren Markt hatten.

Dies war keine der gewöhnlichen Reisen, trotzdem machten sie in Wehnest Halt.

Ellegons peitschende Schwingen verursachten einen solchen Sturm, daß Jason die Augen nicht offenhalten konnte, doch er fühlte, wie ihnen der Boden rasend schnell entgegenkam, und dabei fielen ihm die Fliegen ein, die er zu Hause mit der Klatsche aus der Luft holte. Erst im letzten Moment verlangsamte sich der brausende Sturz, und der Drache landete mit einem Aufprall, bei dem Jason die Zähne im Mund klapperten.

Alles aussteigen, sagte der Drache.

Behutsam ließen sie sich im Dunkeln zu Boden gleiten. Wie abgesprochen, verschwanden Tennetty und Durine unter den Bäumen, um den Landeplatz zu sichern.

Die Zurückbleibenden verharrten in Schweigen, bis Ellegon zufrieden schnaufte. *Wir können ein Feuer machen; es ist niemand hier.*

Die Lichtung, die Ellegon ausgesucht hatte, war nur durch einen schütteren Streifen hoher Kiefern von einem brachliegenden Feld getrennt. Gras und wucherndes Unkraut wiegten sich im Mondlicht und verwischten die Spuren der Urbarmachung. Hinter dem Hügel in der entgegengesetzten Richtung lag Wehnest, doch es sprach nichts dagegen, ein kleines Feuer zu entzünden; der leichte Wind wehte in Richtung des Waldes, und den Rauch des Feuers konnte man erst bei Tagesanbruch erkennen. Bis dahin waren noch einige Stunden Zeit.

Jason lächelte, während sie ausschwärmten, um Holz zu sammeln. Zumindest brauchte er es nicht in Brand zu setzen. Karl Cullinane hatte darauf bestanden, daß Jason lernte, mit Stahl und Feuerstein umzugehen – eine mühevolle und unglaublich langweilige Angelegenheit. Da Ellegon bei ihnen war, blieb ihm diese Arbeit erspart, doch auch das Holzsammeln dauerte seine Zeit.

Ich bin immer noch der Meinung, daß dieser Abstecher nach Wehnest unnötig ist, meldete sich der Drache. *Der Zweck dieser Reise ist, Walters Frau und Tochter abzuholen, und nicht, mit ein paar Dolchen und Schwertern Handel zu treiben.*

Aeia beugte sich über einen umgestürzten Baum, packte mit einer Hand einen in die Luft ragenden Zweig und trennte ihn mit drei raschen Hieben ihrer kleinen Axt vom Stamm. »Das Dumme dabei ist, daß wir uns zweierlei vorgenommen haben«, erklärte sie. »Wir möchten herausfinden, was es mit dem Massaker in Kernat auf sich hatte.«

Jason ließ einen Armvoll Holz auf den verbrannten Fleck in der Mitte der Lichtung fallen. Aeia hatte recht, wie gewöhnlich. Trotzdem, die Chance, in Wehnest irgend etwas zu erfahren, war gering. Wehnest war einer der bedeutendsten Handelspartner Heims und dementsprechend gut funktionierte der Nachrichtenaustausch – offiziell wie inoffiziell.

Doch zwischen Vermuten und Wissen gab es einen beträchtlichen Unterschied. Jason glaubte selbst nicht, daß er jemals genau erfahren würde, was aus den geraubten Einwohnern Kernats geworden war, doch er war entschlossen, sein Möglichstes zu tun. Eine der Besonderheiten seines Berufs.

Gemäß der Definition deines Vaters, mischte sich

der Drache in seinen Gedankengang. *Nicht jeder Herrscher fühlt sich verpflichtet, alles und jedes selbst zu erledigen.*

Erstens, alles und jedes war übertrieben. Karl Cullinane hatte ganz selbstverständlich Danagar, General Garavars Sohn, als Spion ausgeschickt – und sogar in eben dieser Angelegenheit.

Doch zweitens hatte Karl Cullinane den Leuten vor Augen geführt, daß der Kaiser von Holtun-Bieme sich nicht scheute, selbst mit anzupacken, und sein Beispiel machte Schule. Bren Adahan hatte sich nicht nur Aeias wegen entschlossen, Jason zu begleiten; schon seit langem teilte er Karls Ansicht, daß ein Herrscher mit seinem Land und dessen Bewohnern in Kontakt bleiben sollte und nicht in luxuriöser Abgeschiedenheit auf seinem Thron sitzen.

Auch Thomen Furnael war von diesen Gedanken nicht unbeeinflußt geblieben, erinnerte sich Jason mit einem Lächeln. Doch als er das letztemal etwas auf eigene Faust zu unternehmen versuchte, hatte Vater ihn mit einem Tritt nach Hause geschickt, dessen delikate Plazierung Gashier nicht müde wurde zu beschreiben. Bei dieser Gelegenheit hatte Thomen gleich noch eine zweite Lektion gelernt: Karl Cullinanes Befehle zu mißachten, war keine gute Idee.

Auch wenn das alles stimmt, vernahm er Ellegons Gedankenstimme in seinem Kopf, *muß es mir noch lange nicht gefallen. Daß er immer persönlich nach dem Rechten sehen mußte, hat ihn schließlich umgebracht. Ihr Cullinanes seid nicht unsterblich, wie du vielleicht weißt.*

Wie wahr. Obwohl ... es hatte eine Zeit gegeben, da glaubte er, Karl Cullinane sei unüberwindlich, niemand könne es mit ihm aufnehmen. Schon damals rankten sich Legenden um die Gestalt seines Vaters, zum Beispiel, wie er ganz allein seine zukünftige Frau aus den Händen von tausend Sklavenhändlern befreit hatte.

Und wie alle Sagen enthielt auch diese ein Körnchen Wahrheit: Karl Cullinane hatte Andrea befreit. Doch es waren nur zwölf Sklavenhändler gewesen, und Walter Slowotski hatte ihm geholfen, indem er die Schufte mit seinen Armbrustbolzen aus der Dunkelheit in Angst und Schrecken versetzte.

In die Fußstapfen einer Sagengestalt zu treten, war nicht leicht. Für Ellegon Feuerholz aufzustapeln, machte damit verglichen sogar Spaß.

»Ich glaube, das ist genug«, meinte Jason und ließ einen letzten Armvoll Holz fallen. Er trat zurück. Ellegons abgrundtiefer Rachen öffnete sich nur einen schmalen Spalt, und eine rasche Flammenzunge schnellte hervor.

Die Scheite qualmten und schwelten; Ellegon versuchte es ein zweitesmal.

*Es ist zu *feucht**, verteidigte sich der Drache mit einem beleidigten Schnaufer. Er hob den Kopf und stieß einen großen Flammenball hervor, der nicht nur das aufgestapelte Holz entzündete, sondern brennende Späne über die Lichtung wirbelte, von denen einige an Stellen niederfielen, wo sie gleich Nahrung fanden. Es bestand die Gefahr, daß die ersten kleinen Flammen rasch um sich griffen.

Aeia trat mit dem Stiefel eines der glosenden Holzstücke aus; Kethol und Durine pinkelten unter Prusten und Kichern ein zweites und drittes aus, während Jason ein viertes zerstampfte.

Gute Arbeit, Ellegon, dachte er.

*Ich kann nicht *alles* im Griff haben*, erwiderte der Drache.

Wie auch immer, sie hatten ein schönes Lagerfeuer.

Tennetty und Durine teilten sich die erste Wache; Jason schlief wie ein Toter.

Am nächsten Morgen wanderten sie als erstes nach Wehnest, um sich Pferde zu beschaffen. Obwohl Wehnest kleiner war als zum Beispiel Biemestren, hatte es eine große Ausdehnung, und einige der Plätze, die Jason aufsuchen wollte, lagen einen ordentlichen Fußmarsch auseinander.

Außerdem war es ein Grund, einen alten Freund zu besuchen. Eine Art Freund.

Die Pistolen griffbereit, aber vor neugierigen Augen verborgen, nahmen Tennetty, Kethol und Durine an günstigen Punkten Aufstellung, um die Straße zu bewachen, während Jason, Bren Adahan und Aeia in das Halbdunkel der Ställe traten.

Er spürte Ellegons Frage in seinem Bewußtsein und beantwortete sie der Wahrheit gemäß. Alles war in Ordnung. Die Ställe machten einen gepflegteren Eindruck als beim letztenmal, auf dem Lehmboden lag frisches Stroh, und der Geruch nach Pferdemist schien von der Koppel hereinzukommen.

Der Stallbesitzer stand prüfend über den linken Vorderhuf einer kleinen braunen Stute gebeugt.

»Ich möchte ein halbes Dutzend Pferde mieten, für zwei oder drei Tage«, verkündete Jason und knallte schwungvoll ein Silberstück auf den Zaunpfosten. Das helle, melodiöse Klingeln der Münze verriet ihren hohen Wert, und einen Hang des Kunden zur Großspurigkeit.

Der Stallbesitzer ließ überrascht den Huf fahren, richtete sich auf und schaute Jason ins Gesicht.

Er war ein kleiner, dicker, kahlköpfiger Mann, in dessen Augen sich Furcht und Kleinlichkeit zeigten, aber keine Grausamkeit. Oder vielleicht bildete Jason sich nur ein, in den Augen des Mannes lesen zu können, weil er wußte, daß der Mann nicht grausam war, sondern ganz im Gegenteil weichherziger und sentimentaler, als es für einen Mietstallbesitzer oder sonst jemanden auf dieser Welt gut war.

Vielleicht.

»Taren«, rief Vator, der Pferdeverleiher, aus. Ein Lächeln erschien auf seinem Gesicht. »Taren, Junge«, wiederholte er und legte Jason beide Hände auf die Schultern. »Oder sollte ich Jason sagen?«

Bren Adahan versteifte sich, aber Jason hob beschwichtigend die Hand. Es gab keinen Grund zur Sorge. Jason hatte sich nach Wehnest geflüchtet, als sich damals die Nachricht ausbreitete, Karl Cullinanes Sohn treibe sich allein und schutzlos in Eren herum. Seine Tarnung hatte Vator nicht ganz überzeugen können und diesmal vollends nicht.

Wie Walter Slowotski es ausgedrückt haben würde: Man kann nicht nur ein kleines bißchen enttarnt sein.

Jason ließ den Rucksack von den Schultern gleiten, löste mit geübten Fingern die Knoten in der Lederschnur und brachte einen Weinschlauch zum Vorschein.

»Ein Begrüßungstrunk«, sagte er und zog den Korken heraus. »Jason Cullinane, Erbe des Throns und der Krone von Holtun-Bieme, wünscht dir Glück.« Er legte den Kopf in den Nacken und hob den Weinschlauch an den Mund. Wie sich herausstellte, hatte er zu lange nicht mehr aus einem Schlauch getrunken, ein paar Tropfen der lauwarmen Flüssigkeit rannen über seine Wange, den Hals und in den Hemdkragen. Er gab den Schlauch an Vator weiter.

»Vator, der Pferdeverleiher von Wehnest, wünscht dir Glück.« Der wohlgenährte Mann handhabte den Schlauch mit dem Geschick langer Übung und reichte ihn nach einem tüchtigen Schluck Aeia und Bren Adahan, die ihre Namen nannten und gleichfalls tranken.

»Nun«, sagte der Stallbesitzer, »Ihr braucht Pferde?«

Jason nickte. »Und Sättel. Für zwei Tage, vielleicht auch für drei.« Das Lügen war ihm mittlerweile zur zweiten Natur geworden. Sie hatten nicht die Absicht, sich länger als einen Tag aufzuhalten, doch es war vorteilhafter, auch einen alten Freund wie Vator glauben zu machen, er brauche sich nicht zu beeilen, sie zu verraten.

Der Stallbesitzer nickte. »Das Silberstück käme zupaß«, meinte er mit einem resignierten Seufzer, der seine Bereitschaft kundtat, sich auf ein zähes Feilschen einzulassen.

»Einverstanden«, antwortete Jason.

Vator schaute mindestens ebenso überrascht wie enttäuscht drein, doch er drehte sich um und rief in den Stall hinein: »Gachet, Gachet, wo steckst du? Schläfst du schon wieder?«

»Nein, Herr, bestimmt nicht«, tönte es vom Heuboden herab. »Ich habe hier oben sauber gemacht.«

»Ich sollte dir das Fell gerben, bis du nicht mehr Piep sagen kannst, aber erst sattelst du sechs unserer besten Tiere – ja, ja, auch den Schimmelwallach; ich sagte doch, die besten, oder nicht? – sattle die sechs besten und ich will noch einmal Gnade vor Recht ergehen lassen.«

Ein Mann in einem abgetragenen Hemd, um den Hals einen Reif aus Eisen, kam die Leiter heruntergeklettert und verschwand im Stall.

Jason spürte, wie ihm das Lächeln um den Mund gefror; er bedachte den Stallbesitzer mit einem kalten Blick.

Vator schien sich im ersten Moment unbehaglich zu fühlen, aber dann zuckte er die Achseln.

Er hatte keine Ursache, sich zu fürchten. Obwohl die Freischärler Heims ziemlich jede Gelegenheit wahrnahmen, sich mit den Sklavenhändlern anzulegen, waren Sklavenbesitzer eine andere Sache. Heim konnte es nicht wagen, jeden Sklavenbesitzer in Eren zu attackieren; man hatte es sich zur Regel gemacht, Sklaven im Besitz von Privatpersonen zu belassen, außer, die Privatpersonen arbeiteten mit der Gilde zusammen.

Aeias Lächeln wirkte durchaus echt. »Jason hat nie erwähnt, daß Ihr so wohlhabend seid.«

Vator lächelte schwach. »Ich habe mich auf einen Handel eingelassen, als ein paar von den Gildemännern hier auftauchten und nach dem Burschen aus Heim fragten. Ich gab ihnen Auskunft, und sie gaben mir einen Sklaven. Akzeptabel, oder nicht? Natürlich mußte ich mir genau überlegen, was ich ihnen sagte. Ich hatte nicht die Absicht, sie dir auf den Hals zu hetzen, also schickte ich sie in die Richtung zum Tabernakel der Heilenden Hand.«

»Wohin ich unterwegs war, wie ich dir gesagt hatte.«

»Ja, schon«, gab Vator zu, »aber ich wußte, daß es nicht der Wahrheit entsprach.« Er faßte nach Jasons Hand und drückte sie fest. »Ich würde dich nicht verraten, Jason, damals nicht und heute auch nicht. Ich gehe jetzt und helfe Gachet die Pferde satteln.«

Ihre erste Sorge war es gewesen, nach Sklavenhändlern Ausschau zu halten, doch es gab keine; in der Umgebung von Wehnest war der Handel mit Sklaven so gut wie völlig zum Erliegen gekommen, denn die Arbeitslöhne waren niedrig und die Preise der Gilde zu hoch.

Und da es im Ort keine kürzlich gekauften Sklaven gab, fand sich auch kein Hinweis auf Sklaven, die aus dem Überfall auf Kernat stammen konnten. Dieser Teil ihres Vorhabens schien ein Mißerfolg zu sein.

Immerhin hatten sich die Nehara-Klingen für einen guten Preis verkauft, dachte Jason, wog den kleinen Beutel mit Silberstücken in der Hand und lauschte dem angenehmen Klingeln der Münzen. Gleich nach der Rückkehr mußte er Nehara davon erzählen; der Zwerg würde sich freuen, daß seine Arbeit immer noch so hoch im Kurs stand.

»Es könnte Ahrmin gewesen sein«, überlegte Durine. »Er war gerissen und schreckte vor nichts zurück.«

»Wenn der kleine Bastard hinter dem Überfall auf Kernat gesteckt hat«, meinte Tennetty und trommelte mit den Fingern der freien Hand auf den Sattelknauf, »ist nicht auszuschließen, daß die Gefangenen einfach umgebracht worden sind.«

»Warum sie dann erst mitschleppen?« fragte Kethol.

Jason nickte vor sich hin. All ihre Vermutungen ergaben keinen rechten Sinn. Er besann sich auf ein Prinzip von der Anderen Seite, von dem Walter Slowotski ihm erzählt hatte und das darauf hinauslief, daß man keine komplizierten Erklärungen für einfache Fakten suchen sollte.

»Wir werden niemals genau herausfinden, was

damals passiert ist und warum«, sagte Jason, als sie vor Vators Stallungen anlangten und aus dem Sattel stiegen.

Gachet, Vators Sklave, eilte herbei, um ihnen die Zügel abzunehmen, und führte drei der Tiere auf die Koppel vor dem Stallgebäude, während Jason, Aeia und Bren Adahan mit ihren Pferden folgten.

Jason spürte ein unbehagliches Kribbeln auf der Haut. Er hatte keine große Erfahrung mit Sklaven – die einzige Sorte Sklaven in Heim und Holtun-Bieme waren *ehemalige* Sklaven –, und er wußte nicht recht, wie er sich verhalten sollte. Das Gildehaus der Sklavenhändler in Pandathaway fiel ihm ein, das Knallen der Peitschen und die blutigen Striemen.

In der Koppel ließ er die Zügel los und versetzte dem Pferd einen leichten Schlag auf die pralle Flanke. Mit Indeterminist, Jasons großem Wallach, ließ es sich nicht vergleichen, aber es war kein übles Tier, außerdem hatte er es ja nur für diesen einen Tag gebraucht.

Der Sklave führte das Pferd beiseite.

Sklave ...

Jasons Hände ballten sich zu Fäusten.

Jason. Die ferne Gedankenstimme enthielt Besorgnis und eine Mahnung.

Alles in Ordnung, dachte er zurück.

Er konnte nichts tun. Wehnest war neutral, es hielten sich keine Sklavenhändler im Ort auf, und er konnte Vator seinen Sklaven nicht so ohne weiteres wegnehmen.

Das Problem im Leben waren die vielen Grauzonen, dachte er, als Vator mit teilnahmsvoll gerunzelter Stirn zu ihm trat. »Gibt es ein Problem?« erkundigte sich der Pferdeverleiher.

Hinter Vator konnte er mehrere Kinder und eine übergewichtige Frau in den Stallungen arbeiten sehen. Die Frau mistete eine der Boxen aus, während die Kinder frisches Heu in die Krippen füllten oder Gator beim Absatteln und Trockenreiben der Pferde halfen.

Das hier war nicht Pandathaway, überlegte Jason. Vator gehörte zu der Sorte Menschen, die einem Sklaven vielleicht androhten, ihm die Seele aus dem Leib zu prügeln, ohne auch nur im Traum daran zu denken, diese Drohung jemals wahrzumachen. Er redete nur. Vators Frau und Kinder arbeiteten zweifellos ebenso hart wie Gachet, und Vator arbeitete noch härter.

»Gachet«, hörte Jason sich sagen, »möchtest du frei sein?«

Der Sklave wurde blaß. Er schaute von Vator zu Jason, öffnete den Mund, schloß ihn wieder, setzte noch einmal zum Sprechen an und preßte schließlich die Lippen zusammen.

Drüben, im Stallgebäude, beugte die Frau sich zu einem der Jungen nieder und flüsterte ihm etwas ins Ohr. Das Kind lief nach draußen und die Straße hinter der Koppel entlang. Man hörte das eilige Tappen der nackten Füße auf dem ungepflasterten Weg.

Kethol warf Jason einen Blick zu, als wollte er fragen: *Soll ich ihm nach?*

»Es ist dein Spiel«, sagte Tennetty. »Wir ziehen mit.«

Durine ließ den Blick von Jason zu Tennetty und weiter zu Kethol wandern und nickte schließlich.

Bren Adahan trat einen Schritt auf Jason zu, blieb aber stehen, als Aeia nach seinem Arm griff. »Nicht«, murmelte sie und fügte, für Ellegon bestimmt, hinzu: »Komm uns holen. Schnell.«

Macht bloß keine Dummheiten, antwortete der Drache. *Ich bin unterwegs.*

Vator trat einen Schritt von Jason zurück und blieb ihm zugewandt stehen. »Du kannst hier keinen Ruhm ernten, Jason Cullinane, außer du findest es ehrenhaft, wenn sechs Bewaffnete einen friedfertigen Mann niedermachen.« Er spuckte auf den Boden zwischen ihnen.

»Vielleicht brauchen wir dem friedfertigen Mann gar nichts anzutun«, mischte Bren Adahan sich ein. »Vielleicht schenkst du Gachet aus eigenem Entschluß heraus die Freiheit.«

Einen Moment lang, nur einen Moment, glaubte Jason, Vator würde einlenken. Es wäre das einzig Vernünftige gewesen. Starrköpfigkeit führte zu nichts; Vator war kein Krieger, und gegen ihre Überzahl hätte er in keinem Fall etwas ausrichten können.

»Du wirst dich nicht an meinem Eigentum vergreifen, Jason Cullinane«, flüsterte Vator. Er trug ein Messer im Gürtel; jeder, der mit Pferden und Ställen zu tun hat, findet täglich hundert Gelegenheiten, von einem Messer Gebrauch zu machen. Er legte die Hand an den Griff.

Tennetty spannte mit einem nachdrücklichen Klikken den Hahn ihrer Pistole. »Daran solltest du nicht einmal denken.« Sie legte auf den Stallbesitzer an und visierte an ihrem ausgestreckten Arm entlang.

»Nimm die Waffe herunter, Tennetty«, befahl Jason. Er war der Mittelpunkt des Geschehens, doch er spürte, wie ihm die Fäden aus der Hand glitten, und es gab nichts, was er dagegen tun konnte.

Außer nach einer Hintertür zu suchen.

Komm uns holen. Und beeil dich.

Bleiben Sie am Apparat, erwiderte die ferne

Gedankenstimme. *Noch ein paar Augenblicke Geduld.*

»Sicher, ich nehme die Pistole herunter. Sobald du dein Schwert gezogen hast. Ich will deiner Mutter nicht erzählen müssen, daß ich dich von einem fetten Roßtäuscher erstechen ließ, während dein Schwert noch am Gürtel hing.«

»Sie hat recht«, warf Durine ein. »Nehmt das Schwert in die Hand.«

Kompromiß. Er mußte einen Kompromiß finden.

Jason zog sein Schwert. »Vator, ich bitte dich, ändere deine Meinung. Gib ihm die Freiheit, aus eigenem Entschluß.«

»Geh in den Stall, Gachet«, ordnete Vator mit ruhiger Stimme an, ohne den Blick von Jasons Gesicht zu wenden.

»Keine Umstände«, meinte Bren Adahan, während er und Aeia jeder einen Arm des Sklaven ergriffen. Gachet ließ sich widerstandslos zur Seite führen.

»Durine – die andere Seite«, sagte Kethol, war mit einigen Sätzen im Stall verschwunden und kam gleich darauf mit Vators Frau wieder zum Vorschein. In der freien Hand hielt er eine Armbrust. »Sie hat versucht, das Ding zu spannen.«

Auch als ein dunkler Schatten über den Bäumen auftauchte, ließ Vator Jason nicht aus den Augen. Mit peitschenden Schwingen und einem sengenden Flammenschwall wurde Ellegons gewaltiger Leib über dem Dach des Stallgebäudes sichtbar. Einen Moment verharrte er mit heftig schlagenden Flügeln ein Stück über dem Boden und wirbelte Staub- und Blätterfontänen auf, bevor er schwerfällig zur Landung ansetzte.

Vators Frau schrie auf, riß sich los und floh in den schützenden Stall.

Laß ihn in Ruhe, Vator, mahnte der Drache. *Es ist keine Schande, vor einer Übermacht die Waffen zu strecken.*

Vator ließ sich nicht beirren. »Du wirst dich nicht an meinem Eigentum vergreifen.«

»Macht euch reisefertig«, sagte Jason. »Kethol, hilf Gachet beim Aufsteigen.«

»Bewegung, Leute«, drängte Tennetty. »Ich kann schon den Hufschlag auf der Straße hören, und wenn sie auch keine vergifteten Pfeile haben – meine Haut ist nicht so dick wie die Ellegons.«

Vator schüttelte den Kopf. »Diesmal nicht, Jason Cullinane. Diesmal nicht.« Er zog das Messer und stürzte sich auf Jason.

»*Nein*!«

Zwei Schüsse fielen gleichzeitig. Eine Kugel verfehlte ihr Ziel, die zweite zerschmetterte Vators Knie. Der dicke Mann öffnete den Mund zu einem Schrei, doch ein mit großer Wucht geschleuderter Dolch traf ihn ins Gesicht und tötete ihn auf der Stelle.

Der Stallbesitzer sank vor Jasons Füßen zu Boden.

Das war nicht nötig gewesen. Jason war vielleicht nicht der Fechter, der sein Vater gewesen war, doch selbst Jason konnte es mit einem übergewichtigen Pferdeverleiher aufnehmen, der mit nichts als einem gewöhnlichen Messer bewaffnet war. Es war nicht nötig gewesen.

Wir dürfen keine Zeit mehr verlieren, durchdrang die Gedankenstimme des Drachen seine Betäubung. Tennetty nahm ihm das Schwert aus der Hand und schob es in die Hülle, dann wurde er von Durine mit sanfter Gewalt zu seinem Sitz auf Ellegons Rücken bugsiert.

Schnall dich an. Wir müssen weg.

Von irgendwoher tauchten Finger auf, die ihn festschnallten.

»Verlassen wir diese gastliche Stätte, Ellegon«, sagte Tennetty.

Mit wild schlagenden Flügeln schwang der Drache sich in die Höhe. Gachet fing an zu schreien, als der Boden unter ihm wegsackte, bis Tennetty ihn aufforderte, den Mund zu halten.

Tief unter ihnen hob ein Junge, der über den Leichnam seines Vaters gebeugt stand, den Kopf und schaute in den Himmel.

Nach einigen Minuten des Schweigens stieß Tennetty ein schnaufendes Geräusch aus. Man konnte es ein Lachen nennen.

»Was ist so lustig?« fragte Aeia, hörbar gereizt.

Tennetty seufzte. »Erinnert mich an die alten Zeiten, nichts weiter. Mir ist nur eingefallen, wie der Zwerg früher immer sagte, daß wir meistens erst über die Feuerleiter verschwinden, während die Bullen schon die Tür einschlagen.«

Kapitel zwölf

Endlich zu Hause

Ich halte Ungestüm für besser als Vorsicht.
Niccolò Machiavelli

Niccolò Machiavelli war ein Arschloch.
Walter Slowotski

Die Sonne stand tief im Westen, als sie im Vorhof des Neuen Hauses landeten, des Hauses, in dem Jason den größten Teil seiner Kindheit und Jugend verbracht hatte, bevor die Familie nach Biemestren umzog.

Als sie sich in weiten Kreisen aus dem Himmel herniederschraubten, liefen unten die Leute zusammen, kleine Gestalten, begleitet von ihren grotesk langgezogenen Schatten auf der Rasenfläche: ein paar Krieger aus Frandreds Einheit; einige Bauern, die zum Markt in die Stadt gekommen waren; Petros, der stellvertretende Bürgermeister; und Lou Riccetti. Der Ingenieur schaute ihnen mit steinernem Gesichtsausdruck entgegen, verschränkte ungeduldig die Finger und schob – vielleicht aus Sorge, vielleicht aus Unmut – die Unterlippe vor.

Es gibt Neuigkeiten, meldete der Drache, als er mit einem Plumps im Gras landete. In seiner Gedankenstimme schwang unterdrückte Erregung. *Über deinen Vater.*

»Jason«, sagte Lou Riccetti, »rasch: wie viele von euch sind in Melawei zurückgeblieben?«

»Zwei. Ahira und Walter Slowotski.«

»Dann«, sprach Lou Riccetti weiter und wählte seine Worte mit großer Sorgfalt, »ist es möglich, daß dein Vater noch lebt. Mir ist etwas zu Ohren gekommen, was zu dieser Hoffnung Anlaß gibt. Kommt herein. Wir müssen mit Aldren sprechen.«

Kapitel dreizehn

›Alle Menschen sind gleich ...‹

Wir rühmen uns der Emanzipation von den meisten Formen des Aberglaubens; doch falls wir überhaupt irgendwelche Idole vom Sockel gestoßen haben, dann nur durch unsere Hinwendung zu anderen Götzen.

Ralph Waldo Emerson

Ich habe den Eindruck, daß wir alle im Laufe der Zeit zusehends legendenhafte Züge annehmen. Und ›Legende‹ heißt im Grunde ›großer Mist‹.

Walter Slowotski

Ein Händler hatte erst vor einem Zehntag die Nachricht von Karl Cullinanes Tod überbracht.

Lou war nicht sicher gewesen, ob er es glauben sollte oder nicht.

Dann kam Aldren nach Heim.

»Soviel ich weiß, war ich als einer der letzten noch unterwegs, um nach euch zu forschen«, berichtete Aldren, als sie im Wohnraum des Neuen Hauses beisammen saßen. »Ich gab mich als Söldner aus, auf der Suche nach Arbeit.« Er lehnte sich in dem großen

Ledersessel neben dem Kamin zurück und nahm einen Schluck aus einem riesigen Bierkrug. Im Schein der tanzenden Flammen sah er ziemlich durchschnittlich aus: um die Vierzig, mit grauen Strähnen im unordentlich gestutzten braunen Bart, ein paar Narben an den Händen und Lachfalten um die Augen. »Ich muß etwa drei Zehntage nach eurer Abreise in Pandathaway eingetroffen sein, und ich überlegte, daß ihr euch, da Ahrmin mit seinem Heer bereits abmarschiert war, vermutlich entschlossen hattet, Karl zu folgen.

Das, so schien mir, machte eine weitere Suche nach euch überflüssig. Zur Vorsicht wandte ich mich dann doch nach Norden und reiste ein Stück die Küste hinauf, weil ich es für eine gute Idee hielt, mir einen Überblick über die Stützpunkte der Gilde in den Hafenstädten zu verschaffen. Bis jetzt haben wir Aktionen in der näheren Umgebung von Pandathaway vermieden, aber vielleicht werden wir in Zukunft unsere Taktik ändern müssen.

Wie auch immer, ich stellte fest, daß auffallend wenige Gildeleute unterwegs waren – überall nur Stammbesatzungen, und ihre Angst ließ sich fast mit den Händen greifen.«

Er leerte den Krug; Lou Riccetti höchstpersönlich füllte aus dem in einer Ecke aufgebockten Faß nach.

»Ich bilde mir nicht ein, ein Künstler mit dem Schwert zu sein, auch mit Schußwaffen kann ich nicht besonders gut umgehen, aber zwei Dinge beherrsche ich wirklich gut: Ich vermag mich glaubhaft jeder Umgebung anzupassen und trinke ohne weiteres auch zwei Männer unter den Tisch. Ich verleitete einige der Gildeleute zum Trinken, und dann füllte ich sie gehörig ab. Und sie fingen an zu reden.

Es scheint, daß Ahrmin und alle, die mit ihm an Land gegangen sind, in Melawei den Tod gefunden haben.«

Das überraschte Jason nicht; Walter Slowotski hatte gesagt, er würde dafür sorgen, daß niemand nach Pandathaway zurückkehrte, um damit zu prahlen, Karl Cullinane getötet zu haben.

»Als der Entsatz eintraf, stanken sie in der Sonne. An eine der Leichen war eine Botschaft geheftet, teils in einer Sprache abgefaßt, mit der die Sklavenhändler nichts anfangen konnten, und teils in Erendra. Die Nachricht war mit drei verschiedenen Zeichen signiert. Der Teil in Erendra lautete: *Der Krieger lebt*.

Ich wette, ihnen sind die Ohren heiß geworden, aber was konnten sie tun?«

Jason mußte schlucken. *Der Krieger lebt*. Genau das hatte ein Unbekannter in der Kneipe in Enkiar gesagt. Er trat ans Feuer und ließ die Finger über den Kaminsims gleiten. Kaum gemildert von dem dünnen Stoff seiner Hosen, brandete die Hitze der Flammen sengend gegen seine Beine.

Draußen raschelten lederne Schwingen in der Dunkelheit.

Was hältst du davon?

Ich weiß nicht. Und du?

Ellegon antwortete nicht und Aldren berichtete weiter: »Dann, vor ungefähr sechs Zehntagen, erwachte ein Gildemann in Lundeyll neben einem Kameraden, dessen Kehle durchschnitten war. Man fand die gleiche Botschaft wie in Melawei, wieder mit den drei Symbolen unterzeichnet. Man erzählte sich, daß zwölf Männer, einige davon Melawis, aber nicht alle, sich am nächsten Morgen mit einem Schiff davonmachten, wodurch sie um Haaresbreite Fürst

Lunds Ordnungshütern entwischten, die ihnen auf den Fersen waren.«

»Scheiße.« Tennetty schlug mit der Hand auf die Armlehne ihres Sessels und lachte. »Das könnte er gewesen sein. Sich erst fünf Minuten vor Zwölf davonzumachen, ist das Erkennungszeichen der Cullinane-Familie, Jason.«

Lou Riccettis Lächeln und Nicken wirkten geistesabwesend. »Lundeyll war die erste Stadt, aus der wir flüchten mußten, auf Dieser Seite.« Das Lächeln erlosch, er seufzte. »Dein Namensvetter ist dort ums Leben gekommen«, erzählte er Jason. »Er war mein bester Freund.« Riccetti biß sich auf die Lippen. »Tut mir leid – erzähl weiter, Aldren.«

»Die gleiche Botschaft, die gleichen Signaturen.« Aldren griff nach einer Landkarte. »In Wehnest, auf dem Rückweg, erfuhr ich, daß die unbekannten Rächer wieder zugeschlagen hatten, in Menelet. Was man auch davon halten mag, die Sklavenhändler sind überzeugt, daß dein Vater und seine beiden Gefährten sich irgendwo zwischen den Zerspellten Inseln herumtreiben oder vielleicht Salket angelaufen haben. Sämtliche Mitglieder der Gilde stecken entweder den Kopf in den Sand und hoffen, daß der Blitz woanders einschlägt, oder sie sind ausgezogen, um den Feind zur Strecke zu bringen.«

Lou Riccetti beugte sich vor. »Aldren ist erst gestern hier eingetroffen. Ich war dabei, einen Trupp zusammenzustellen, um mich auf die Suche zu machen, doch euer Eintreffen bringt mich auf eine andere Idee.«

Kethol nickte. »Mit Ellegon, der uns schnell an Ort und Stelle bringen kann, haben wir eine gute Chance, sie vor den Sklavenhändlern zu finden, besonders wenn es uns auszuknobeln gelingt, wo sie das nächstemal zuschlagen.«

Vielen Dank für die Vertrauenserklärung. Doch von der Richtigkeit dieser Vermutung hängt es ab, ob meine Fähigkeiten im Personentransport euch etwas nützen.

Aeia lächelte. Jason mußte sich eingestehen, daß seine Adoptivschwester bezaubernd aussah, wenn sie lächelte. »Was gibt es da zu raten«, meinte sie. »Man braucht nur eine Linie zu ziehen. Ihr Ziel ist Endell. Vermutlich Ahiras Vorschlag – je näher sie dem Territorium der Zwerge kommen, desto sicherer können sie sich fühlen. Wenn die Sklavenhändler sie nicht vorher einholen oder ihnen den Weg verlegen.«

Die Überlegung ist an und für sich ganz vernünftig, aber ich bezweifle, daß Karl und Walter es den Sklavenhändlern so leicht machen würden.

»Wir müssen es herausfinden.« Jason begann ruhelos hin und her zu wandern. »Die Sache muß geklärt werden und zwar schnell.«

Lou Riccetti hob fragend eine Braue. »Wegen der Skavenhändler?«

»Das ist es nicht.« Jason ließ sich schwer in seinen Sessel fallen. Die Situation erinnerte an Wellen in einem Teich, wie sie von einem über die Oberfläche schnellenden Stein verursacht wurden. Als Jason ein Junge war, hatte sein Vater nur wenig Zeit, um mit ihm zu spielen, und später, in Holtun-Bieme, befaßte er sich noch seltener mit ihm.

Doch er entsann sich des Tages, als sie aus irgendeinem Anlaß nach Heim zurückgekehrt waren und sein Vater gegen Abend, bei Sonnenuntergang, mit ihm zum See hinunterging und ihn lehrte, Steine über das Wasser zu schnellen. Der Trick bestand darin, einen geeigneten Stein auszuwählen, mit dem gekrümmten Zeigefinger zu umfassen und mit einer seitlichen Armbewegung flach über das Wasser zu werfen. Mit etwas Glück hüpfte er fünf-, sechs-, siebenmal über die stille, glatte Fläche und rief bei jedem Auftreffen sich langsam ausbreitende Kreise hervor.

Die Nachricht, daß Karl Cullinane noch lebte, breitete sich als Folge der geheimnisvollen Übergriffe aus, wie damals die Kreise im Wasser des Sees.

»Wenn er lebt, kann er es mit allen Sklavenhändlern der Welt aufnehmen«, erklärte Jason. »Darum geht es nicht; wir müssen uns Gewißheit verschaffen, bevor die Sache meiner Mutter zu Ohren kommt.«

Er stand auf. »Der Tod meines Vaters hat sie schwer getroffen.« *Schwerer, als einer von euch ahnt oder je erfahren wird.* »Ich möchte nicht, daß sie sich auf Grund von unbewiesenen Gerüchten Hoffnungen macht, die dann wieder zunichte werden. Wir müssen herausfinden, was da vor sich geht und nach Biemestren zurückkehren, bevor diese Neuigkeiten dorthin gedrungen sind. Wir müssen in Erfahrung bringen, ob mein Vater noch am Leben ist, und das schnell.«

Ellegon meldete sich zu Wort. *Ich kann euch an der Küste absetzen und später wieder abholen, aber in der Zwischenzeit habe ich etwas zu erledigen, das keinen Aufschub verträgt. Davens Einheit kann ohne Nachschub nicht mehr viel länger aushalten.*

Das war noch nicht alles; vielleicht mußte Ellegon Davens Leute ausfliegen, in Gruppen zu soviel Mann, wie er tragen konnte.

Davon abgesehen, hatte Jason sich noch etwas überlegt. *Ich möchte, daß du nach meiner Mutter siehst und bei ihr bleibst, falls nötig.*

Doria war eine gute ... war eine gute Heilerin *gewesen*, aber diese Fähigkeiten hatte man ihr genommen und außerdem konnte sie keine Gedanken lesen.

Stimmt. Aber ich dränge mich auch nicht gerne in ihr Bewußtsein. Bei dir ist das etwas anderes.

Trotzdem.

Doch wenn man genau darüber nachdachte, waren sie mehr als genug Leute. Ihr Plan erforderte eher ein Vorgehen à la Walter Slowotski als nach der Art Karl Cullinanes: suchen, finden, Kontakt aufnehmen und auf Ellegons Rücken zurück nach Biemestren.

»Am besten fangen wir am anderen Ende an«, schlug Tennetty vor, »in Endell. Von da aus arbeiten wir uns nach Süden vor und hoffen, daß wir sie nicht verpassen oder, wenn doch, wenigstens eine frische Spur entdecken.«

Kethol nickte. »Nur Ihr – Durine und ich geben auf Euren Rücken acht. Ein kleiner, beweglicher Trupp. Wir machen sie ausfindig, verabreden einen Treffpunkt mit Ellegon und fliegen nach Hause.«

»Und ich«, sagte Tennetty ruhig. »Ihr könnt mich nicht zurücklassen. Nicht bei diesem Unternehmen.«

»Und Tennetty«, stimmte Durine zu. Er musterte sie mit seltsamer Intensität. »Aber damit hat sich's.«

Lou Riccetti rieb sich zufrieden die Hände. »Nicht schlecht. Benutzt den morgigen Tag, um euch auszuruhen – es gibt noch einige Dinge, die ich euch mitgeben will –, und übermorgen könnt ihr aufbrechen.«

»Nein«, widersprach Aeia. »Damit hat sich's keineswegs. Ich muß es wissen. Ich gehöre dazu. Er ist auch mein Vater. Oder bin ich in euren Augen keine echte Cullinane?«

»Das kommt *überhaupt* nicht in Frage.« Lou Riccetti schüttelte nachdrücklich den Kopf. »Du gehst nicht mit, Aeia. Du bleibst hier; du wirst gebraucht. Ende der Diskussion.«

Als sie den Mund öffnete, hob er die Hand. »Ich kann dich nicht ... zwingen hierzubleiben. Aber Ellegon wird dich nirgendwo hinbringen, wo dir Gefahr droht. Diesmal nicht. Bis wir einen Gegenbeweis in Händen halten, bleibt uns die Hoffnung, daß Karl noch lebt; doch was die Staatsgeschäfte betrifft, müssen wir davon ausgehen, daß er tot ist. Wenn Jason sich in Gefahr begibt, um die Wahrheit herauszufinden, müssen wir bedenken, wer die Cullinane-Linie weiterführen soll. Hältst du es für wahrscheinlich, daß Andrea noch ein Kind zur Welt bringen wird?«

Aeia schüttelte den Kopf.

»Wer also wird für einen Erben sorgen, sollte Jason nicht zurückkommen? Und das ist der Grund, weshalb auch du hierbleiben wirst, Bren Adahan.«

Einen Moment lang glaubte Jason, daß Lou Riccetti seinen Wilen durchsetzen würde, aber dann schüttelte Bren Adahan den Kopf.

»Ihr mögt recht haben, Bürgermeister«, sagte er bedächtig und wählte seine Worte so umsichtig wie ein Mann, der barfuß über spitze Steine gehen muß, »daß, sollte Jason sterben, der Thronerbe aus ihrem Schoß kommen muß – aber ich darf nicht der Vater sein. Ich bin immer noch ein Holt. Die Barone aus Bieme würden keinen Souverän akzeptieren, dessen Vater ein Holt ist oder der Sohn eines Holt.« Er ballte die Fäuste. »Obwohl es mir zuwider ist, diese privaten Angelegenheiten öffentlich zur Sprache zu bringen, möchte ich doch darauf hinweisen, daß meine einzige Chance, Aeia jemals zu heiraten, darin besteht, Jason Cullinane am Leben zu erhalten. Und darum werde ich mich mit all meinen Kräften bemühen.« Seine Fingerknöchel wurden weiß, so fest umklammerte er die Armlehnen seines Sessels.

Er schaute Jason offen ins Gesicht. »Nun weißt du den Grund, weshalb ich mich nicht davon abhalten lassen werde, dich zu begleiten, Jason Cullinane. Ich sorge dafür, daß du am Leben bleibst, ganz gleich, was es mich kostet.«

Tennetty stand auf. »Trinken wir aus und hauen uns aufs Ohr. Morgen packen wir und übermorgen geht es los.«

Jason konnte nicht schlafen. Es wäre schön gewesen, jemanden zu haben, der ihm die Hand hielt, während er einschlief, doch es gab niemanden, nicht mehr. Valeran war tot, ebenso Chak. Mutter stützte sich jetzt auf ihn, selbst wenn sie es nicht ahnte. Doria war weit weg und Karl Cullinane war tot.

Vielleicht. Vielleicht auch nicht.

Ausgerechnet die, die ihm mehr oder weniger nahestanden, mußten sterben. Vater. Valeran, Chak, sogar Vator. Der Dummkopf. Warum mußte er in einem Streit um einen Sklaven den Tod finden? Was hatte er jetzt davon?

Scheiße. Es ergab einfach keinen Sinn. Nichts ergab einen Sinn.

Jason saß in einem verwitterten Holzstuhl auf der Veranda des Neuen Hauses, schnitzte achtlos an einem Stück Kiefernholz und beobachtete das träge

Pulsieren der Feenlichter im Westen. Irgendwo weiter weg zwitscherten Dicalas in den Bäumen.

Ein dunkler Schatten strich über ihn und das Haus hinweg: Ellegon auf seiner letzten Runde. Die Schutzvorrichtungen um das Tal verhinderten, daß jemand magische Geräte hereinschmuggelte, doch sie reagierten nicht auf Lebewesen, denen keinerlei Magie anhaftete. Obwohl der Drache sich dieser Tage nur selten in Heim aufhielt, waren die hier ansässigen Freischärler froh, die Zahl der Posten und die Dauer der einzelnen Schichten verringern zu können, wenn er einmal im Tal Station machte. Eine ungestörte Nachtruhe war etwas Kostbares.

Bist du irgendwo da draußen? Das war auch sinnlos. Wenn Karl Cullinane noch lebte, hätte nichts auf der Welt ihn von seiner Frau fernhalten können. War er aber tot, was versuchten Walter Slowotski und Ahira dann zu bewirken? Falls sie die Leute glauben machen wollten, er habe sich retten können, ergab es natürlich einen Sinn. Kein Sklavenhändler konnte sich damit brüsten, Karl Cullinanes Leichnam gesehen zu haben – doch sie konnten unmöglich hoffen, diese Täuschung über längere Zeit hinweg aufrechtzuerhalten. Irgenwann mußte die Wahrheit durchsickern.

Doch vielleicht war er tatsächlich noch am Leben? Jason hatte seinen Vater nicht sterben sehen; sie alle hatten von einem verwundeten Karl Cullinane Abschied genommen, und dann waren sie Zeugen der vernichtenden Explosion geworden.

Konnte es sein, daß es ihm gelungen war, die Sprengladung aus einiger Entfernung zu zünden, so daß er unverletzt blieb?

Unmöglich war es nicht. Oder doch?

Er konnte überlebt haben. In diesem Falle blieb es Jason erspart, seine Nachfolge anzutreten. Vorläufig.

Ein herrliches Gefühl. Als wäre ihm eine Last von den Schultern genommen worden. Oder als würde sie ihm gerade jetzt von den Schultern genommen – das vermochte er nicht genau zu beurteilen.

Doch es war ein herrliches Gefühl.

Hinter ihm öffnete sich die Tür. Licht fiel nach draußen und vertrieb die Dunkelheit, ohne sie allerdings ganz besiegen zu können. Als Jason sich umdrehte, sah er Lou Riccetti, einen Hausmantel aus Baumwolle über einer der in Heim gefertigten Jeans, an den Füßen Holzlatschen. Unter einem Arm trug er einen Holzkasten und eine Flasche, in der anderen Hand hielt er eine Laterne. Er stellte die Laterne auf den Tisch.

»Warum schläfst du nicht um diese Zeit?« erkundigte sich Jason.

»Das wollte ich dich fragen.« Riccetti lachte in sich hinein. »Du solltest in den Federn liegen.« Er entkorkte die Flasche mit den Zähnen und spuckte den Stopfen vorsichtig auf den Tisch. Den Kasten stellte er neben Jasons Ellenbogen. »Vielleicht hilft ein Tropfen Magentrost.« Er trank mit zurückgeneigtem Kopf, wischte sich mit dem Handrücken den Mund ab und reichte die Flasche Jason.

Jason nippte aus Höflichkeit von dem starken Schnaps. Das Zeug schmeckte gräßlich – er vermochte die Vorliebe der Anderseiter für aus Mais gebrannten Whiskey nicht zu teilen. Nein, das war ungerecht. Heim betrieb einen bescheidenen, aber durchaus florierenden Handel mit *Riccettis Magentrost*, trotz der zunehmenden Konkurrenz neuer Brennereien überall in Eren, in dem von Zwergen besiedelten Norden und dem Elfenland im Osten.

Ein paar Minuten lang saßen sie schweigend beisammen und ließen die Flasche zwischen sich wandern.

»Der Rat hat mich beauftragt, dir den Verkauf von Schießpulver an die Elfen auszureden«, ergriff Jason schließlich das Wort. »Aber wirst du mir überhaupt zuhören?«

»Ich werde zuhören, doch verfahren werde ich nach meinem eigenen Gutdünken. Rechne nicht darauf, mich überreden zu können.« Riccetti schüttelte den Kopf. »Du verfügst nicht über meine Informationen, noch über mein Gespür für kommende Entwicklungen.«

»Du hörst dich an wie Doria«, meinte Jason mit einem unterdrückten Lachen.

Riccetti lachte gleichfalls. »Du magst recht haben. Lange her, seit ich sie das letztemal gesehen habe. Wenn du wieder zu Hause bist, richte ihr aus, daß ich auf einem Besuch bestehe. Vielleicht gelingt es ihr, deine Mutter zum Mitkommen zu überreden, und falls dann noch Slowotski auftaucht, können wir eine schöne Partie Bridge zusammen spielen.«

Vater hat auch Bridge gespielt. Das Kartenspiel war eine der von den Anderseitern eingeführten Neuerungen, die sich nicht durchgesetzt hatten. Wie das Duschen.

»Wegen des Pulvers ...«

»Ja. Das Pulver.« Riccetti klappte den Kastendeckel auf und holte einen kleinen Lederbeutel heraus, den er öffnete und auf den Tisch stülpte. Ein halbes Dutzend winziger Messingknöpfe rollten heraus. »Was hältst du davon? Wir entfernen Schnäpper und Pfanne von den Gewehren und bringen statt dessen einen Metallstift an, der in das hintere Ende des

Laufs führt. Dann ändern wir den Hammer so ab, daß er genau auf den Stift schlägt. Nehara schafft davon zehn Stück am Tag, seine weniger genialen Kollegen bringen es wenigstens auf vier oder fünf.

Sieh her.« Er nahm eines der Plättchen vom Tisch und ging die Verandatreppe hinunter, bis zu dem mit flachen Steinen gepflasterten Weg. Dort bückte er sich und legte das Plättchen behutsam auf einen der Steine. »Gib mir dein Messer.«

»Hm?«

»Dein Messer.«

Jason reichte ihm seinen Dolch mit dem Griff voran, wie es sich gehörte.

Der ältere Mann kauerte sich nieder. Er hielt den Dolchknauf genau über den Messingknopf und ließ ihn mit Nachdruck darauf niedersausen. Ein kleines Flämmchen zuckte empor, und ein Rauchwölkchen zerflatterte im Wind.

»Zündhütchen. Erfüllt denselben Zweck wie das Zündpulver auf der Pfanne.«

Sie kehrten auf die Veranda zurück und setzten sich. Riccetti legte Jasons Messer auf den Tisch.

Jason nahm es mit spitzen Fingern an sich. Die Stelle am Knauf, mit der Riccetty auf das Zündhütchen geschlagen hatte, war schwarz, doch der Ruß ließ sich mit dem Daumen abreiben.

»Vorzüge: keine Zündverzögerung; das Nachladen geht schneller. Und die neue Methode ist verläßlicher – kein Ärger mehr wegen zerbrochener Feuersteine. Wir werden also die Umstellung vornehmen, sobald es die politische Klugheit gebietet: nachdem wir den Elfen das Geheimnis der Schießpulverherstellung verkauft haben.«

Keine schlechte Idee. Den anderen immer einen

oder zwei Schritt voraus ... doch Jason mochte sich trotzdem nicht so recht damit anfreunden. Irgendwann würden die Nyphier ihre eigenen Gewehre entwickeln. Das wiederum würde den Baronen mißfallen. Und mit Recht.

»Du meinst, der Vorsprung wäre nicht groß genug?« fragte Riccetti. »Stimmt. Ich habe hier ein Geschenk für dich.« Er tippte mit dem Zeigefinger auf den Kasten. »Das war für deinen Vater bestimmt, doch wie es aussieht, fällt es jetzt an dich, als seinen Erben.« Er schlug den Deckel zurück. In dem Kasten lag ein merkwürdig geschnittenes ledernes Pistolenhalfter. Riccetti nahm es heraus und legte es beiseite.

Im trüben Licht der Lampe wirkten die zwei in den Kasten gebetteten Pistolen fremdartig, aber in noch größerem Maße tödlich. Die Läufe waren ungewohnt lang, doch über dem Abzugshahn saß ein rätselhaftes zylindrisches Ding, wo sich eigentlich Schnappdeckel und Pfanne befinden sollten. Eingerahmt wurden die Waffen von mehreren Reihen Messingstiften in dafür vorgesehenen Löchern an den Längs- und Schmalseiten des Kastens.

Riccetti griff nach einer der Pistolen und eine rasche Handbewegung führte dazu, daß der rätselhafte Zylinder seitlich herausschwang. »Als Vorlage hat der alte Colt Peacemaker gedient – aber ich bin ein besserer Mechaniker als der gute Sam Colt«, erklärte er. Jason fragte sich, ob die Worte tatsächlich für ihn bestimmt waren, oder ob der Ingenieur in erster Linie zu sich selbst sprach.

»Das hier sind die Patronen«, fuhr Riccetti fort und zog einen der Messingstifte heraus. »Alles in einem – hier die Kugel, dahinter, im Innern der Hülse, die Ladung, oben das Zündhütchen.« Er tippte auf die stumpfgraue Spitze der … Patrone, in der sich eine kleine Öffnung befand, wie in der Eichel eines Penis'. »Ich habe ungefähr bis in die Mitte der Kugel gebohrt. Beim Aufprall plattet sie sich ab und richtet beinahe soviel Unheil an wie ein Explosivgeschoß.«

Erneut schwenkte er den Zylinder aus und schoß die Patrone in eine der Kammern. »Sie haben ausreichend Spiel«, bemerkte er, hielt die Waffe so, daß der Lauf nach oben zeigte und ließ die Patrone wieder in die Handfläche gleiten. »Sechs Kammern, sechs Patronen«, erläuterte er und schob fünf der Messinggeschosse in die dafür bestimmten Öffnungen, »aber du solltest sie mit einer leeren Kammer tragen, hier, unter dem Hammer. Es würde dir nicht gefallen, wenn sie losginge, nur weil dein Pferd gestolpert ist.«

Er fing die Patronen auf, als sie aus dem Zylinder fielen. Harmlos und sogar recht schmuck lagen sie schimmernd in seiner Hand. »Die leeren Hülsen können wir wiederverwenden, falls sie nicht zu arg beschädigt sind, und selbst dann ist das Metall noch brauchbar, also geh sparsam damit um. Einen Blindgänger laß auf den Boden fallen und schiebe mit der Stiefelspitze etwas Sand oder Erde darüber. Auf keinen Fall solltest du ihn aufheben.«

Er ließ den leeren Zylinder einschnappen und zielte in die Nacht. »Es gibt zwei Möglichkeiten die Waffe abzufeuern«, sagte er. »Einmal so …« Er zog mit dem Daumen den Hammer zurück, bis er mit einem hörbaren Klicken einrastete. »Die leere Kammer unter dem Hammer dreht sich um eine Position weiter und bringt eine Patrone vor den Lauf. Dann krümmst du den Zeigefinger um den Abzugshahn und ziehst ruhig und gleichmäßig durch. Er läßt sich viel leichter betätigen als bei deiner alten Waffe, und du brauchst keine merkliche Schußverzögerung einzurechnen.« Riccetti lächelte und ließ den Hammer behutsam einrasten.

»Du kannst die Waffe auch mit dem Abzugshahn allein abfeuern. Das bezeichnet man als Double Action.«

Der Hammer hob sich, fiel nieder. »Du hast es gesehen. Beim Niederfallen schlägt der Hammer auf die Zündnadel, die Nadel trifft auf das Zündhütchen, dadurch wird die Ladung gezündet und die Ladung treibt die Kugel aus dem Lauf. Ein neues Schießpulver – ein neues Prinzip. Und wenn wir das alte Rezept den Elfen verkaufen, wird es ihnen nicht helfen, das Herstellungsgeheimnis unserer neuen Erfindung zu enträtseln – und selbst wenn ihnen jemand auf die Sprünge helfen sollte, werden sie nie herausfinden wie man verhindert, daß einem der ganze Kram vorzeitig um die Ohren fliegt. Aber Ranella und ich wissen Bescheid.«

Jason lächelte. »Ich weiß nicht einmal, woraus sich das alte Schießpulver zusammensetzt.« Früher oder später würde man ihm das Geheimnis anvertrauen, aber bestimmt nicht vor seiner Thronbesteigung.

Riccetti hörte gar nicht zu. »Du wirst feststellen, daß es weniger qualmt als das alte Zeug. Es riecht auch anders, nicht so sehr nach Höllenfeuer. Wie auch immer, du betätigst wieder den Abzug, der Zylinder dreht sich weiter und befördert die nächste Patrone unter den Hammer. Der Hammer schlägt auf die Zündnadel und so weiter und so fort.« Er drückte rasch hintereinander viermal ab.

»Wie fünf Pistolen in einer«, staunte Jason.

Lou Riccetti verzog das Gesicht zu einem breiten

Grinsen. »Oder besser.« Er griff nach einer flachen Stahlscheibe mit dem ungefähr anderthalbfachen Durchmesser einer biemischen Kupfermark und paßte sechs Patronen in die darin befindlichen Aussparungen ein. Mit einer Daumenbewegung klappte er eine Schutzplatte über das flache Ende der Patronen, die sie gleichzeitig am Herausfallen hinderte. »Die Trommel ausschwenken, so, die leeren Hülsen herausfallen lassen und diese Scheibe einsetzen, so.« Er ließ die Trommel einrasten und die Abdeckplatte fiel zu Boden. »Schußbereit. Du kannst weitere sechsmal feuern und den Vorgang beliebig wiederholen. Zieh dein Hemd aus.«

»Weshalb?«

»Steh auf.« Riccetti befolgte seine eigene Anordnung. »Zieh das Hemd aus.«

Jason gehorchte und Riccetti zeigte ihm, wie das Halfter angelegt werden mußte. »Der hintere Gurt paßt über deinen Rücken, ganz egal, was du anhast. Du kannst das Halfter über dem Hemd tragen – ganz praktisch, wenn du einen Umhang oder Mantel darüber anhast – oder auf der bloßen Haut, wie jetzt.« Er reichte Jason den Revolver; Jason schob ihn in das Halfter. Die Waffe verschwand beinahe unter seinem Arm, nur der Kolben ragte ein Stück hervor und schmiegte sich mit einem beruhigenden Gefühl solider Schwere an seinen Körper. Der Kolben war mit der rechten Hand problemlos zu erreichen; mit der linken fiel der Zugriff etwas schwerer.

Jason griff mit der rechten Hand zu der Stelle, wo sich gewöhnlich sein Schwert befand und stellte fest, daß Halfter und Waffe ihn nicht behinderten.

»Niemand wird Verdacht schöpfen – solange du unseren kleinen Freund nicht herzeigst. Eine Menge

Leute tragen einen Dolch unter der Achsel und auch die von den Sklavenhändlern entwickelten Pistolen tauchen immer häufiger auf.«

Er tippte mit seinem wurstförmigen Zeigefinger auf die Waffe. »Zur Zeit existieren lediglich sechs von diesen Wunderdingern und zweitausend Schuß Munition dafür. In einem Jahr wird Ranella eine Waffenschmiede in Holtun-Bieme einrichten, während wir die Munition hier fertigen, wo ich ein Auge darauf haben kann. In zehn Jahren wird jeder Soldat der kaiserlichen Truppen nicht nur mit Gewehren ausgerüstet sein, die schneller und weiter schießen als dieser Revolver, sondern es wird außerdem eine begrenzte Anzahl von Waffen zur Verfügung stehen, die mehr als zweihundert Schuß pro Minute verfeuern können. Darauf gebe ich dir mein Wort als Ingenieur.« Er lächelte. »Na, wie groß ist jetzt deine Angst vor einem Rudel Elfen mit einschüssigen Schwarzpulverflinten?«

Jason war immer noch nicht überzeugt – verflixt, Schießpulver war *ihre* ureigenste Erfindung, selbst wenn er das Geheimnis der Herstellung bis jetzt ebensowenig kannte wie die Elfen –, doch der Ingenieur ließ sich nicht beirren.

»Ich vermute, du wirst deinen Kopf durchsetzen«, seufzte er.

Riccetti genehmigte sich noch einen herzhaften Schluck. »Du vermutest richtig, Jason Cullinane. Wie dein Vater zu sagen pflegte: Alle Menschen sind gleich; Lou Riccetti hat sie dazu gemacht.«

»Das verstehe ich nicht.«

Riccetti reichte ihm die Flasche. »Wirst du noch, Jason. Wirst du noch.«

Jason nippte, dann zuckte er die Schultern. »Ich werde dir wohl glauben müssen.«

»Noch zweierlei. Wenn er noch lebt, wirst du ihn finden und ihm meinen Dank ausrichten.« Riccetti wog die Flasche in der Hand, als wolle er noch einen Schluck nehmen, und stellte sie wieder hin. »Ich kann mich nicht erinnern, daß ich je dazu gekommen bin, mich bei dem alten Halunken zu bedanken!« meinte er kopfschüttelnd. »Verdammt.«

»Wozu auch? Er wußte Bescheid.« Oder *weiß* Bescheid. »Und was noch?«

»Ich bin kein Mann des Krieges«, erklärte Riccetti schwerfällig, betont. »Ich bin sehr gut in meinem Metier, ich liebe mein Metier, auf meine Art kann ich deinem alten Herrn jederzeit das Wasser reichen.

Bis jetzt habe ich mir nie gewünscht, ein Kämpfer zu sein. Doch ich bin es nun einmal nicht, also mußt du es für mich tun.« Riccetti nahm den Revolver, legte ihn Jason in die Hand und schloß ihm die Finger um den Kolben. »Es ist eine Sache mit verflucht vielen Wenns, aber wenn dein Vater tot ist und wenn Slowotski und der Zwerg es nicht geschafft haben, den zu erledigen, der seinen Tod auf dem Gewissen hat, und wenn du die Gelegenheit hast – keine unvernünftigen Heldentaten; ein toter Cullinane reicht –, dann nimmst du diesen Revolver«, der Griff seiner Hand wurde schmerzhaft fest, »stellst dich dem Bastard Auge in Auge gegenüber, drückst ihm die Mündung in den Bauch, sagst ›Schöne Grüße von Lou Riccetti, du Hund‹, und dann drückst du ab, bis du es nur noch klicken hörst. Puste ihm die Eingeweide zum Rücken hinaus – für mich.«

Riccettis Augen waren feucht; er wandte sich ab.

Dritter Teil
Die Suche

Kapitel vierzehn

Die Mutprobe

Der Hochgeborene trage sein Schicksal,
wie es seiner hohen Geburt geziemt.
Euripides

Wenn das Schwarze Kamel kommt, um mich zu holen, werde ich nicht brüllen und um mich schlagen – allerdings werde ich versuchen, mich aus der Sache herauszureden: Nein, nein, du meinst den anderen *Walter Slowotski.*
Walter Slowotski

Am Ende des Ganges befand sich eine weitere dieser merkwürdig gewundenen Passagen, und sie zeigte sich sogar noch schwieriger als die vorherige. In einer scharfen Linksbiegung senkte sich die Decke steil herab, und der verbleibende Durchschlupf war selbst für einen Zwerg knapp bemessen. Um wieviel größer waren die Schwierigkeiten für einen Menschen: Durine mußte seine Waffen Tennetty und Jason überlassen und sich halb geduckt, halb kriechend durch den Engpaß zwängen.

Jason Cullinane hoffte inständig, daß der Hinweg nicht bezeichnend sein möge für den ganzen Verlauf der Audienz bei König Maherralen von Endell.

Jason reichte Durines Schwertgurt nach vorn, anschließend die Schrotflinte und seinen eigenen Gürtel. Eine seiner neuen Pistolen trug er unter dem Hemd verborgen, die zweite hatte er mit der übrigen Ausrüstung am Haupteingang der Alten Stollen zurückgelassen, unter den wachsamen Augen von Ellegon, Bren Adahan und Kethol.

Wie Bren Adahan es ausgedrückt hatte, waren die Bewohner Endells zurückhaltend freundliche Verbündete, doch es hatte wenig Sinn, entweder ihre Freundlichkeit oder ihre Zurückhaltung über Gebühr zu beanspruchen.

Das hatte sich für Jason vernünftig angehört; außerdem verhalf es Bren Adahan zu der Gelegenheit, mit einem Händler über den Preis von ein paar Pferden zu feilschen, ohne dabei von Jason gestört zu werden. Jason taugte nicht zum Feilschen; er war zu ungeduldig.

»Gebt auf Euren Kopf acht, junger Herr«, warnte Durine, vielleicht etwas zu fürsorglich, während er Jasons Gürtel und Waffen in Empfang nahm.

»Sieh zu, daß du mit Nefennen Schritt hältst, Mensch, und überlaß uns die Sorge um die Nachzügler«, empfahl ihm Ketherren, der Hauptmann der Wache. Er war einen Kopf kleiner als jeder der übrigen Zwerge und mindestens noch zwei Handspannen breiter um die Schultern.

Jason schlüpfte durch die enge Passage und richtete sich am anderen Ende erleichtert zu voller Höhe auf.

Bei dem dahinterliegenden Raum handelte es sich wieder um eine – wie Durine es nannte – Mausefalle. Die breite, niedrige Tür in der gegenüberliegenden Wand bestand aus dicken Eichenbohlen, mit drei runden Öffnungen für die dahinterstehenden Bogenschützen, während darüber ein aus dem Fels gehauener Balkon drohend in das kahle Gelaß ragte.

Hinter ihrem aus fünf Personen bestehenden Trupp steckte die Nachhut der Zwergeneskorte flüsternd die Köpfe zusammen, während ihre drei Führer ungeduldig bei der Tür warteten.

Jason versuchte, Ellegon zu erreichen, doch seine Gedanken konnten die zwischen ihnen liegenden Gesteinsmassen nicht durchdringen.

Er hatte nicht geahnt, was ihn erwartete, als sie von den Zwergen durch den Eingang zu den Stollen gedrängt wurden, doch die Wirklichkeit entsprach in etwa seinen schlimmsten Befürchtungen. Je weiter sie in die Alten Stollen vordrangen, desto tiefer senkte sich die Felsdecke herab, als ob die Ur-Ur-Urahnen dieser Zwerge ihr Werk als Riesen begonnen hätten, um immer mehr zu schrumpfen, je weiter sie sich in den kalten Stein hineinarbeiteten.

Der frische Luftzug, der ihnen unablässig entgegenwehte, war kühl, aber nicht unangenehm; es lag an dem grimmigen Gehabe der Eskorte, daß ihn ein Frösteln überlief.

Der Gang vor ihnen machte eine Biegung nach rechts, dann wieder nach links. Die Dunkelheit in dem tristen Stollen wurde von den Glühstahllampen unter der Decke höchstens etwas gemildert, aber keineswegs aufgehellt.

Dann verbreiterte sich der Gang, und die Decke wölbte sich nach oben, bis auch ein Mensch sich bequem in aufrechter Haltung fortbewegen konnte.

Ungefähr zwölf Meter voraus versperrte eine weitere massive Eichentür den Weg. Die beiden Posten links und rechts davon waren mit kurzen, schweren Holzkeulen bewaffnet.

Statt eine Parole zu nennen, trat der Führer ihrer Eskorte zu einem der Posten und flüsterte ihm ins Ohr, woraufhin ersterer in einem bestimmten Rhythmus gegen die Tür klopfte.

Rostige Scharniere protestierten laut, und langsam schwangen die Türflügel einwärts; Jason und seine Freunde wurden in den dahinterliegenden Raum geschoben.

»Euer Majestät«, verkündete der Hauptmann ihrer Eskorte in der rauhen, gutturalen Sprache der Zwerge, »Jason Cullinane und sein Gefolge.«

Tennetty schnaufte gereizt. »Gefolge. Der hält uns wohl für kaiserliche Schleppenträger.«

»Klappe«, sagte Durine und trat unauffällig einen halben Schritt näher an Tennetty heran.

Der Thronsaal des Königs unter dem Berge war hoch; die Felsendecke wölbte sich mindestens achtzehn Meter über ihren Köpfen. Vor der offenen Feuerstelle am jenseitigen Ende des Raumes drehte sich ein gewaltiger Braten am Spieß, und die Rauchschwaden dämpften zusätzlich die ohnehin recht spärliche Beleuchtung.

Ungefähr ein Dutzend Zwerge saßen an dem langen Tisch, der gut der doppelten Anzahl Platz geboten hätte. Stapel unbenutzter Teller aus poliertem Stein standen bereit, während stämmige Zwergenfrauen das Essen zubereiteten. Eine von ihnen begoß den Braten, die nächste rührte in einem Topf, während eine dritte mit einer Art von übergroßer Pinzette eine ganze Anzahl nebeneinanderliegender, annähernd rundlicher Gegenstände vor dem Feuer hin und her wendete.

»Seid gegrüßt«, sagte der Zwerg am Kopf der Tafel auf Erendra, das er mit starkem Akzent sprach. Er stand von seinem Stuhl auf und trat auf sie zu. »Ich bin Maherralen, Sohn von Mehennalen.« Unter den anwesenden Zwergen der kleinste, entpuppte er sich im Näherkommen als eine grotesk anmutende

Gestalt mit faßförmiger Brust, beinahe ebenso breit wie hoch; doch die Kraft in der übergroßen Hand, die sich um Jasons Finger schloß, gab keinen Anlaß zur Belustigung.

»Dieses Menschenwesen sieht mir nicht sehr beeindruckend aus«, murmelte ein hakennasiger Zwerg, der wie seine Gefährten am Tisch sitzengeblieben war, in der Zwergensprache, während Maherralen Jasons Hand freigab und ihn und seine Freunde zu den unbesetzten Stühlen neben seinem Platz winkte. »Zu dünn. Ausgemergelt. Vielleicht essen sie nicht genug.«

»Du beeindruckst mich auch nicht sonderlich«, antwortete Jason in derselben Sprache, »weder mit deiner Weisheit noch mit deinen Manieren. Wärst du mehr von mir angetan, wenn du noch ein paar Beleidigungen zu hören bekämst?«

Einen Moment herrschte Schweigen, während die Zwerge, einschließlich der Köchinnen, auf ein Zeichen des Königs warteten.

Maherralen, der inzwischen wieder Platz genommen hatte, lächelte. »Vielleicht würde ihn das stärker beeindrucken. Aber damit würdest du als Gast dein Gesicht verlieren.«

»Du sprichst unsere Sprache?« erkundigte sich Krummnase.

»Wie es scheint, spricht er sie, Kennen.« Maherralen nickte seinem Gefolgsmann zu. »Obwohl ich den Akzent nicht einzuordnen vermag. Heverel, vielleicht?«

Jason nickte, hakte seinen Dolch vom Gürtel und legte ihn, samt der Scheide, auf den Tisch. »Nehara hat es mich gelehrt. Das und etliche andere Dinge.«

Ein Zwerg neben Kennen hob den Kopf. »Dann

bist du auch ein Schmied?« Nach den Informationen, die Jason über die Sitten und Gebräuche der Zwerge zusammengetragen hatte, war Schmied das am höchsten geachtete Gewerbe bei ihnen. Durchaus verständlich: Die von den Schmieden gefertigten Werkzeuge ermöglichten ihnen die Arbeit im Berg, die Schaffung sicherer Wohnstätten und den Abbau von Hämatit und anderen Erzen, die sie zu Metall verarbeiteten, ihren hauptsächlichen Handelsartikel.

»Schön wäre es«, wehrte Jason ab. »Leider verstehe ich nur sehr wenig von diesem Handwerk.«

Offenbar hatte er die richtige Antwort gegeben; einige der finsteren Mienen hellten sich ein wenig auf.

Draußen neigte sich der Tag, und ein wartender Drache verlor zunehmend die Geduld; Jason beugte sich über den Tisch. »Um auf den Zweck unseres Besuchs zu sprechen zu kommen ...«

»Ja, ja, wir wissen Bescheid. Unser Bote hat die Nachricht überbracht«, unterbrach ihn Kennen. »Aber du befindest dich in unserem Reich, Mensch, und wir lassen uns von dir nicht zu dieser unästhetischen menschlichen Hast zwingen, sondern du wirst dich wohl oder übel unseren Gepflogenheiten anpassen müssen.«

Jason runzelte die Stirn. »Ich verstehe nicht.«

Maherralen nickte. »Das ist richtig. Du verstehst nicht.«

»Wir sind nur gekommen ...«

»... um die Slowotski-Frauen mitzunehmen«, beendete Kennen den Satz für ihn.

Nun, das entsprach im großen und ganzen der Wahrheit. Walter Slowotskis Wunsch entsprechend, waren sie nach Endell gekommen, um seine Frau und Töchter auf Ellegons Rücken zu setzen und nach Holtun-Bieme zu transportieren.

Jason äußerte sich in diesem Sinne.

»Aber können wir sie euch anvertrauen?« gab Kennen zu bedenken.

Das habt nicht ihr zu entscheiden, dachte Jason. Walter Slowotski hatte diese Entscheidung für seine Familie getroffen. Wenn Kirah und die Mädchen andere Pläne hatten, lag das bei ihnen. Jason hatte nicht die Absicht, sie zu zwingen.

Doch sie waren gar nicht anwesend. Tennetty beugte sich vor und flüsterte ihm zu: »Ich habe den Eindruck, daß die Slowotskis überhaupt nicht wissen, daß wir gekommen sind.«

»Das entspricht durchaus den Tatsachen«, ergriff ein weiterer Zwerg das Wort. Seine tiefe Stimme enthielt einen wohlwollenden Unterton. »Ich bin Neterren, Sohn von Kedderren. Ich bitte euch, nicht allzu schlecht von uns zu denken.«

Jason neigte den Kopf. »Ich höre.«

»Ah.« Neterrens Lächeln wurde breiter. »Du verstehst etwas von den Regeln der Diskussion. Als erstes mußt du wissen«, er verfiel in einen rhythmischen Singsang, »daß ich bei Kirah war, als sie Doria Andrea das Leben schenkte.« Er breitete die Hände aus. »Ich trug sie auf den Armen, als sie ihre ersten Atemzüge tat. Zum zweiten, es ist mir wichtig zu wissen, daß sie in ihrer neuen Heimat gut aufgehoben sein wird.«

»Wollt ihr sie gegen ihren Willen hierbehalten?« schnappte Tennetty.

Neterren lächelte traurig. »Nein. Das können wir niemals«, erwiderte er. »Wir ...«

»Nur mit großer Mühe sind wir überhaupt

imstande, die Bedeutung dieses Gedankens zu erfassen«, warf Kennen ein.

»Oho.«

»Tennetty, sei still«, mahnte Jason und wandte sich wieder Neterren zu. »Um auf deinen ersten Punkt zu antworten«, begann er und setzte seine Worte mit traditioneller Bedachtsamkeit, »deine Verbundenheit mit der Familie Slowotski wird zur Kenntnis genommen und anerkannt. Zu Punkt zwei, auch für mich ist es wichtig, daß die Frau und die Töchter des Freundes meines Vaters in ihrer neuen Heimat gut aufgehoben sind. Walter Slowotski hat Holtun-Bieme zu ihrem Aufenthaltsort bestimmt und mich beauftragt, sie dorthin zu bringen.«

Meherralen schüttelte den Kopf. »Dein Wort allein genügt nicht, und ich bin noch nicht zufriedengestellt. Du mußt mich überzeugen. Ich werde sie einfach nicht wissen lassen, daß ihr gekommen seid, sollten wir uns entschließen, sie euch nicht anzuvertrauen.« Die Stimme des Zwergs klang bedrückt. »Ich liebe die Menschen nicht sehr, aber diese drei sind mir ans Herz gewachsen. Vier, wenn man ihren Vater dazu rechnet.«

»Man hat sie in unserer Obhut zurückgelassen, Jason Cullinane«, sagte Neterren. »Wir werden sie nicht einfach dem Nächstbesten übergeben. Nicht ohne ganz sicher zu sein, daß wir das Richtige tun.« Er starrte Jason ohne zu blinzeln ins Gesicht.

Es war ein Gefühl, als würde Ellegon in sein Bewußtsein eindringen, doch Jason verspürte keine Berührung in seinem Kopf. Ihm kam es vor, als glaubte der Zwerg, allein durch Blicke Jasons innerstes Wesen erkennen zu können.

Doch der Augenblick ging vorüber. Neterren schüttelte den kantigen Schädel. »Ich vermag es nicht zu entscheiden. Dich anzuschauen, gibt mir keinen Aufschluß über dich.«

»Dann werden wir sie auf die Probe stellen«, entschied der König. Er schnippte mit den Fingern, die zunächststehende Zwergenfrau verschwand nach einem mißmutigen Blick hinter den Vorhängen und kam mit zwei großen, silbernen Trinkhörnern wieder zum Vorschein, die bis zum Rand mit schäumendem Bier gefüllt waren.

»Ich bin Wellen, Sohn des Gwellin.« Einer der Zwerge, die bis jetzt geschwiegen hatten, erhob sich. »Ich trinke.« Er nahm der Frau eines der Hörner aus der Hand und prostete Jason und seinen Gefährten zu.

Der Zwerg setzte das Horn an die Lippen und begann zu trinken. Sowohl sein Fassungsvermögen wie auch die Schluckgeschwindigkeit waren erstaunlich, nur wenige Tropfen des Gebräus rannen aus seinen Mundwinkeln und versickerten in dem struppigen Bart, während er das Gefäß leerte. Zu guter Letzt schleuderte er das Horn hoch in die Luft, fing es auf und schmetterte es mit der Öffnung nach unten auf den Tisch.

»Gut gemacht«, bemerkte der König.

Die Zwergenfrau kam herbei und überreichte Jason das zweite Horn.

Es war riesig. Er würde diese Aufgabe niemals bewältigen können.

»Warte«, sagte Durine. »Gilt die Prüfung nur für ihn oder sind wir alle einbezogen?«

Neterren lächelte. »Die erste Prüfung hast du bereits bestanden: du hast eine kluge Frage gestellt.

Ja, Durine, ihr alle werdet hier geprüft. Wir entscheiden über Erfolg und Versagen.«

»Du nicht«, bellte Kennen.

Durine stand auf. »Dann trinke *ich*«, meinte er mit einem Grinsen. »So was liegt mir.« Er nahm Jason das Horn aus der Hand, trat ein paar Schritte zur Seite, setzte das Horn an und hob das spitze Ende bedächtig höher.

Die ersten Schlucke bewältigte er ohne Schwierigkeiten, doch dann bewegte sich sein Adamsapfel immer mühevoller, während er das ohne Zweifel bittere Getränk hinunterwürgte, aber der stämmige Mann gab nicht auf.

Schließlich senkte er das Gefäß. Ein kurzes Lächeln huschte über sein Gesicht, dann warf er – wie sein Vorgänger – das Horn in die Luft. Nur wenige Tropfen der goldfarbenen Flüssigkeit spritzten heraus.

Nachdem er es wieder aufgefangen hatte, stülpte er es gleichfalls mit der Öffnung auf den Tisch. Er richtete sich kerzengerade auf, wobei er nur ganz wenig schwankte, und rülpste wohlig.

»Gut gemacht, Durine«, lobte Tennetty. Sie klopfte sich auf den Bauch. »Was kommt als nächstes? Essen?«

»Ich bin Belleren.« Wieder erhob sich einer aus der Reihe der Zwerge am Tisch. »Ich ringe.« Schon hatte er Lederhemd und Stiefel ausgezogen und stand nur mehr mit Schurz und Beinlingen bekleidet vor seinem Platz.

»Du gehörst mir«, verkündete Tennetty und griff nach den Schnüren an ihrem Hemd.

»Wir kämpfen nicht mit Frauen«, wurde sie von Kennen belehrt. »Es ist für Belleren peinlich genug, überhaupt gegen einen Menschen antreten zu müssen.«

Durine hatte sich noch nicht wieder hingesetzt. »Dann kämpfe ich«, meinte er.

Jason legte ihm die Hand auf die Schulter. »Wirst du nicht«, sagte ich. »Ich übernehme das.« Noch war Durine nicht betrunken, doch es konnte nicht mehr lange dauern. Diese Menge Bier auf nüchternen Magen mußte ihm sofort zu Kopf steigen.

Auch Jason legte sein Hemd ab und reichte Durine seinen Waffengurt. »Welche Regeln?«

»Zwei von drei möglichen Punkten durch Niederwerfen. Für mich gilt: nur die erlaubten Griffe, für dich gilt: keine Waffen. Du kannst mich schlagen, mir die Finger in die Augen stoßen, mich umwerfen, was du willst. Wenn ich es nicht verhindern kann, habe ich es verdient.«

Auf grasigem Boden hätte Jason die Stiefel anbehalten, doch auf Stein war die Rutschgefahr zu groß, also setzte er sich hin, um sie auszuziehen.

»Laß mich das machen.« Tennetty kauerte sich grinsend vor ihm auf den Boden und knotete die Riemen auf. »Ich glaube, da hast du es mit einem ordentlichen Brocken zu tun«, flüsterte sie dabei. »Wieviel wettest du, daß der nächste Zwerg aufsteht und sagt: ›Ich bumse‹?« Sie kicherte.

Jason schüttelte den Kopf. Tennettys komisches Talent war ihm bisher entgangen.

»Paß auf deinen Hintern auf«, sagte sie, als er an ihr vorbeiging.

Er hatte recht gehabt, die Stiefel auszuziehen: unter seinen nackten Füßen fühlte der Boden sich kalt und eisig an.

Er spürte den metallischen Geschmack der Furcht in seinem Mund, als sie auf dem freien Platz vor dem Tisch Aufstellung nahmen. Jason wußte, daß ein normaler Sterblicher keine Chance hatte, einen Zwerg zu besiegen. Doch das war nicht die eigentliche Prüfung. Oder wenn sie es war, hatte er sie von Anfang an nicht bestanden. Er hatte schon öfter Prüfungen nicht bestanden; man starb nicht daran. Jason rollte die Schultern, um die Muskeln zu lockern.

Auch diesmal würde ein Versagen ihn nicht umbringen, außer der Zwerg legte es darauf an. Sobald diese Hände Jason zu packen kriegten, war sein Schicksal besiegelt – so oder so. Der Zwerg konnte Jason mit einem Schulterwurf außer Gefecht setzen – oder ihm den Kopf abreißen.

Einer der Zwerge stieß ein verächtliches Lachen aus.

Belleren rückte näher und griff nach Jasons Arm.

Der Sohn des großen Cullinane erinnerte sich an Valerans Lektion über den Kampf ohne Waffen. *Du bist niemals unbewaffnet*, hatte der alte Kämpe gesagt. *Du hast Füße und Hände und Ellenbogen und einen Kopf – benutze sie.*

Er versuchte einen raschen Tritt in den Unterleib des Zwergs, doch eine der haarigen Pranken seines Gegners schloß sich um seinen Fußknöchel, zog ihn hoch und brachte Jason aus dem Gleichgewicht.

Das Grinsen des Zwergs enthüllte mehrere Lücken in den gelben Zähnen. »Nicht gut genug.«

Er sprang auf Jason zu, doch der wich zur Seite aus und diesmal gelang es ihm, Bellerens Knie mit dem Fuß zu treffen. Der Zwerg taumelte und wandte Jason den Rücken zu; Jason ergriff die einmalige Gelegenheit und sprang seinen Gegner an.

Der Zwerg stank nach dem alten Schweiß, der als glitschige Schicht seinen Rücken und den bulligen Nacken bedeckte. Wenn es Jason gelang, Belleren einen Arm um den Hals zu legen und sich mit den Beinen und der freien Hand an ihm festzuklammern, konnte er dem Zwerg die Luft abschnüren. Zwerge hatten stärkere Muskeln als Menschen, aber deshalb waren ihre Arterien keineswegs widerstandsfähiger. Er brauchte nur die Sauerstoffzufuhr zum Gehirn zu unterbinden und …

… er wurde gepackt, emporgehoben und auf den felsigen Boden geschmettert, mit solcher Wucht, daß ihm der Aufprall den Atem aus der Lunge rammte.

Sein Sturz hinterließ einen dunklen Fleck am Boden, wo er sich Haut und Blut vom Rücken geschmirgelt hatte. Er biß die Zähne zusammen und verwandelte den Schrei, der in seiner Kehle aufstieg, in ein pfeifendes Stöhnen, während er sich auf die Knie stemmte und mit aller Gewalt zu verhindern suchte, daß er sich auf den kalten Stein übergab.

Beide, Tennetty und Durine, waren aufgesprungen. Er wußte, man erwartete von ihm, daß er seinen Freunden Halt gebot, doch er war zu nichts anderem fähig als nach Atem zu ringen und sich zu bemühen, nicht den weißglühenden Schmerz hinauszuschreien, der in seinem Rücken tobte.

Belleren wartete darauf, daß er vom Boden aufstand; er atmete nicht einmal schneller.

Der Druck auf Jasons Brust ließ ein wenig nach, er mühte sich auf die Füße, verschränkte die Arme vor dem Leib und schnappte immer noch krampfhaft nach Luft.

»Sobald du dich erholt hast, setzen wir den Kampf fort«, sagte Belleren.

»Nein, erledige ihn *jetzt*«, zischte Kennen. »Zwei von drei möglichen Würfen.«

»Sobald du dich erholt hast«, wiederholte Belleren.

Ohne seine vornübergebeugte Haltung aufzugeben, taumelte Jason schweratmend auf seinen Gegner zu.

»Nein.« Belleren packte ihn nicht unsanft bei den Schultern. »Ich werde warten, bis du …«

Jason legte sämtliche ihm verbliebene Kraft in den Handkantenschlag, den er nach Bellerens Kehle führte.

»Chchch«, sagte der Zwerg und seine Finger gruben sich tiefer in Jasons Schultern.

»Ich habe mich erholt.« Jason schlug ein zweites Mal zu, an dieselbe Stelle.

»Chchch.« Belleren ließ Jason los und torkelte zurück.

Jason war noch längst nicht wieder der Alte, doch er krallte die linke Hand um den Gurt von Bellerens Schurz und rammte die rechte Faust mit allem Nachdruck in den Unterleib seines Gegners. Und noch einmal und noch einmal.

»*Pfff.*«

Jason stieß den Zwerg von sich und stolperte zur Seite, während Belleren mit vor dem Leib gekreuzten Armen erst auf die Knie sank und dann aufs Gesicht.

»Wenn euer Zwerg nicht mehr aufstehen kann?« erkundigte sich Tennetty. »Dann hat Jason gewonnen?«

»Ja«, sagte Maherralen. »Da es vorher nicht ausgemacht wurde, ist er nicht verpflichtet zu warten, bis Belleren in der Lage ist, den Kampf wieder aufzunehmen.«

Jason stand mit weichen Knien neben dem Zwerg, der jetzt auf allen vieren verharrte. Er brauchte nichts weiter zu tun, als dem Zwerg auf den Rücken zu springen und ihm die Gurgel zuzudrücken, bevor

Belleren Gelegenheit fand, sich aufzurichten. Er brauchte nichts weiter tun …

Er konnte es nicht. Wenn es ein Kampf auf Leben und Tod gewesen wäre, hätte er sich nicht von Skrupeln aufhalten lassen. Wo es um sein Leben ging, konnte er auch nach einem Mann treten, der bereits am Boden lag.

Doch Belleren hatte ihm Schonung gewährt. Jetzt war es an ihm, die Geste zu erwidern, selbst wenn es bedeutete, daß er unterlag.

Und es kam nicht darauf an, ob es für die zuschauenden Zwerge die richtige oder falsche Antwort war – für Jason war es die richtige. Trotz der Schmerzen richtete er sich auf.

»Es tut mir leid, daß ich nach dir geschlagen habe, als du nicht darauf vorbereitet warst«, sagte er. »Ich werde abwarten, bis du dich erholt hast, Belleren.«

Kapitel fünfzehn

Janie

Die nicht zugegen sind, haben stets unrecht.
Destouches

Dauernd recht zu haben,
ist eine wirklich kostspielige Angewohnheit.
Walter Slowotski

Ein nasses Tuch klatschte leicht in sein Gesicht.

Die kühle Dunkelheit griff wieder mit ihren Nebelfingern nach seinem Bewußtsein, und er überließ sich ihnen nur zu gerne. Um wieviel angenehmer war es, sich in das weiche Nichts sinken zu lassen, als sich mit der geballten Wucht seiner Schmerzen auseinanderzusetzen.

Wieder klatschte das Tuch gegen seine Wangen, fester diesmal.

»Aufhören«, wollte er schreien, aber es wurde nur ein Wispern daraus.

Jetzt war es eine Hand, die an seinem Arm zupfte.

»Laß ... Ruhe.« Er versank wieder in der Dunkelheit.

»Das ist so eine Schwäche wie bei den Cullinanes«, bemerkte Tennettys heisere Stimme aus weiter Ferne. »Sie finden einfach nicht aus den Federn.«

Eine zweite Stimme lachte. Es klang wie zarte Silberglöckchen. »Das hat Vater auch immer gesagt. Weißt du noch ein Mittel?«

»Ich habe so gut wie alles versucht«, erwiderte eine

tiefe Zwergenstimme. Jason konnte sie nicht gleich unterbringen: Neterren, der am wenigsten unfreundlich gesinnte Gefolgsmann König Maherralens. »Er braucht jetzt Schlaf.«

»Er kann während des Fluges schlafen«, befand Tennetty kurz. »Wenn du ihn nicht aufwecken magst, ich tue es.« Metall schabte gegen Leder, Körper prallten hart gegeneinander und Stahl klirrte auf Stein.

Die Dunkelheit trieb ihm entgegen, doch er schob sie zurück und zwang sich, die Augen zu öffnen. Sein Blick schwamm zu dem grellen blauen Licht eines Glühstahls an der Decke über ihm.

Durine preßte Tennetty gegen die Wand. Das Zimmer war klein und überfüllt; die anderen beiden Personen waren zurückgewichen, um Durine Platz zu machen. Durine hielt ihre beiden Handgelenke umklammert und …

»Aufhören«, rief Jason. Er brachte nur ein rauhes Flüstern heraus, doch er wurde gehört. »Laß sie los.«

Durine stieß die hagere Frau von sich.

»Das war das zweite Mal, Furzhirn.« Tennetty musterte ihn eisig. »Ich wollte ihn nur mit der Messerspitze kitzeln. Hat eine tolle Wirkung auf Langschläfer.«

Kopfschüttelnd bückte Durine sich nach dem Dolch, ohne sie dabei aus den Augen zu lassen.

Jasons erster Griff galt seinen Waffen. Er tastete über die Matratze, wo einer der Revolver lag, in sein Hemd gewickelt. Erleichtert ließ er die Finger über das kühle Metall gleiten.

Jason lag mit nacktem Oberkörper auf einer Art Pritsche. Er versuchte, sich auf einen Ellenbogen zu stützen, und stellte überrascht fest, daß es ihm gelang.

Die alles andere als majestätische Gestalt Neterrens ragte vor ihm auf. »Fühlst du dich besser, junger Kaiser?«

Er fühlte sich tatsächlich besser. Er griff mit der Hand nach der Stelle, wo er sich bei seinem Sturz auf den Felsboden einen großen Teil der Haut vom Rükken gescheuert hatte, und konnte keine Verletzung ertasten. Die Haut am Rücken war überempfindlich, wie unter eben erst abgefallenem Schorf, doch Schmerzen spürte er nicht.

»Du bist ein Heiler?« fragte er, während Neterren nach seinem Puls fühlte.

»Ein scharfer Blick für das Offensichtliche liegt bei den Cullinanes in der Familie«, meinte Jane Slowotski und trat in sein Blickfeld. Eine merkwürdige Anmut haftete ihren Bewegungen an, die an einen angriffsbereiten Kämpfer gemahnte.

Diese Art, sich zu bewegen, hatte er nur wenige Male gesehen: unter anderem bei den Artisten einer Schaustellertruppe, die vor Jahren durch Biemestren gezogen war. Die Haltung der Männer wie der Frauen verriet eine perfekte Körperbeherrschung.

Es war dieselbe Art von Geschmeidigkeit, die auch Walter Slowotski besaß. Geschmeidigkeit schien bei *ihnen* in der Familie zu liegen, wie es schien.

Sie trug Hosen und ein schlichtes braunes Hemd, beinahe schon ein Überkleid, das in der Taille von einem Gürtel gerafft wurde und eine schlanke, aber unzweifelhaft weibliche Figur erkennen ließ. Das hellbraune, kurzgeschnittene Haar umrahmte ein Gesicht mit hohen Wangenknochen, kaum merklich schrägstehenden Augen und schmalen Lippen, die zu einem halb freundlichen, halb spöttischen Lächeln verzogen waren. Er wußte, sie war sechzehn, also ein ganzes Jahr jünger als er, doch ihr abschätzender Blick vermittelte ihm das Gefühl, von jemanden gemustert zu werden, der ihm mindestens fünf Jahre voraus war.

»Wenn du mich lange genug angestarrt hast, können wir vielleicht unsere Bekanntschaft erneuern«, meinte sie. »Ich habe keine Ahnung, wie gut du dich meiner erinnerst, aber vor zehn Jahren haben wir als Kinder zusammen gespielt. Ich bin Jane Slowotski.«

Er suchte nach einer besonders schlauen Bemerkung. »Du bist gewachsen.« Das war eher schwach.

Sie lachte wieder, und er wußte nicht genau, ob mit ihm oder über ihn.

Neterren nahm die Finger von Jasons Puls. »Morgen früh wirst du dich besser fühlen; allerdings wäre es gut, wenn du dich den Rest des Tages ausruhst.« Er wandte sich an die Menschen. »Er braucht unbedingt noch etwas Schlaf.«

Jane schüttelte den Kopf. »Ich werde mich kurz fassen.«

»Ich bitte darum.« Neterren lächelte.

»Ich habe einiges mit unserem Nachwuchshelden hier zu besprechen.« Sie faltete sich aus einer der Decken ein Kissen, legte es vor dem Bett auf den Boden und ließ sich im Schneidersitz darauf nieder.

Neterren zwinkerte. »Nach diesen Vorbereitungen bin ich nun völlig sicher, daß du ihn nicht ermüden wirst.«

Tennetty zuckte ungeduldig mit den Schultern. »Wir sind hier überflüssig.« Sie schaute Durine an. »Ich werde ein Auge auf ihn haben, während du nach draußen gehst und den anderen Bescheid sagst.«

Durine ging kopfschüttelnd vor die Tür. »Ich warte

im Gang, junger Herr, falls Ihr etwas brauchen solltet. Tennetty wird Ellegon und die anderen unterrichten.« Die schwere Eichentür fiel hinter ihm ins Schloß.

»Wie habe ich abgeschnitten?« wollte Jason wissen.

Neterren runzelte für einen Moment die Brauen. »Oh. Der dritte Wurf. Belleren hob dich hoch und schmetterte dich auf den Boden, schneller als man es erzählen kann. Dann hat er dir auch noch ein paar gehörige Schwinger verpaßt.«

»Ich danke dir, daß du mich geheilt hast, Netterren«, sagte er in der formellen Art, die man ihn gelehrt hatte.

»Du kannst ihm außerdem dafür danken, daß er dir sein Zimmer überlassen hat«, warf Jane ein. »Wenn man es ein Zimmer nennen will.«

»Ich brauche nicht viel, Jane«, tadelte der Zwerg sanft. »Die Zelle genügt meinen geringen Ansprüchen.«

»Eigentlich wollte ich wissen«, sagte Jason, »ob ich die Prüfung bestanden habe?«

Jane spitzte die Lippen. »Denk mal nach, Heldensohn. Unter anderem wollte man durch die Prüfung auch herausfinden, ob du in der Lage bist, mich zu beschützen. Du hast verloren – und gegen einen Gegner, den du hättest schlagen können. Maherralen ist nicht leicht zu beeindrucken, und mit deiner Vorstellung ist es dir schon gar nicht gelungen.«

Doch der Zwergenkönig hatte gesagt, daß er im Falle von Jasons Niederlage den Frauen nichts von dem Besuch der Menschen erzählen würde. Er fragte Jane danach.

Neterren antwortete ihm. »Jane stöbert seit zehn

Jahren in diesem Gewirr von Gängen und Tunnels herum; sie findet sich darin so gut zurecht wie jeder Zwerg in Endell. Sie kennt auch die *Hazvarfen*, die Echopfade, besser als sonst jemand.« Der Zwerg tätschelte liebevoll ihre Schulter. »Sie hat gelauscht. Die Slowotskis können sich hier frei bewegen, junger Kaiser. Wir hegen einen tiefen Widerwillen gegen die Vorstellung, jemanden gegen seinen Willen festzuhalten. Doch ich bin immer noch der Meinung, daß du hierbleiben solltest, Jane«, sagte er, zu dem Mädchen gewandt.

»Zum ersten«, begann sie förmlich in der Zwergensprache, wobei sie nur die Gutturallaute ein wenig schleifen ließ, »bin ich nicht auf Jason als Beschützer angewiesen. Dieser große Ochse, der ihn begleitet, sieht aus, als wäre er besser dafür geeignet. Zum zweiten, wenn es denn soweit kommt, daß er mich schützen muß, wird er das mit Gewehr, Dolch, Armbrust oder Schwert tun – ich glaube nicht, daß er im Ernstfall auf die Kunst des Ringkampfs zurückgreifen muß, sosehr diese Kunst auch von dem Genügsamen Volk geschätzt wird. Zum dritten, ungeachtet der Möglichkeit, daß mir etwas zustoßen könnte, glaube ich, daß mir gar nichts anderes übrig bleibt, als mit ihm zu gehen. Ich erwarte deine Argumente.« Sie verstummte.

Der Zwerg nickte. »Mein erstes Argument lautet: Ich bin um dein Wohlergehen besorgt. Mein zweites Argument lautet: Ich bin um dein Wohlergehen besorgt. Mein drittes Argument lautet: Ich bin um dein Wohlergehen besorgt und ...«

»Du versuchst, Zeit zu schinden«, beschwerte sie sich in Erendra. »Du willst uns nicht mit Gewalt hier festhalten, aber du führst die Diskussion endlos weiter.« Sie warf verzweifelt die Arme in die Höhe.

Neterren kicherte. »Nun gut, Kleines. Ich werde später noch einmal nach dir sehen, Jason.«

Der Zwerg ging und schloß die Tür hinter sich.

»Also«, sagte Jason, »wirst du mit Ellegon nach Holtun-Bieme zurückkehren?«

»Das ist der Punkt, über den ich mit dir sprechen wollte.« Sie schüttelte den Kopf. »Nein.« Er sah, daß sie mühsam schluckte. »Mama und Dorann werden nach Holtun-Bieme fliegen. Ich gehe mit dir.«

Jason erinnerte sich an etwas, das Vater einmal über seine ›Kommandostimme‹ gesagt hatte: man brauche einen Befehl nur in der felsenfesten Überzeugung aussprechen, daß er befolgt werden würde, und er *würde* befolgt.

Sie wird mir gehorchen; sie wird tun, was ich sage. »Das verbiete ich dir«, sagte er und bemühte sich, an seine Autorität zu glauben. »Du wirst auf Ellegons Rücken nach Holtun-Bieme zurückkehren. Wie die anderen.«

Sie schob die Unterlippe vor, und einen Augenblick lang glaubte er, daß sie nachgeben würde.

Doch sie zerstörte seine Hoffnung, indem sie gleich darauf den Kopf schüttelte. »Sieh mal, mir gefällt das ebensowenig wie dir. Weniger sogar – viel lieber würde ich hierbleiben und weiter auf Zielscheiben schießen. Aber ...«

»Du wirst ...«

»*Du* wirst mir zuhören, Kaiserlein.« Sie schlug mit der flachen Hand heftig auf die Matratze. »Nein – tut mir leid. Das war ganz falsch.« Sie schloß die Augen, ballte die Hände zu Fäusten und verharrte so, bis ihre Hände und ihr ganzer Körper sich entspannten. »Versuchen wir es noch einmal. Wirst du mich anhören, bitte?« Sie schaute ihm in die Augen und legte ihre Hand auf die seine.

Zuhören konnte sicher nicht schaden. »Also gut.«

»Du planst dein Vorgehen unter der Voraussetzung, daß alle drei – unsere beiden Väter und Ahira – am Leben sind und sich auf dem Weg hierher eine Schneise durch die Horden der Sklavenhändler schlagen. So eine Art Himmelfahrtskommando, nur daß sie damit der ganzen Welt verkünden wollen, daß dein Vater lebt. Korrekt?«

Er nickte. »Es ist nur eine Vermutung.«

Sie erwiderte sein Nicken. »Aber gar nicht unbegründet. Es besteht die entfernte Möglichkeit, daß es sich um eine Intrige der Gilde handelt, um dich auf der Jagd nach Geistern aus Holtun-Bieme herauszulocken, doch in dem Fall hätten sie in Enkiar auf der Lauer gelegen, um dich zu schnappen.

Nein, mir scheinen die bisherigen Vorkommnisse sehr auf deinen Vater hinzuweisen. Ich habe mir seine Briefe noch einmal durchgelesen: Karl Cullinane hat schon seit Jahren mit den goldenen Ketten gerasselt und sich danach gesehnt, diese Krone loszuwerden. So eine kleine Herrenpartie wäre genau sein Geschmack, besonders weil er sich im klaren darüber sein muß, daß er seine Pflichten nicht so bald wieder abschütteln können wird.«

»Aber was hat das mit ...«

»Hör zu! Überleg doch mal, verdammt«, fuhr sie ihn an. »Wer, glaubst du wohl, leitet das Unternehmen? *Dein* Vater? Sieh mal, ich bin in großem Respekt vor dem starken und mächtigen Karl Cullinane aufgewachsen, doch wenn die drei bis jetzt überlebt haben, dann nur, weil sie mit Tricks arbeiten. Mit jeder Menge Tricks – du glaubst doch nicht, daß die Sklavenhändler samt und sonders Idioten sind? Unfähig, einen Trupp Marodeure, bestehend aus einem Zwerg, einem großen Mann und einem noch größeren Mann mit sieben Fingern, aufzuspüren? Um trotz allem immer wieder zu entwischen – dazu gehört eine ordentliche Portion Gerissenheit.

Und Gerissenheit gehört oder gehörte nicht zu den Eigenschaften deines Vaters. Ahira kann durchaus verschlagen sein, doch was mir bis jetzt zu Ohren gekommen ist, klingt nach einem wahren Meister seines Fachs.« Sie griff in ihre Börse und holte mit zwei Fingern eine Kupfermünze heraus. »Schau her«, forderte sie ihn auf, umschloß die Münze mit der rechten Hand und streckte ihm beide Fäuste entgegen. »Rasch, wo ist sie?«

Er hob die Achseln. Er hatte diesen Taschenspielertrick schon häufiger gesehen. Wenn er gut ausgeführt wurde – und das war hier der Fall – konnte er nur raten, in welcher Hand sich die Münze befand.

»Rechts«, sagte er auf gut Glück.

»Daneben.« Sie öffnete die Faust und zeigte ihm die leere Handfläche. »Versuch's noch mal.«

»Links«, sagte er und begriff im selben Moment, daß er unweigerlich auf die Nase gefallen war. Da sie ihm ein zweites Mal die Wahl gelassen hatte, konnte die Münze unmöglich in …

»Wieder falsch.« Sie hielt die leere Hand in die Höhe, nahm dann die Münze von ihrem Schoß. »Du denkst wie dein Vater. Ich denke wie meiner.

Bei diesem Schauspiel führt mein Vater die Regie. Wenn du darauf noch nicht gekommen bist, dann nur, weil du den Gedankengängen von Paps nicht zu folgen vermagst. Ich kenne nur zwei Leute, die dazu imstande sind. Der eine ist Ahira; er und der Zwerg sind schon lange vor meiner Geburt unzertrennlich gewesen.« Sie zuckte die Schultern.

»Und der andere bist du?«

»Gut geraten, Jason. Ellegon soll uns in einiger Entfernung von Elleport absetzen, wir mieten ein Boot und machen uns auf die Suche. Glaub mir, ich werde sie finden. Es gibt nur eins, worum ich dich bitten möchte.«

»Ja?«

»Wenn ich euch führe, dann müßt ihr auf mich aufpassen«, sagte sie und schluckte trocken. »Du verstehst das vielleicht nicht, aber mir tut vor lauter Angst der Bauch weh.«

Das Gefühl war ihm vertraut. Und nicht nur aus der Vergangenheit. Doch noch fühlte er sich nicht stark genug, diese beschämende Tatsache einem hübschen Mädchen einzugestehen. Nicht, solange es sich vermeiden ließ.

Sie streckte ihm die Hand entgegen. »Gilt der Handel, Cullinane?«

Er ergriff die dargebotene Rechte. »Der Handel gilt, Slowotski.«

Kapitel sechzehn

Elleport

Alle Wasser laufen ins Meer,
doch wird das Meer nicht voller.
Prediger Salomo 1,9

Manchen Leuten kann man es nicht recht machen.
Am besten, man spart sich die Mühe.
Walter Slowotski

Kurz vor Sonnenaufgang wurden Jason und seine Gefährten von Ellegon abgesetzt. Sie hatten sich für das Fischerdörfchen Findarel als Ausgangspunkt ihrer Suche entschieden, am Ufer des Orduin gelegen und nur einen knappen Tagesritt von Elleport und dem Zirrischen See entfernt. Wegen der Gefahr, vom nahen Hafen aus gesehen zu werden, wagten sie es nicht, ein Licht anzuzünden, also dauerte es länger als gewöhnlich, ihr eigenes Gepäck abzuladen und anschließend Kirah, die kleine Dorann und Kennen wieder auf Ellegons Rücken zu verstauen.

Dem Zwerg hatte die ganze Angelegenheit von Anfang an mißfallen. Während des Abladens stand er untätig daneben und erzählte allen und jedem, wie wenig ihm die ganze Sache paßte.

Das Fliegen bekam ihm nicht, er konnte es nicht gutheißen, daß Kirah in Biemestren leben wollte, ganz zu schweigen von der kleinen Dorann, und der Gedanke, daß er seinen Prinzipien untreu wurde, um sie zu begleiten, brachte ihn vollends in Rage …

Warum sagst du ihm nicht, er soll die Klappe halten oder du würdest dich weigern, ihn nach Biemestren mitzunehmen?

Weil es eine leere Drohung wäre, erklärte der Drache, *und ich mag keine leeren Drohungen. Wenn ich Kennen nicht mitnehme, mußt du dich seiner annehmen. Entweder das, oder ich lasse ihn einfach hier stehen. Das würde König Maherralen nicht gefallen, und ich ziehe es vor, bei meinem nächsten Besuch in Endell nicht von einem Pfeilhagel empfangen zu werden. Also übe ich mich tapfer in der Beherrschung meines Unwillens, wie es dem wahrhaft Weisen geziemt.*

Und bist mir ein feuervergoldetes Vorbild, dachte Jason.

... schon gar nicht anfreunden konnte sich Kennen mit dem Gedanken, daß Jane sich mit einer Horde spindeldürrer Menschlein in werweißwas für Abenteuer stürzen wollte, und er verabscheute die Tatsache, daß die Sättel auf Ellegons Rücken für die langgezogenen Zerrbilder anständiger Leute eingerichtet waren, und es ärgerte ihn, daß der Sicherheitsgurt unter den Armen kniff, und er hielt es für absolut lächerlich, daß es so endlos lange dauerte, erst allen Kram abzuladen und dann ihn mitsamt seinen zwei Leidensgenossinnen wieder auf den Drachenrücken zu verfrachten und ...

Kennen, halt den Mund.

Der Zwerg musterte den Drachen mit einem langen Blick und öffnete den Mund zu einer neuen Tirade.

... und es war doch kaum zu glauben, daß Kethol nicht ein bißchen schneller arbeiten konnte und wie ...

Halt den Mund, oder ich verbrenne dich zu einem Häufchen Asche, belehrte ihn der Drache, ließ seine gewaltigen Kiefer aufklaffen und ein winziges Flämmchen zwischen den Zähnen hervor entwischen.

Der Zwerg verstummte.

Oh. Daran habe ich nicht gedacht. Ich hätte sagen sollten: Warum drohst du nicht, ihn zu Asche zu verbrennen.

Sarkasmus steht dir nicht. Das ferne, drakonische Kichern tönte mit der Klarheit in seinem Bewußtsein, die ihm sagte, die Bemerkung war nur für ihn bestimmt.

Doch schließlich waren Janes Mutter Kirah und ihre Schwester Doria Andrea wieder in ihren Sitzen festgeschnallt, auch der Zwerg saß auf seinem Platz. Das Gepäck von Jason und seinen Gefährten lag auf dem Boden aufgestapelt, während sowohl der Hausrat der Slowotskis wie auch die für Biemestren bestimmten Waren sich wieder fest verschnürt an Ort und Stelle befanden.

Sie waren fertig. Und keinen Augenblick zu früh; im Osten färbte sich der schwarze Himmel grau, als erstes Anzeichen des heraufziehenden Tages, und der Drache mußte fort sein, bevor es hell wurde.

Von ihrem luftigen Sitz rief Janes Mutter eine letzte Mahnung zur Vorsicht herunter. Ihre Stimme schwankte zwischen der Besorgnis um die Sicherheit ihrer ältesten Tochter und der Notwendigkeit, der jüngeren Tochter den Eindruck zu vermitteln, daß es keinen Grund gab, sich zu fürchten. War der Ritt auf Ellegons Rücken nicht ein herrlicher Spaß? Und war es nicht wunderbar, daß sie diesen Spaß jetzt noch einmal erleben durften?

Drei Zehntage, sagte Ellegon. *In Pefret. Ich

werde dort sein und hoffe dasselbe von euch. Vorzugsweise gesund und vollzählig und mit unseren drei Freunden.*

»Vorzugsweise.« *Sorg dafür, daß nicht so viel geschwatzt wird.*

Ellegon zuckte im Geiste die Achseln. *Es kann nicht mehr lange dauern, bis die Gerüchte Biemestren erreichen, aber selbst dann werden wir uns zu verhindern bemühen, daß sie deiner Mutter zu Ohren kommen.*

»Bitte«, rief Kirah von Ellegons Rücken herab, »seid vorsichtig.«

Mit peitschenden Schwingen, die einen Sturm aus Blättern und Zweigen und Staub entfachten, schwang der Drache sich in die Luft. Hinter ihm verklangen Kirahs liebevolle Ermahnungen an ihre Tochter, Doranns aufgeregtes Juchzen und ein paar vereinzelte Flüche von Kennens bärtigen Lippen.

Tennetty hatte bereits ihren Rucksack geschultert. »In die Sättel, Leute«, sagte sie. »Ich will den ersten Kahn erwischen, der heute morgen ausläuft.«

Sie konnte als wettergegerbte Handelsfrau durchgehen, die das ganze Jahr in Geschäften unterwegs war. Das Glasauge, das sie ausnahmsweise eingesetzt hatte, konnte man bei flüchtigem Hinsehen für echt halten. Der Zauber, mit dem ein Kleriker der Spinnensekte es belegt hatte, verlieh ihm ein feuchtes Aussehen und bewirkte, daß es die Bewegungen des gesunden Auges mitmachte. Jason hoffte sehr, daß sie unerkannt blieb, denn ihre Identität war ein zu deutlicher Hinweis auf seine eigene Person.

Ihr Schwert war in dem übrigen Gepäck verstaut – schwertertragende Frauen waren so rar, daß sie unfehlbar Neugier und Mißtrauen erregten –, doch sie trug genug andere Waffen, um sich nicht hilflos fühlen zu müssen: einen übergroßen Dolch an der Hüfte, eine Pistole unter der linken Achsel und eine zweite im Schaft ihres rechten Stiefels.

»Abmarsch, Leute«, drängte sie.

Durine schaute sie an, lange und fest, wie im ihr klarzumachen, daß sie hier nichts zu sagen hatte und – soweit es ihn betraf – auch nie haben würde, doch Kethol mußte Jasons leichtes Kopfschütteln bemerkt haben und versetzte dem größeren Mann einen leichten Rippenstoß, der daraufhin den Blick abwandte.

Im Tausch für einen Dolch erhielt Jason die Überfahrt für sich und seine fünf Begleiter und konnte dem Kahnführer noch zwei Mahlzeiten sowie die Benutzung des mittschiffs aufgebauten Zelts abhandeln. Durine, Kethol und Bren Adahan waren müde; sie hatten am Tag zuvor nicht viel Schlaf bekommen.

Tennetty zeigte sich wenig beeindruckt. Sie hätte den Kahnführer dazu gebracht, noch eine Summe Geldes draufzuzahlen und sich überdies höflich bei ihnen für den Handel zu bedanken. Behauptete sie wenigstens.

Jane wiederum war von Tennettys Prahlerei wenig beeindruckt. Sie neigte den Kopf zu Jason, als sie nebeneinander an der Bugreling standen und die Windungen des Flusses weit vor ihnen beobachteten.

»Viel wahrscheinlicher ist«, flüsterte Jane, »daß Tennetty ihm so auf die Zehen getreten wäre, daß er nach den Stadtwachen gerufen hätte.« Womit sie bestimmt recht hatte.

Dennoch, Tennetty hätte bei dem Geschäft vielleicht mehr herausgeschlagen. An diesem Morgen war Platz auf dem Kahn nicht eben Mangelware: Die Getreidesäcke und die Fässer mit Trockenfleisch stapelten sich an Bug und Heck kaum schulterhoch. Der Rest der Ladung bestand aus einigen Hühnerkörben, deren gackernde Insassen aus dümmlichen Rosinenaugen die Außenwalt bestaunten, während sie sanft gewiegt irgend jemandes Kochtopf entgegenschwammen. Der Platz reichte sogar für die vier Maultiere des Schiffers, die mit lose zusammengebundenen Beinen an der Heckreling angeleint standen, statt auf dem Treidelpfad am Ufer nebenherzulaufen. Bei der Fahrt flußaufwärts mußten sie das Schiff gegen die Strömung ziehen.

An Bord oder an Land, flubabwärts hatten die Tiere es leicht, die Schiffsleute weniger. Statt mit ihren langen Staken nur dafür zu sorgen, daß der Kahn nicht zu nahe ans Ufer geriet und auf Grund lief, mühten sich die vier kräftigen Männer, deren nackte Oberkörper vor Schweiß glänzten, in beinahe schweigender Zusammenarbeit, das schwerfällige Fahrzeug in der Mitte des Flusses zu halten. Dort war die Strömung am schnellsten, und gute Geschäfte machte nur, wer keine Zeit vergeudete. Doch die schnelle Fahrt mit der Strömung erforderte auch erhöhte Aufmerksamkeit sowie eine genaue Kenntnis der Biegungen und Untiefen des Hochwasser führenden Orduin.

Natürlich war ihnen der Fluß vertraut, doch trotzdem leisteten die vier schwere Arbeit. Alle waren kräftig gebaut und muskulös, und Jason erinnerte sich an die schwielige Hand des Schiffers und seinen festen Griff, als sie den Handel besiegelten.

Die Zeit verging, und nach dem Wachwechsel

waren Jason, Tennetty und Jane an der Reihe, im Schatten des Zeltes ein Nickerchen zu machen, während Durine draußen die Augen offenhielt. Tennetty schnallte den Waffengurt ab, legte sich flach auf den Rücken, faltete die Hände über dem Bauch und schloß die Augen.

Jason merkte, daß er sehr müde war. Als Jane ohne falsche Scham aus den Kleidern schlüpfte und zwischen ihre Decken kroch, nahm er es kaum zur Kenntnis.

Kaum hatte er sich ausgestreckt und war zu dem Schluß gekommen, daß er es sich eigentlich nicht erlauben konnte, einfach zu schlafen, immerhin trug er die Verantwortung für seine Freunde und das gesamte Unternehmen, da übermannte ihn schon die Müdigkeit, und er schlief ein.

Durine weckte ihn, als sie Elleport fast erreicht hatten; die beiden anderen waren bereits aufgestanden und hatten das Zelt verlassen.

Jason rieb sich mit dem Handrücken die brennenden Augen, kratzte an den Stellen, wo die Wanzen, die das Zelt bevölkerten, ihn gestochen hatten – genaugenommen überall – und befaßte sich nach dem Ankleiden mit seinen beiden Revolvern, dem einen im Schulterhalfter und dem zweiten in seinem Rucksack. Wie üblich vergewisserte er sich, daß sie geladen waren, drehte die Trommel, bis er die Kammer unmittelbar vor der ungeladenen unter dem Hammer hatte und betätigte an jeder Waffe einmal den Abzug, um sich zu überzeugen, daß der Mechanismus noch funktionierte, was der Fall war.

Valeran, sein Lehrer, hatte ihm beigebracht, sich

im Umgang mit Schußwaffen ein Ritual anzugewöhnen. Sich auf die neuen Handgriffe einzustellen, war ihm nicht schwergefallen.

Innerhalb kürzester Zeit waren die Waffen überprüft, schußbereit und verstaut. Er trat in den Nachmittag hinaus.

Als der Kahn die letzte Biegung umrundete, stakten die vier Männer das Fahrzeug gegen die Flußmitte, um zwei flußaufwärts fahrenden Kähnen auszuweichen, dann mühten sie sich mit gekrümmten Rücken und zu Halbmonden gebogenen Staken, wieder das ruhige Fahrwasser am Ufer zu erreichen, damit sie nicht von der Strömung auf den Zirrischen See hinausgetragen wurden.

Auf den Feldern längs der Ufer verkündeten welke Maisstengel, daß ihre Früchte abgeerntet waren und sie nun ergeben darauf warteten, ihren Daseinszweck als Häckselfutter im Schweinetrog oder als Streu im Viehstall zu erfüllen.

»Das sind die Docks, da drüben«, sagte einer der Stakenmänner und deutete mit dem Kinn in die entsprechende Richtung, bevor er seine Arbeit wieder aufnahm. Es dauerte länger, den Kahn an seinen Liegeplatz zu manövrieren, als Jason vermutet hatte, doch als das Fahrzeug sich schließlich der Kaimauer näherte, brauchten die wartenden Hafenarbeiter nur wenige Augenblicke, um die geschickt geworfenen Leinen aufzufangen, den Kahn dicht an die Pier zu ziehen und sicher zu vertäuen.

Die Sonne stand tief am Himmel, als sie schließlich das Boot verließen und über die schwankende Pier zum Ufer gingen. Es dauerte eine Weile, bis sie ihre Landbeine wiedergefunden hatten.

Bren Adahan übernahm die Führung. »Als erstes«,

verkündete der Baron, »sollten wir uns ein Quartier für die Nacht suchen. Morgen werden wir dann damit anfangen, die Wahrheit über Karl Cullinane herauszufinden.«

»Oder«, verbesserte Jane, »was die Leute hier für die Wahrheit über Karl Cullinane halten.«

Kapitel siebzehn

Fragen und Antworten

Freundlichkeit können wir kontrollieren,
aber Zuneigung nicht.
Dr. Samuel Johnson

Ein bißchen Freundlichkeit reicht nicht weit.
Verteile sie großzügig, wenn es dir möglich ist, und oft.
Walter Slowotski

Jason, Jane und Bren Adahan schlenderten über den Bauernmarkt und schlugen die Richtung zu den Docks und dem Gildehaus der Sklavenhändler ein. Elleport war nicht gerade Pandathaway, doch die Märkte hatten ihren Reiz.

Dies ist wieder ein Beispiel dafür, daß es oft nur Zeitverschwendung ist, alles besonders gründlich planen zu wollen, dachte Jason. Wie sich herausstellte, waren ›der Krieger‹ und seine beiden Gefährten das Tagesgespräch auf den Märkten, und Gerüchte gab es gleich im Dutzend billiger. Leider waren sie nichts wert:

Mit jedem Erzählen kamen mehr Schnörkel und Ausschmückungen hinzu.

Jason und die beiden anderen hatten einige Veränderungen an ihrer Erscheinung vorgenommen: da sie ihr Gepäck in der Herberge unter den wachsamen Augen von Kethol zurückgelassen hatten, konnten sie auch einer gründlichen Überprüfung gelassen entgegensehen. Jason und Bren trugen das ungegerbte Leder der Viehtreiber von Wehnest, Janie hatte das fadenscheinige Hemd und den eisernen Halsreif einer Sklavin angelegt. Die Tatsache, daß ein verborgener Mechanismus es ihr erlaubte, den Reif abzunehmen, und daß dabei auch noch eine schmale Klinge zum Vorschein kam, die mühelos durch Leder oder Fleisch schnitt, blieb selbst scharfen Augen verborgen.

Ihre hübschen Beine hingegen konnte niemand übersehen. Beinahe jedesmal, wenn sie stehengeblieben waren, um nach dem Weg zu den Sklavenpferchen zu fragen, hatte man ihnen ein Angebot gemacht.

Sie machten am Stand eines Obsthändlers halt, wo Bren drei glänzende, faustgroße Äpfel erstand. Den ersten gab er Jason, den kleinsten warf er Janie zu, in den dritten biß er hinein.

Der Händler war ein kleiner, schmächtiger Mann mit einem Krötengesicht und gelben Zähnen, die hinter seinen Lippen zum Vorschein kamen, als er Janie in ihrem Hemd und Halsreif begutachtete. Jason bemühte sich um einen gelassenen Gesichtsausdruck, während Bren Adahan das Grinsen des Mannes erwiderte.

»Habt Ihr sie schon lange?« erkundigte sich der Händler, während Bren Adahan einen Korb mit

Äpfeln beäugte, als hätte er eventuell die Absicht, einen größeren Kauf zu tätigen.

»Wie man's nimmt«, erwiderte Adahan. »Ich habe sie in Wehnest gekauft, um unterwegs etwas Unterhaltung zu haben.«

»Das kann ich mir vorstellen.«

Janie brachte es fertig, nicht zu erröten, obwohl sie die Augen niederschlug.

»Kocht auch gut«, meinte Bren. »Doch ich habe schon bessere gehabt. Eigentlich wollte ich sie hier zum Verkauf anbieten, doch allmählich will mir scheinen, daß der Markt zur Zeit nicht besonders gut ist.«

»Von Seiten der Gilde nicht«, gab der Händler zu, »obwohl Ihr bei einem Verkauf an Privat durchaus einen hübschen Profit machen könntet.« Er überlegte. »Versucht es bei Emmon dem Silberschmied drüben in der Straße des Toten Hundes er scheint immer ein Stück Geld übrig zu haben und versteht sich auf Weiberfleisch. Obwohl diese axtgesichtige Person, seine Frau, ihn wahrscheinlich zwingen wird, die Kleine weiterzuverkaufen.«

»Und bei der Gilde lohnt es sich nicht?«

Der Händler schüttelte den Kopf, dann breitete er die Hände aus. »Die Sklavenhändler scheinen Skrupel zu haben, frische Ware einzukaufen, wegen dieses ›Kriegers‹ und seiner Freunde, die herumlaufen, den Gildemännern die Kehle durchschneiden und spurlos verschwinden.« Er griff sich den appetitlichsten Apfel aus einem der Körbe, polierte ihn an seiner Schürze auf Hochglanz und warf ihn in einem eleganten hohen Bogen, der von viel Übung zeugte, dem Bäcker auf der gegenüberliegenden Straßenseite fast genau in die ausgestreckte Hand.

Der Bäcker revanchierte sich mit dem Viertel von einem kopfgroßen Laib Brot; der Obsthändler brach ein Stück ab und kaute darauf herum.

Jason zwang sich zu einem bedächtigen Nicken. »Wo hat man sie zuletzt gesehen?« Er nahm einen weiteren Biß von seinem Apfel.

Der Kaufmann musterte ihn von Kopf bis Fuß. »Ich würde die Finger davon lassen, junger Mann. Der Griff Eures Schwertes mag abgewetzt sein vom vielen Gebrauch, aber es mit Karl Cullinane aufzunehmen, ist keine Sache für einen Amateur. Besonders nicht für einen, der einen guten Apfel so sehr zu schätzen weiß wie Ihr.« Er hob die Hand zu einer Abschiedsgeste. »Ich mache gerne wieder mit Euch Geschäfte.«

Jason und seine Freunde gingen weiter.

»Viel zuviel Geschwätz«, murmelte Jane.

Man hatte den Krieger und seine Gefährten in Lundeyll gesehen, auf Salket und einem weiteren halben Dutzend der Zerspellten Inseln, in Enkiar und in Nyphien. Mitten in Pandathaway waren tote Sklavenhändler gefunden worden und auf Schiffen unterwegs nach Ehvenor. Sie waren zu dritt, nur mit Schwertern und Dolchen bewaffnet; zu zwölft segelten sie auf einem gestohlenen Sklavenschiff; zu hunderten tauchten sie an den unmöglichsten Orten gleichzeitig auf. Sie waren überall und nirgends.

Die Gerüchte waren erst vor kurzem bis hierher vorgedrungen. Binnen weniger Tage oder Zehntage würde sich die Aufregung gelegt haben, doch bis dahin wucherte die Phantasie und trug die seltsamsten Blüten, und es war unmöglich, in dem schillernden Gewirr die Wahrheit zu erkennen.

Falls es eine Wahrheit zu erkennen gab.

Verdammt.

Janie steuerte den einzigen guten Vorschlag des ganzen Nachmittags bei: Da sie herausfinden wollten, wer die Jagd auf die Sklavenhändler machte, war der geeignetste Platz für ihre Nachforschungen der von der Gilde beanspruchte Teil des Marktes.

Das Gildehaus der Sklavenhändler lag vor ihnen, die Pferche auf dem Platz davor enthielten kaum sechs Gefangene, obwohl sie für mehr als hundert bemessen waren.

Bren Adahan beugte sich zu Jason. »Was hältst du davon, wenn wir uns das ersparen? Wir haben schon mehr als genug Informationen gesammelt. So viele, daß uns schon der Kopf schwirrt.«

Jason nickte. »Genau das habe ich auch gedacht.«

»Warum hast du es dann nicht *gesagt*?« flüsterte Jane gereizt.

»Bringt noch Bier, wenn's gefällig ist«, rief Durine durch den Schankraum.

Die Antwort ließ auf sich warten.

Er schlug mit der Faust auf den Tisch. Krüge und Teller schepperten auf der gefurchten Holzplatte; Löffel, Messer und Gewürzstreuer vollführten einen klappernden Tanz. »Bier, sagte ich, wenn's gefällig ist«, wiederholte er beinahe flüsternd.

»Mit Vergnügen, Herr, mit Vergnügen«, rief der Wirt zurück und brachte eilfertig zwei Krüge von dem wahrscheinlich schlechtesten Bier, das Durine seit Jahren gekostet hatte. Der bullige Mann ihm gegenüber schien sich durch den rüden Ton herausgefordert zu fühlen, doch nach dem ersten finsteren Blick besann er sich eines besseren und suchte den Anschein zu erwecken, sein Unmut gelte dem kraftlosen Fleischeintopf in seiner Schüssel. »Das Essen ist in ein paar Minuten fertig«, erklärte der Wirt, »aber ich kann es auch sofort bringen lassen, wenn Ihr darauf besteht.«

»Keine Eile«, meinte Durine und nahm einen Schluck Bier. Grauenvolles Zeug. Schmeckte es nicht ungefähr wie vor ein paar Jahren das Gesöff in der Kaserne, aus dem Faß, in dem sie später die tote Maus gefunden hatten? Groß war der Unterschied nicht.

Tennetty schob die Unterlippe vor und deutete mit einer unauffälligen Kopfbewegung auf den zunächstsitzenden der drei hageren Männer am anderen Ende der Bank, auf der sie und Durine saßen. Nach den im Nacken zusammengebundenen Haaren zu urteilen, handelte es sich um Matrosen. Tennettys Ohren waren besser als die von Durine; sie hatte eine Bemerkung aufgeschnappt, die vermuten ließ, daß der Seemann über interessante Informationen verfügte.

Der Speiseraum des Gasthauses war vermutlich vor nicht allzu langer Zeit an das eigentliche Gebäude angefügt worden, denn der langgestreckte Grundriß erinnerte an eine nachträgliche umbaute Veranda, und die Tür zu den hinteren Räumlichkeiten war groß, massiv und verwittert.

Zwei schmuddelige Kinder unbestimmbaren Geschlechts, etwa sieben und fünf Jahre alt, waren am anderen Ende des Zimmers damit zugange, sich abwechselnd an den Haaren zu raufen und die Fußkurbel zu bedienen, die den Bratspieß vor dem offenen Kochfeuer drehte. Ein mit Sommersprossen übersätes, noch junges und recht ansehnliches Mädchen würfelte Karotten und Zwiebeln, legte aber zwischendurch das Messer beiseite und schöpfte eine braune Soße über die Lammkeule auf dem Spieß. Anschließend wartete sie einige Augenblicke, bis die Soße ein wenig eingebrannt war, bevor sie die nächsten Scheiben von dem Braten herunterschnitt und auf einer großen Platte zu wackligen Türmen aufschichtete.

Die Soße war eindeutig mit wilden Zwiebeln gewürzt; Durine konnte es von seinem Platz aus riechen.

Doch eben als die Köchin ihre Portionen auf die Teller verteilt hatte, wischte der Seemann mit einem Stück Brot den Rest Fleischsaft von seinem Teller, stopfte den tropfenden Kanten in den Mund, schob den Teller von sich und stand auf. Nachdem er sich kurz auf die Schulter eines seiner Kameraden gestützt hatte, drehte er sich um und ging zur Tür.

Tennetty rückte dichter an Durine heran. »Er hat etwas über ›den Krieger‹ erzählt und über irgendeine Insel.« Sie stand auf, und er folgte ihr zum Ausgang, ohne sich um die neugierigen Blicke des Wirts zu kümmern, der es allerdings nicht für der Mühe wert hielt, lange darüber nachzugrübeln, weshalb seine Gäste auf die Mahlzeit verzichteten, die im Zimmerpreis enthalten war.

Durine und Tennetty traten hinter dem Matrosen in das helle Tageslicht hinaus.

Er schlug den Weg zum Hafen ein, und sie hefteten sich ihm an die Fersen. In den Straßen drängten sich die Besatzungen der im Hafen liegenden Schiffe; Kaufleute, die Trockenfleisch und Getreidesäcke zu den Docks transportierten oder mit ängstlich zugehaltenen vollen Taschen von dort zurückkehrten, begleitet von einem oder auch zwei Bewaffneten, die nervös die Menschenmenge nach Beutelschneidern und Dieben durchforschten; zerlumpte Kinder jagten einander scheinbar ohne Pause durch die mit Kopfsteinen gepflasterten Gassen; Flachwagen standen vor Geschäften und Warenlagern, und die geduldig wartenden Zugpferde äpfelten im Halbschlaf auf die Straße.

Alle Städte waren einander gleich.

»Du könntest versuchen, ein bißchen weniger verdächtig auszusehen«, meinte Tennetty. »Du bist nicht danach gebaut, Leuten unauffällig zu folgen.«

»Nein«, sagte Durine. »Bin ich nicht.« Er war ebensogroß wie Karl Cullinane, und obwohl sein Körperbau dem eines Ringers im Mittelschwergewicht entsprach, war er mit Muskeln gepolstert, nicht mit Fett. Er sah nicht gut aus wie der Kaiser oder Kethol, auch nicht liebenswert-häßlich wie Pirojil ...

Doch es war auch nicht seine Aufgabe, hübsch oder unauffällig auszusehen. Von ihm erwartete man, daß er groß und bedrohlich wirkte. Zu diesem Zweck hatte der Kaiser ihn in seine Dienste genommen, und das war es auch, was er am besten konnte: Dinge zerbrechen oder damit drohen, Dinge zu zerbrechen, ob es sich nun um eine stabile Tür handelte oder um einen dünnen Hals.

Tennetty hatte einen dünnen Hals, den man – nach seiner Überzeugung – schon längst hätte brechen sollen. Doch Jason hatte Nein gesagt, und auch wenn der Junge noch nicht zum Kaiser gekrönt war, mußte man ihn doch als den Erben der Macht betrachten. Abgesehen davon hatte auch Bren Adahan gesagt, ihr dürfe nichts zustoßen, und obwohl der Baron ein verfluchter Holt war, gehörte er doch schon fast zur Familie, auch wenn Aeia ihn noch bei seinem …

Er merkte plötzlich, daß er allein war, daß Tennetty sich davongemacht hatte, während er in Gedanken versunken weiterging. Auch als er den Blick über die vorüberströmenden Menschen gleiten ließ, konnte er sie nicht entdecken.

Doch wenigstens der Matrose war noch da. Jetzt blieb er an der Mündung einer Gasse stehen, um sich in den Rinnstein zu erleichtern. Plötzlich schien etwas in der Gasse seine Aufmerksamkeit zu erregen, er knotete die Hose zu und verschwand aus Durines Blickfeld.

Durine beschleunigte seinen Schritt.

Der schmale Durchgang zwischen den beiden dreistöckigen Häusern wurde beinahe völlig von einem mannshohen Unrathaufen blockiert; in einem der Keller schienen irgendwelche Ausschachtungen im Gange zu sein. Durine hatte kaum Platz genug, um sich vorbeizuzwängen.

Als es ihm endlich gelungen war, hatte Tennetty die Sache schon im Griff. Sie beugte sich über die verschnürte Gestalt des Matrosen, der wegen des Stoffbündels, das sie ihm in den Mund gestopft hatte, nur leise, erstickte Laute von sich geben konnte. Keine üble Falle, obwohl man einen Matrosen für schlau genug halten sollte, unter keinen Umständen einer unbekannten Frau in eine menschenleere Gasse zu folgen. Allerdings war Elleport eine Stadt mit einer vielköpfigen und schlagkräftigen Polizeitruppe, die ein gewisses Maß an Sicherheit garantierte. Doch eben nur ein gewisses Maß …

Durine beugte sich über den Gefesselten.

»Wir wissen, daß du über den Krieger Bescheid

weißt«, sagte er leise, bedächtig, geduldig, weil er wußte, daß bei einem Mann seiner Größe ein solcher Tonfall besonders erschreckend wirkte. »Ich werde dir sagen, wie es gleich mit uns weitergeht: ich nehme dir den Knebel heraus, und du wirst leise und ganz ruhig alle unsere Fragen beantworten.« Er griff mit der freien Hand in seine Börse und hielt dem entsetzten Mann eine kaiserliche Viertelmark vor's Gesicht, eine Silbermünze, die etwa so groß war wie der Nagel an Durines kleinem Finger. »Anschließend bekommst du das hier von mir, und du wirst weggehen und ganz schnell vergessen, was dir heute zugestoßen ist, und du wirst niemals, niemals zu jemandem darüber sprechen.«

Tennetty zog die schwarze Klappe über ihr Glasauge und beobachtete lächelnd, wie der Mann noch mehr erbleichte, als ihm klar wurde, mit wem er es zu tun hatte.

»Nimm das Ding ab und paß auf, daß uns niemand überrascht«, befahl Durine.

Sie überlegte einen Moment, dann schlenderte sie zur Einmündung der Gasse, um Wache zu halten. Er war es allmählich leid, daß sie jedesmal zögerte, bevor sie seinen Aufforderungen Folge leistete, und er hätte nur zu gerne etwas dagegen unternommen, aber Jason hatte es verboten.

Durine machte sich die Finger geschmeidig und ließ die Knöchel knacken. Er kam zu dem Schluß, daß es ungerecht gewesen wäre, seinen Zorn auf Tennetty an dem Matrosen auszulassen, also umfaßte er das Gesicht des Mannes mit der rechten Hand und ließ den Mann die Kraft seiner Finger nur eben erahnen. »Kümmere dich nicht um sie. Achte lieber auf das, was ich dir sage. Wenn du mich anlügst, wenn du schreist, wenn du jemals etwas von unserem Gespräch ausplauderst, dann bin ich es, der dich aufspüren wird, wo du dich auch verkriechen magst, und dann werde ich dich am Genick packen und dein Gesicht gegen meine flache Hand reiben, bis du kein Gesicht mehr hast. Es fällt dir doch sicher nicht schwer, meinen Worten Glauben zu schenken?«

Der Matrose bemühte sich, den Kopf zu schütteln.

»Fein.«

Aus der Richtung der Straßenmündung ertönte Tennettys Lachen. »Wir sind keine netten Leute«, meinte sie.

Der Matrose erzählte mit lobenswertem Eifer alles, was er wußte.

Die anderen hatten ihre Methode; Kethol hatte die seine. Er folgte der Frau an den starren Augen des Zuhälters vorbei die Treppe hinauf zu ihrer Kammer. Das Zimmer war winzig, kaum groß genug für die niedrige Pritsche und die kleine Holztruhe, die vermutlich die gesamte Habe der Dirne enthielt. Ein riesiges Schloß hing davor, und Kethol hatte auch die Stelle im Kragen ihres schenkellangen Hemdes entdeckt, wo sie den Schlüssel aufbewahrte.

Sie zog das fadenscheinige Kleidungsstück über den Kopf und ließ es fallen. Ihre Haut schimmerte noch feucht von dem Bad, auf dem Kethol bestanden hatte. Es gab schon genügend Dreck in der Welt, was keinem verborgen bleiben konnte, der – wie Kethol – den Staub vieler Straßen geschluckt hatte.

Schüchtern streckte sie die Hände nach seinem Oberkleid aus, doch er wehrte ab. »Ich kann mich selber ausziehen«, sagte er.

Für den Bruchteil einer Sekunde weiteten sich ihre Augen. Vielleicht hatte sie die Spur einer Drohung in seiner Stimme gehört, und wenn es auch Grenzen für das gab, was er ihr antun konnte, würde sich doch niemand über ein paar blaue Flecken aufregen. Das war in dem Preis für eine ganze Nacht inbegriffen.

Er deutete mit dem Kinn auf die Pritsche und sie schlüpfte gehorsam unter die ausgeblichene Decke.

Schnell, doch ohne besondere Eile zog er sich aus, stapelte die Kleider sorgsam gefaltet aufeinander und legte das Schwert neben der Pritsche auf den Boden, wo er es auch im Dunkeln finden konnte, bevor er die Lampe ausblies und zu ihr unter die Decke kroch.

Sie griff nach ihm, doch er hielt ihre Handgelenke fest.

»Bitte«, sagte sie, »ich werde alles tun, was du willst. Alles.«

»Ich habe das Zimmer gemietet und dich, für die ganze Nacht.« Er schaute sie an. »Ich bestimme, was wir tun!«

»Ja, Herr«, nickte sie, als sein Griff sich verstärkte.

»Als erstes«, befahl er, »wirst du mir erzählen, wie du hierhergekommen bist.«

Sie erzählte ihm eine lange und weitschweifige Geschichte, die auf der Insel Keelos ihren Anfang nahm, wo sie in die Sklaverei verkauft wurde, als ihr Vater seinen Hof verlor. Nach einiger Zeit wurde sie von Freischärlern aus Heim befreit und beschloß, in die Heimat zurückzukehren, aber dort erschien ihr alles fremd und ungastlich, und sie hatte nichts gelernt und kein Geld, und was sollte sie tun und dann …

»Und über den Krieger …«, unterbrach er sie.

Während er ihre Handgelenke umfaßte, erzählte

sie ihm alles, was sie wußte. Karl Cullinane und seine beiden Gefährten – oder vielleicht seine zwanzig Gefährten oder hundert Gefährten, keiner wußte es genau – tauchten an allen Orten gleichzeitig auf. Sie hatten auf dem Meer zugeschlagen und an sämtlichen Küsten. Überall.

»Mehr weiß ich nicht, Herr. Wirklich.«

Sein Griff lockerte sich.

»Was soll ich tun, Herr? Möchtet Ihr, daß ich ...«

»Pst«, sagte er und ließ ihre Hände los. »Du sollst mich nur in den Armen halten. Weiter nichts. Die ganze Nacht.« Er hatte bezahlt und konnte die Nacht so verbringen, wie es ihm am meisten Vergnügen bereitete. Als er still im Dunkeln lag, ihren Atemzügen lauschte und ihre Arme spürte, fühlte er sich beinahe lebendig.

Zwischenspiel

Laheran

Wo das Fell das Löwen nicht reicht,
muß man mit dem des Fuchses anstücken.
Plutarch

Die Zimmer des Gasthauses *Zu den drei Dörfern* waren sauber, aber Laheran durchwanderte sie mit der Rastlosigkeit eines gefangenen Tieres. Die Falle war aufgebaut, jetzt galt es zu warten, doch das Warten fiel ihm schwer.

Salket war nur eine Frage der Zeit, hatte Laheran gefolgert. Blieb nur die Frage nach dem Wo. Salket war eine große Insel mit vier Niederlassungen der Gilde.

›Wo ist die Nuß?‹ zählte nicht zu Laherans Lieblingsspielen. Die Kinder spielten es mit Walnußhälften und Walnußschalen; in den Straßen von Pandathaway spielten es die Gaukler um Kupfer und Silber und Gold.

Das Prinzip war dasselbe: eine Münze aus Silber und zwei aus Kupfer unter drei völlig gleichen Bechern. Der Gaukler schob die Becher mit geschickten Fingern auf dem Tablett über seinen Knien hin und her, bis die Zuschauer völlig verwirrt waren. Legte der Mitspieler seine Münze, ob aus Kupfer, Silber oder Gold, vor den Becher mit der Silbermünze, gewann er ein Geldstück in dem Wert seines Einsatzes. Hatte er falsch geraten, steckte der Gaukler den Gewinn ein.

Natürlich gab es jede Menge Tricks. Manchmal glaubte man vielleicht, das Klingen einer Silbermünze am Rand des Bechers gehört zu haben und machte seinen Einsatz voll boshafter Freude, nur um beim Aufdecken ein Kupferstück zu finden, denn der schlaue Taschenspieler hatte nur mit einem beringten Finger gegen den Becher geklopft, um das Klirren des Silbers vorzutäuschen.

Die angespannteste Aufmerksamkeit war vergeblich; auch wenn man *wußte*, wo sich die Münze befand, sie war nicht da. Beim Raten auf gut Glück standen die Chancen eins zu drei. Wer die Sache mit Intelligenz und Vernunft angehen wollte, hatte überhaupt keine Chance.

Laheran war dieses Spiels müde. Die Vollmacht

von Großmeister Yryn hatte sich als nützlich erwiesen. Auf Laherans Veranlassung waren sämtliche Gildehäuser auf der Insel geschlossen worden, bis auf die Niederlassung in den Drei Dörfern. Und dort wartete Laheran wohlvorbereitet auf den Feind.

Einige der Verteidigungsmaßnahmen waren offensichtlich. Laheran und weitere zwei Dutzend Gildemänner hatten in Häusern längs der Straße Position bezogen und hielten – einige offen, andere versteckt – die Stadt und das Haus unter strikter Beobachtung.

Etliche der sonstigen Vorkehrungen zum Empfang Karl Cullinanes, oder wer immer der geheimnisvolle Rächer sein mochte, waren raffinierter. Die Schlösser der schweren Türen zu den Sklavenzwingern waren zu tödlichen Fallen umgebaut worden. Drehte man den Schlüssel zum Öffnen der Tür nach links, wie allgemein üblich, wurde in dem Zimmer darüber ein Gewicht frei, das durch die Decke brach und jeden zerschmetterte, der vor der Tür stand.

Die Zugänge von der Rückseite waren verbarrikadiert, und besondere Mühe hatte man auf die Sklaven selbst verwendet, die bedauernswerten Geschöpfe in den Zwingern. Es war hart, aber ein Gildemann mußte Opfer bringen können.

Ruhelos wanderte Laheran hin und her. Das Warten war das Schlimmste.

Kapitel achtzehn

An Bord der Gazelle

Die Morgendämmerung ist dem Reisenden Ansporn,
wie auch dem Schaffenden bei seinem Werk.
Hesiod

Ich kann nur hoffen, daß der glühende rote Ball da knapp über dem Horizont die untergehende Sonne ist, alter Knabe.
Walter Slowotski

Elleport versank eben am Horizont, als Jason an Deck erschien. Er hatte das Schulterhalfter mit der Pistole angelegt und die Waffe mit einer zusätzlichen Schlaufe gesichert. Am Gürtel trug er sein Schwert und den aus Neharas Werkstatt stammenden Dolch.

Das eigentlich Verräterische an seiner Erscheinung aber waren das unübersehbar in Heim gefertigte Hemd sowie die vorne geknöpften Jeans.

Es war ein Nachmittag mit klarem Himmel und milder Luft; die Sonne hatte eben den Zenit überschritten, und das Schiff hob und senkte sich in dem trägen Rhythmus der friedlichen Wellen. Das stetige Auf und Nieder behagte Jason nicht sonderlich, doch bis jetzt verhielt sein Magen sich noch einigermaßen ruhig.

Bren Adahan räkelte sich, nur mit einem um die Hüften geschlungenen Handtuch bekleidet, neben der Reling in der Sonne.

»Das hätten wir vorher besprechen sollen«, meinte er und stützte sich auf einen Ellenbogen.

Kaum hatte er ausgesprochen, fand er selbst seine Bemerkung überflüssig. Es kam nicht mehr darauf an, ob sie ihr weiteres Vorgehen besprochen hatten oder nicht. In Anbetracht der Tatsache, daß die Zivilisation auf Klimos ihren Siegeszug eben erst begonnen hatte, war es selbstverständlich und sogar unumgänglich, daß sechs Leute, die auf der Insel Messer gegen Perlmutt tauschen wollten, sich bis zu den Zähnen bewaffneten. Doch Waffen aus Heim und Kleidung aus Heim, das ließ nur den einen Schluß zu …

… daß sie selbst aus Heim stammten.

Thivar Anjer war aus seiner faulen Ruhe am Steuerruder aufgewacht und musterte seine Passagiere mit großen Augen. Sein zerfurchtes Gesicht, das in der grellen Nachmittagssonne walnußbraun schimmerte, legte sich in grimmige Falten, als er sich Bothan Ver zuwandte, dem grauhaarigen Seebären, der die gesamte Besatzung der *Gazelle* verkörperte. Doch er sprach ihn nicht an, sondern schaute wieder zu Bren Adahan und Jason.

»Der Augenblick der Wahrheit, scheint's«, bemerkte er.

»So scheint es«, bestätigte Durine. Er saß mit untergeschlagenen Beinen am Heck, nicht weit von dem Kapitän. Nackt bis zur Hüfte tauchte der schwere Mann die Badekelle über den Schiffsrand ins Wasser, ließ den Inhalt über Kopf und Schultern rinnen und nahm mit der freien Hand eine notdürftige Katzenwäsche vor. Helle Narben durchzogen seinen Oberkörper wie tief eingegrabene Flußbetten einen Urwald aus Haaren.

»Durine«, rief Jason und schnupperte an dem Seifenriegel, den er aus seinem Rucksack geholt hatte.

Es war echte Pandathaway-Seife, mit einem Duft nach Blumen und Sonnenschein. »Fang.« Er warf Durine den Riegel zu, der sich rasch die Hand an den Decksplanken trockenrieb und eben noch rechtzeitig ausstreckte, um ihn aufzufangen.

Durine bedankte sich mit einem kurzen Lächeln, dann machte er sich daran, seinen breiten Brustkasten einzuseifen.

Kethol hatte sich im Schatten des Klüvers am Bug ausgestreckt und lag dort mit geschlossenen Augen und über dem Bauch gefalteten Händen. Er sah aus, als ob er schliefe. »Macht's leichter«, äußerte er mit immer noch geschlossenen Augen und ohne sich zu rühren, »wenn man nicht immerzu auf die Tarnung achten muß.«

Was genau der Grund war, weshalb Jason beschlossen hatte, mit dem Versteckspiel aufzuhören. Außerdem, wenn er es nicht getan hätte, wäre Tennetty ihm zuvorgekommen.

Sie tauchte in der Luke auf und blinzelte in die Sonne. Als sie an Deck stand, war zu sehen, daß sie wieder ihre alltägliche Lederkleidung trug, dazu Schwert, Dolch und Pistolen. Ihre Hände liebkosten die Waffen, als müsse sie sich erst wieder einprägen, daß sie tatsächlich alle an Ort und Stelle untergebracht waren. Breitbeinig stand sie auf den Planken wie ein alter Seemann, musterte den Horizont und bückte sich schließlich, um Jane Slowotski aus der Luke zu helfen. »Zu dumm«, murmelte Tennetty, »daß Ganness nicht in Elleport war.«

»Avair Ganness?« Jane hob die Augenbrauen. Sie hatte eine weiße Bluse und kurze Hosen angezogen. Ihre derben Schuhe paßten nicht ganz dazu. Hübsche Beine. Vielleicht ein bißchen zu dünn. Aber nicht viel.

Der Bug durchpflügte die nächste Welle. Gischt sprühte über die Reling, durchnäßte die Menschen an Deck und verdampfte zischend auf der eisernen Kochkiste. Jane wischte sich die salzige Flüssigkeit aus dem Gesicht; die feinen goldenen Haare auf ihrem Unterarm leuchteten in der Sonne. »Tennetty, erwartest du allen Ernstes, daß jedesmal, wenn wir eine Gelegenheit zur Überfahrt suchen, Avair Ganness im Hafen liegt?«

»Du bist noch nicht mit ihm gefahren.«

»Nein, aber ich habe von ihm gehört. Die Cullinanes und ihre Freunde scheinen ihn in Schwierigkeiten zu bringen und dafür zu sorgen, daß er seine Schiffe verliert.«

»Das stimmt sogar.« Tennetty lachte.

Es freute Jason, sie so zu sehen. Er hatte sie nicht mehr lachen gehört, jedenfalls nicht herzlich, seit der Nacht an der Küste von Melawei, jener, in der Vater starb – oder nicht starb.

Der Wind fuhr durch die weiße Krone der nächsten Welle und sorgte für den nächsten Gischtregen.

Das Achterdeck war überfüllt, was Thivar Anjer nicht sonderlich gefiel. Er bedachte seine Passagiere mit übellaunigen Blicken, während Bothan Ver sich am Bug um die sechs nadelköpfigen Rapentfische kümmerte, die am Vormittag ins Netz gegangen waren und jetzt über der Kochkiste brutzelten.

»Also. Wir suchen Karl Cullinane«, stellte der Kapitän fest. »Was passiert, wenn wir ihn finden?«

Jason öffnete den Mund, um zu sagen, daß der Kapitän nichts weiter zu tun brauchte, als sie an dem mit Ellegon vereinbarten Treffpunkt abzusetzen, aber Bren Adahan kam ihm zuvor.

»Ihr geht Eurer Wege, und wir gehen unserer«, erklärte er. »Wir benutzen seine Reisegelegenheit.«

»Wenn er und seine Freunde etwas dergleichen haben«, sann der Kapitän. »Nun gut – ich werde meiner Wege gehen, für den doppelten Preis und sämtliche Dolche, die ihr als Ware mitführt.«

»Ach ja?«

»Ich kannte einen Avair Ganness, Kapitän der *Warzenschwein*. Er erzählte stets des langen und breiten davon, wie gefährlich es sei, sich mit den Cullinanes einzulassen. Es macht mir nichts aus, ein Risiko einzugehen, aber nicht für ein paar Silberstücke. Und außerdem verlange ich, daß ihr alle bei euren Schwertern gelobt, mich und mein Schiff unbeschadet zu entlassen und mich nicht daran zu hindern, mich angesichts einer Gefahr aus dem Staub zu machen.« Er vollführte eine umfassende Armbewegung. »Ich bin kein Krieger; dies ist kein Kriegsschiff.«

»Selbstverständlich lassen wir dich gehen. Wenn du uns nicht betrügst. Oder den Versuch unternimmst«, sagte Tennetty.

»Einverstanden. Gilt der Handel?«

»Ja, der Handel gilt«, bestätigte Bren Adahan.

»Nein. Das genügt mir nicht.« Thivar Anjer wandte sich an Jason. »Junger Cullinane, gilt der Handel?«

»Er gilt.«

»Cullinanes stehen zu ihrem Wort, oder nicht?«

»Cullinanes stehen zu ihrem Wort«, sagte Jason.

Jason konnte nicht schlafen. Der Laderaum war feucht und stickig, es roch nach verwesendem Fisch und faulendem Holz, dazu gesellte sich ein beißender Gestank, den Jason nicht einzuordnen vermochte. Die verpestete Luft, zusammen mit dem sachten, aber unablässigen Rollen des Schiffs, verursachte ihm ein vages Gefühl der Übelkeit.

Er schlüpfte in die Kleider und stieg die Leiter hinauf, wobei er sich mehrfach räusperte, um Kethol vorzuwarnen. Das war eines der vielen Dinge, die Valeran ihn gelehrt hatte: Überrasche niemals aus Versehen einen Wachposten.

Bothan Ver döste neben dem festgebundenen Steuerruder. Gelegentlich erwachte er aus seinem Halbschlaf, um mit einem raschen Blick den Himmel und die Wasseroberfläche zu begutachten, vielleicht eine kleine Korrektur an den Segeln und dem Steuer vorzunehmen und sich anschließend wieder auf dem Sitz des Rudergängers auszustrecken.

Die Nacht war kühl. Kethol hockte vor der Kochkiste und wärmte sich die Hände über den aufgeschichteten Kohlen. Als er Jason kommen hörte, stand er auf und reichte ihm den Wasserschlauch. Aus Höflichkeit nahm Jason einen kleinen Schluck, dann gab er den Behälter zurück.

Irgendwo vor ihnen lag die Insel Klimos. Nichts besonderes, nur eine der Zerspellten Inseln, jener Anhäufung trostloser Eilande im Zirrischen See, wo die Bevölkerung sich in guten Jahren mit Fischfang und Ackerbau ernährte und in schlechten Jahren ihre Kinder verkaufte. Sie hatten komplizierte Regeln aufgestellt, wann und warum einige Kinder verkauft werden durften und andere nicht, doch es war trotzdem eine furchtbare Angelegenheit.

Tennetty, die unter Deck in ihrem Schlafsack lag, war auf einer dieser Inseln geboren und von ihren Eltern in die Sklaverei verkauft worden.

Jason schüttelte den Kopf.

Für einige Probleme gab es keine simplen Lösungen. Die Freischärler aus Heim verschlug es nur selten auf die Zerspellten Inseln. Die Gefahr, auf offenem Meer von einem Schiff der Sklavenhändler aufgebracht zu werden, war zu groß. Genau wie die Gilde der Sklavenhändler, mit ihrem Sitz in Pandathaway, waren die Freischärler nicht auf Dauer in die Äußeren Königreiche jenseits des Zirrischen Sees vorgedrungen.

Abgesehen davon, was konnte man tun? Sämtliche Eltern töten, die ein Kind verkauften? Und was dann? Nahrung und Geld aus der Luft herbeizaubern?

Tennettys Antwort darauf kannte er. Ihre Lösung für alle Probleme lautete Töten. Über seine eigene Antwort war Jason sich noch nicht im klaren. Bis jetzt noch nicht.

»Wenigstens bin ich diesmal nicht zurückgelassen worden«, meinte Kethol. Er verschränkte die Finger ineinander und knackte mit den Gelenken.

»Hm?«

»Euer Vater hat uns drei in Ehvenor zurückgelassen. Uns Überlebende. Der Ritt hat uns ein paar gute Männer gekostet, Herr.«

Und der Ritt wäre nicht nötig gewesen, wenn Jason nicht gleich bei seinem ersten Gefecht auf Leben und Tod Reißaus genommen hätte. Er hätte Kethol gerne in die Schranken gewiesen, doch der Vorwurf war gerechtfertigt.

Kethol schaute ihn an und schüttelte den Kopf. »So habe ich es nicht gemeint. So nicht. Wenn nicht beim ersten Mal, dann wäre es beim zweiten oder dritten passiert. Wer mit Messern spielt, schneidet sich früher oder später in den Finger. Das wissen wir alle.«

Kethol nahm einen Schluck Wasser, und eine Zeitlang saßen sie schweigend nebeneinander und schauten in den dunklen Himmel und über das Meer.

Weit weg, einen Fingerbreit über dem Horizont, flimmerte ein Ring aus etwa zwölf im Gleichtakt pulsierenden Feenlichtern. Von den blauen verfolgt, bewegten sich die roten schneller und schneller im Kreis, je näher die blauen kamen, desto heller leuchteten sie, um wieder zu verblassen, sobald die roten sich zu einem hellen Orange verfärbten und ihre Geschwindigkeit vergrößerten. Und dann, ohne Vorwarnung, strömten die farbigen Lichter ineinander und breiteten sich als träge wallende Schleier über den Himmel aus.

»Glaubst du, er ist noch am Leben, Kethol?«

Der lang aufgeschossene Soldat ließ sich Zeit mit der Antwort. »Ja. Und nein. Und vielleicht ist es nicht von Bedeutung, junger Herr.« Kethol schüttelte bedächtig den Kopf, während er mit den Fingern in seinem Bart wühlte. »Ja, weil er der ist, der er ist. Der schnellste Mann mit der Waffe, den ich je gesehen habe. Ganz egal mit welcher Waffe – Schwert, Stock, bloße Hände, alles. Vielleicht gab es hier oder da einen besseren Fechter, vielleicht war irgendwo irgend jemand ein besserer Stockfechter, aber Euer Vater war ... war ein Zauberer mit allem.

Also sage ich: ja, er lebt, weil er ein ausgezeichneter Kämpfer ist und weil das Kaiserreich von jemandem zusammengehalten werden muß, der weiß, was er tut, und ich bin nicht sicher, daß Ihr es wißt, noch nicht.« Die Art, wie er Jason betrachtete, war weder freundlich noch feindselig, nur abschätzend. »Nein, das stimmt nicht. Ich bin sicher, daß Ihr dieser Aufgabe nicht gewachsen seid, vorläufig nicht. Ihr wißt nicht, wann Ihr nachgeben müßt und wann fest bleiben – anders als Euer Vater. Ihr könnt auch nicht beurteilen, wann es geraten ist, direkt vorzugehen und wann es besser ist, Umwege zu machen – genau wie Euer Vater. Doch er besaß die Willenskraft und die körperliche Stärke, um seinen direkten Weg durchzusetzen, und daran fehlt es Euch.

Deshalb will ich glauben, daß er lebt, denn wir brauchen ihn.« Kethol stützte sich auf die Ellenbogen und seufzte. »Doch eigentlich bin ich überzeugt, daß er tot ist, denn niemand kann eine Explosion überleben, wie Ihr und Tennetty sie beschrieben habt. Vielleicht kommt es auch nicht darauf an, weil ohnehin nichts von Bedeutung ist.«

Er kicherte, ein dünnes Lachen, das wie dürre Mauseknochen in seiner Kehle raschelte. »Nur einer Sache bin ich mir sicher, junger Kaiser in spe, und die ist, daß Ihr Euch entscheiden müßt, wer und was Ihr sein wollt. Wenn Euch daran gelegen ist, Kamerad unter Kameraden zu sein, dann erwartet besser nicht, daß wir Euch blindlings in die Schlacht folgen. Wenn Ihr Euch aber auf die Rolle des Herrschers vorbereitet, dann haltet Euch abseits.«

»Und wenn ich das nicht tue?«

»Nun, dann solltet Ihr darauf hoffen, daß Euer Vater tatsächlich noch unter den Lebenden weilt. Wie auch immer, in keinem Fall solltet Ihr die Nacht damit verbringen, einen einfachen Soldaten zu fragen, was uns am Ende des Weges erwartet.

Geh schlafen, Jason.«

Kapitel neunzehn

Klimos

Der Hasenfuß zittert vor einer Gefahr,
der Feigling während und der Mutige hernach.
Jean Paul

Slowotskis Gesetz Nr. 31: Fürchte dich in der Zeit;
in der Not wollen alle.
Walter Slowotski

Von Elleport bis Elevos nichts als Gerüchte, ihr Brutplatz waren die Märkte. Der Krieger hatte in Menelet zugeschlagen. Und war getötet worden. Oder war es auf Millipos gewesen?

Natürlich war er nicht getötet worden. Und nicht Millipos. Bursos. Nebenbei, hast du neulich das Ding am Himmel fliegen sehen? Hätte ein Drache sein können, aber ich bitte dich, was sollte ein Drache in Eren wollen?

Die Nachfrage nach Drachenbann stieg.

Der Krieger? Wen interessierte der Krieger, wenn etwas, wenn ein *Etwas* in Heshtos gewütet hatte und unter der Dorfbevölkerung ein Blutbad anrichtete, bevor es wieder im Meer verschwand? Der Dorfzauberer? Er war unter den Toten. Die überlebenden Dörfler hatten zwei Dutzend Kinder an die Gilde der Sklavenhändler verkauft, um einen Magier aus Pandathaway anwerben zu können. Sie versprachen ihm Kost und Logis vom Besten, wenn er zu ihnen kommen und sie beschützen wollte.

Der Krieger? Nein, nicht Heshtos. Er und seine zwölf Gefährten hatten Millipos überfallen oder war es Deddebos? Filaket bestimmt nicht, Salket vielleicht? Nein, es war nicht Salket, auch nicht Salkos. Bursos? Und es waren hundert Gefährten. Nein, zwei – noch ein Mensch und ein Zwerg. Ein Zwerg auf dem Meer? Sei nicht albern. Zwerge setzen unter keinen Umständen einen Fuß an Bord eines Schiffes – wenn einer von ihnen ins Wasser fällt, geht er unter wie ein Stein. Idiot.

Ein Agent der Gilde wohnte in dem einzigen Dorf auf der winzigen Insel, also ließen sie Tennetty an Bord der *Gazelle* zurück, während Kethol, Bren Adahan und Durine sich als Kopfgeldjäger ausgaben, die es auf den Krieger abgesehen hatten. Sie ließen den Vertreter der Gilde am Leben.

Von Elevos nach Millipos, und kurz vor Einbruch der Nacht erspähten Bothan Vers scharfe Augen eine Bewegung am Himmel, ein fliegendes Wesen, groß und schwarz. Doch es flog in westlicher Richtung und sie segelten nach Norden, die Sonne ging unter, und sie konnten nicht genau erkennen, um was es sich handelte.

Es war nicht Ellegon, das wußte Jason sicher. Es war nicht Ellegon.

Landgang auf Millipos und wieder nichts als Gerüchte. Ja, der Krieger hatte auf Klimos zugeschlagen, aber dann war er verschwunden. Zu viele Verfolger auf seiner Spur, also hatte er sich in Luft aufgelöst. Nein, nicht in Luft aufgelöst; er hatte die Niederlassung der Gilde dort überfallen, doch war der Angriff abgewehrt worden.

In Millipos gab es eine Taverne, die hauptsächlich von Seeleuten besucht wurde. Einige vertranken dort ihre Heuer, andere suchten Arbeit. Kethol und Bren Adahan bestellten etwas zu trinken und spitzten die Ohren.

Nichts Neues seit Klimos. Aber habt ihr schon gehört ...

An dem ersten mit Ellegon verabredeten Treffpunkt segelten sie vorüber. Es hätte drei Tage gedauert, Pefret anzulaufen, überdies hatten sie keinen Grund dazu. Bis zum nächsten Treffpunkt würden sie die Lösung des Rätsels gefunden haben, so oder so, hofften sie.

Nach Millipos legten sie auf Filaket an und erhielten auch dort keine brauchbaren Informationen.

Versucht es in Klimos. Er war dort, und seither hat man nichts mehr von ihm gehört. Doch er ist nicht verschwunden; er tötet Sklavenhändler im Schlaf, und er hat zwei – nein zwölf, nein, zwanzig Gefährten.

Sklavenhändler, *hier*? Wo der Krieger sich herumtreibt und jeden Augenblick auftauchen kann, um jedem die Haut abzuziehen, der auch nur entfernt aussieht wie einer von der Gilde? Seid ihr verrückt? Nun, ja, es war ein Gildemann hier, aber seht euch doch die Kornspeicher an – wir haben zu essen. Für was haltet ihr uns, daß ihr glaubt, wir würden unsere Kinder verkaufen, wenn es nicht sein muß?

Der Rauchschleier am Horizont wurde größer und deutlicher, je mehr sie sich Klimos näherten. Die *Gazelle* lief mit hohem Bug dicht am Wind und krängte stark.

Während er an der Reling stand, spürte Jason eine bleierne Kälte in der Magengegend, als hätten sich Brot und Käse, die er kurz zuvor gegessen hatte, in Stein verwandelt.

»Also gut, Leute«, sagte Tennetty und klatschte Aufmerksamkeit heischend in die Hände, »genug herumgeschaut. Ich möchte, daß jede einzelne Schußwaffe geladen ist, jede Pulverpfanne gefüllt, jeder Hahn halb gespannt. Bren Adahan und Durine, ihr ladet eure Armbrüste; Kethol, du machst deinen Langbogen einsatzbereit.«

Bren Adahan schüttelte den Kopf. »Wir sind mindestens ...«

»Halt den Mund und tu, was ich dir sage«, unterbrach sie ihn. »Von euch allen hier habe ich die meiste Erfahrung im Führen eines Trupps Freischärler. Damit habe ich das Kommando über alles und jeden, Euch eingeschlossen, Baron Adahan.«

Jason merkte, daß alles auf ihn blickte.

Das ist gemein, dachte er. *Keiner kann von mir verlangen, daß ich ständig solche Entscheidungen treffe, nur weil ich meines Vaters Sohn bin.*

Und warum nicht? Warum spielte Tennetty Hansdampf, wenn sie noch gut und gerne eine Stunde von der Insel entfernt waren? Der Rauch am Himmel ließ Gefahr vermuten – aber warum die Dinge jetzt schon auf die Spitze treiben?

Nach kurzem Nachdenken kam er zu dem Schluß, daß jetzt der geeignete Moment war zu entscheiden, wer die Führung übernehmen sollte. Vielleicht war Tennetty keineswegs so verrückt wie alle glaubten.

Immer noch waren aller Augen auf ihn gerichtet.

Wie würde sein Vater gehandelt haben? Das war einfach zu beantworten: Karl Cullinane hätte Tennetty vertraut. Doch Karl Cullinane hätte sich auf Tennetty verlassen können. Jason schätzte Tennettys Sympathien für seine Person weitaus geringer ein.

Doch er konnte es immerhin versuchen. Er bemühte sich, gelassen zu sprechen. »Du hast das Kommando, Tennetty. Ihr alle, macht euch kampfbereit.«

»Nehmt Ölpflaster für die Kugeln«, fügte Tennetty hinzu. »Vielleicht braucht ihr eure Spucke noch anderweitig. Und, Durine«, sagte sie, zu dem großen Mann gewandt, »nimm die Rundkugel für deine Trompete.«

»Ist es schlimm, wenn ich ein bißchen mehr Pulver nehme?« erkundigte sich Durine, indem er die abgesägte Schrotflinte an der Reling festschnürte und sich das zweite Gewehr mit dem glatten Lauf vornahm.

»Es ist dein Gesicht, das du in Gefahr bringst.«

»Wäre nicht schade drum.« Durine schüttete eine großzügig bemessene Ladung in die Mündung, schob einen dicken Pfropfen hinterher, nahm eine gefettete Kugel von beinahe Daumengröße aus dem Beutel und rammte sie in den Lauf.

Jason schnallte das zweite Pistolenhalfter stramm um die Hüften, holte dann den zweiten Revolver aus der Bettrolle, überprüfte die Trommel, schob ihn in das Schulterhalfter und sicherte ihn mit einer Schlaufe.

Anschließend zog er die Verschnürung aus dem Vorderteil seines Hemdes, so daß es bis zur Taille offenstand und band sich den Riemen um die Stirn, teils, weil er ihn irgendwo unterbringen mußte und nicht verlieren wollte, teils, weil ihm so die Haare nicht in die Augen fallen konnten. Er hatte einen Haarschnitt nötig, doch jetzt war nicht die Zeit dafür. Bren Adahan war bereits dabei, sein Gewehr zu reinigen und zu laden, Jason folgte seinem Beispiel und nahm befriedigt zur Kenntnis, daß seine Finger das Putzzeug flinker handhabten als die des Barons. Wenigstens etwas, worin er dem Baron überlegen war.

»Das stammt nicht von einem Kriegsschiff«, meinte Thivar Anjer, der die Rauchfahne beobachtete. »Viel eher sieht es aus, als ob am Ufer etwas vorgefallen wäre.«

Bren Adahan hatte das Zündpulver auf die Pfanne geschüttet und drückte mit einem scharfen Klicken den Schnappdeckel herunter. »Du bist doch schon in dieser Gegend gewesen«, bemerkte er zu Thivar Anjer.

»Ja, ja, natürlich, aber …«

»Was glaubst du denn, woher der Rauch stammen könnte?«

»Es gibt verdammt keinen Zweifel daran, woher der Rauch kommt – es ist Lehots Dorf, auf der Leeseite der Insel, und es brennt. Sieht aus, als wäre euer Karl Cullinane wieder am Werk gewesen.«

Tennetty prustete mißbilligend. »Sobald irgendwo in Eren ein Teller vom Tisch fällt, war es Karls Schuld, wie? Außerdem wissen wir, daß er hier war, daß er vor einigen Zehntagen auf Klimos ein paar Sklavenhändler getötet hat – meinst du, er ist dumm genug, hierher zurückzukehren?«

Jane öffnete den Mund und schloß ihn wieder. Jason kauerte sich neben ihr auf die Planken.

»Was ist?« fragte er. Während sie sprachen,

beschäftigten sich seine Hände weiterhin mit dem Gewehr: die Kugel in das Pflaster rollen, mit dem Kugelstarter das Pflaster andrücken, den Kugelstarter in den Gürtel schieben, das Pflaster passend schneiden, Messer wegstecken, Kugelstarter aus dem Gürtel ziehen, die Kugel auf die Mündung setzen, den Kugelstarter in den Gürtel schieben, den Ladestock unter dem Lauf herausziehen um die Kugel festzustoßen, den Ladestock zurückschieben, die Flasche mit dem feinen Zündpulver aus dem Beutel holen, ein Maß in die Pfanne füllen, den Deckel nach unten kippen.

Sie schüttelte den Kopf. »Tennetty hat recht, aber aus den falschen Gründen«, flüsterte sie. »Ich glaube schon, daß dein Vater es für eine glänzende Idee halten würde, zweimal an derselben Stelle zuzuschlagen. Doch *mein* Vater ist zu schlau für so was. Die Sklavenhändler müssen die Möglichkeit ohnehin in Betracht ziehen. Das bedeutet, daß sie alle Orte unter Beobachtung halten werden, wo die drei sich haben blicken lassen – und mein Vater wird nicht zulassen, daß dein Vater ihnen genau in die Hände läuft.«

»Und?«

»Wenn es also stimmt, daß die drei hier einen Anschlag auf die Sklavenjäger verübt haben, dann sind auf keinen Fall sie für die Rauchsäule dahinten verantwortlich. Ich bin dafür, daß wir uns dünne machen«, sagte sie abschließend. »Die Sache gefällt mir nicht.«

Bren Adahan deutete auf die graue Wolke am Himmel. »Wenn du uns von Luv an die Insel herumbringst, dann die Landzunge umsegelst und im rechten Winkel die Rauchfahne ansteuerst, ist es dann möglich, schnell die Flucht zu ergreifen, falls es nötig sein sollte?«

Thivar Anjer spitzte nachdenklich die Lippen. »Es wäre in jedem Fall besser, den Punkt geradewegs anzusteuern; ich kann bestimmt zwei bis drei Strich dichter am Wind segeln als ein Kriegsschiff, wenn es darauf ankommt. Doch ich habe nicht die Absicht, mein Leben und mein Schiff darauf zu verwetten.«

Bothan Ver holte mit penibler Genauigkeit das Hauptsegel ein, als machten ein oder zwei Daumenbreiten mehr oder weniger Tuch einen Unterschied.

Bren Adahan befeuchtete sich die Lippen. »Wir müssen nachschauen. Es ist die beste Gelegenheit, etwas über Karl Cullinane herauszufinden.«

»Ah, Gelegenheit«, knurrte Thivar Anjer. »Und was schlägst du vor, falls sich herausstellt, daß diese Gelegenheit aus einem dreimastigen Sklavenhändler-Schiff besteht?«

»Mach dir keine Sorgen deswegen«, beruhigte ihn Jason. »Ein Kriegsschiff kann uns nicht einholen, schon gar nicht mit beschädigten Segeln. Jane, würdest du ein paar von den Signalraketen holen und den Abschußstab?«

»Klar.« Sie lächelte. »Du fängst an zu denken wie ein Slowotski, und das gefällt mir.« Nach wenigen Augenblicken kam sie mit zwei von den schlanken, mit kleinen Stabilisatoren versehenen Zylindern zurück sowie der zum Abfeuern benötigten Führungsstange.

»Der Stab wird eigentlich in den Boden gesteckt«, erklärte sie, »aber wir können ihn ebensogut an die Reling binden und die Raketen auf ein mögliches Verfolgerschiff abfeuern. Wenn wir ihre Segel treffen – und wenn du dein Schiff zu steuern verstehst, dann *treffe* ich die Segel –, werden sie zu sehr von ihrem brennenden Schiff in Anspruch genommen sein, um uns Schwierigkeiten zu machen.«

Durine legte dem Kapitän die Hand auf die Schulter. »Außerdem«, gab er zu bedenken, »würde es Tennetty sehr unglücklich machen, wenn wir uns vor einer Gefahr verkriechen, die gar keine ist.«

Der Kapitän runzelte die Stirn. »Die Logik eurer Argumentation hat mich überzeugt.«

All die Vorbereitungen für Angriff oder Flucht erwiesen sich als vollkommen überflüssig, wie sich herausstellte, als sie die Insel umrundeten. Es gab keine Flotte, die es zu bekämpfen oder der es auszuweichen galt, nur schätzungsweise zwölf kleine Boote von höchstens zwei Dritteln der Länge der *Gazelle* – Fischerboote, mit denen man sich auch zu einer der nähergelegenen Inseln wagen konnte, die aber nicht für die offene See taugten.

Doch irgend etwas war geschehen.

Zwei der Boote waren gekentert, ein weiteres lag mit gesplittertem Mast auf dem sandigen Ufer. Ein Stück weiter den Strand hinauf qualmten die Ruinen von Hütten und Schuppen; schwarzverkohlte Pfosten bezeichneten die Stelle, wo sich die Angelestege befunden hatten. Schwarzer Rauch hing immer noch über den Bäumen und verdeckte beinahe den Pfad, der vom Wasser heraufführte.

Thivar Anjer sprach als erster. »Wir sollten uns davonmachen. Wer immer das hier angerichtet hat, ist gefährlich.«

»Kannst du mit einer anderen Spur aufwarten, die uns zu Karl Cullinane führt?« erkundigte sich Jane Slowotski mit sanfter Stimme.

»Willst du damit sagen, du findest, daß wir dieser Sache nachgehen sollten?« fragte Jason. »Ich dachte, du wolltest dir einen Besuch auf dieser Insel überhaupt ersparen.«

»Gibt es ein Gesetz, das mir verbietet, meine Meinung zu ändern?« Sie zuckte die Schultern. »Entweder unternehmen wir jetzt gleich etwas oder überhaupt nicht. Ich lege keinen Wert darauf, dem Verursacher dieses Trümmerfeldes in der Nacht zu begegnen.«

»Die Pier ist abgebrannt«, protestierte der Kapitän. »Ich lasse mein Schiff keinesfalls am Strand auflaufen.«

»Das Ruderboot da draußen sieht noch ziemlich brauchbar aus«, meinte Tennetty und ließ das Fahrzeug nicht aus den Augen, während sie aus den Kleidern schlüpfte, sich das Messer um die Taille gürtete und das Haar im Nacken zusammenband.

Ihr nackter Körper hatte überhaupt nichts Verführerisches an sich, er bestand aus nichts als Muskeln, Haut und Narben. »Ich werde es holen. Jason, gib mir Deckung.« Sie schwang sich über die Reling, glitt mit den Füßen voran ins Wasser und schwamm mit raschen, sicheren Stößen auf das Ruderboot zu.

Er hatte das Gefühl, etwas zu dem Unternehmen beitragen zu müssen. »Durine, du behältst die Wasseroberfläche im Auge. Wenn sich in ihrer Nähe etwas bewegt, dann schieß.« Beinahe konnte er Ellegon in seinem Kopf hören, wie er sagte: »Aber klar. Ohne deinen gütigen Hinweis hätte er wahrscheinlich nur *Buh* gerufen.«

Doch es mußte noch etwas geben, womit er seine Autorität unter Beweis stellen konnte. Er griff an sein Schulterhalfter und zog die Pistole. Sie ermöglichte eine schnellere Schußfolge als jede andere Waffe, die ihnen zur Verfügung stand, doch Kethols Langbogen war keine schlechte Zusatzversicherung. »Kethol, du hältst deinen Bogen einsatzbereit.«

»Ein guter Einfall, junger Herr.« Mit einem Lächeln stellte Kethol sein Gewehr auf die Decksplanken und schnürte den Lauf mit einem Schupfknoten an der Reling fest. »Ich habe schon mit Pfeil und Bogen gefischt. Man muß nur daran denken, daß Gegenstände unter Wasser näher zu sein scheinen als sie sind.«

Er lockerte mit einigen rollenden Bewegungen die Schultermuskeln, dann legte er einen Pfeil auf und zog prüfend die Sehne zurück, wobei er den gefiederten Schaft locker zwischen den Fingerknöcheln hielt. Nachdem er kurz ein Übungsziel anvisiert hatte, entspannte er behutsam die Sehne.

»Ich bin bereit«, sagte er.

Was noch? Er versuchte, sich noch etwas auszudenken, womit er alle – besonders sich selbst – überzeugen konnte, daß er auch mit schwierigen Situationen fertig wurde.

Doch nichts geschah, während Tennetty zum Ufer schwamm, vier Ruder einsammelte, die auf den Felsen und dem Strand verstreut lagen und sie in das flache Boot warf, bevor sie sich selbst hineinschwang und zur *Gazelle* zurückpaddelte.

Das Boot war groß genug für sechs Leute, auch mit voller Bewaffnung. Während er es dicht an die Bordwand der *Gazelle* heranzog und vertäute, beschloß Jason, daß es seine Aufgabe war, als erster einzusteigen.

»Auf geht's«, sagte er. »Mir nach.«

»Nichts da«, widersprach Tennetty, die sich bereits wieder halb angezogen hatte. Das nasse Haar klebte schwarzen Ranken gleich in ihrem Gesicht. »Wir setzen in zwei Gruppen über. Erst richten Durine, der Baron und ich am Ufer eine Verteidigungsstellung ein, dann komme ich zurück, um dich, Jane und Bothan Ver zu holen.« Sie wischte sich mit dem Arm unter der Nase hindurch. »Kethol und der Kapitän bleiben ...«

»Ihr habt Euer *Wort* gegeben!« zischte Thivar Anjer. »Ich werde Bothan Ver nicht an Land gehen lassen, und auch ich selbst komme nicht mit euch.«

Der Kapitän hatte recht. Jason hatte sein Wort gegeben, und das Wort eines Cullinane galt. »Nein, Tennetty, sie bleiben an Bord.«

Tennetty schüttelte so heftig den Kopf, daß Wassertropfen nach allen Seiten spritzten. »Das war, bevor wir ...«

»Nein«, wiederholte er und versuchte, in dem Tonfall seines Vaters zu sprechen. »Nein, Tennetty.« Seinem Vater würde sie gehorcht haben, also bemühte er sich um Karl Cullinanes Befehlsstimme und betonte sorgfältig jedes Wort: »Sie bleiben an Bord.«

»Scheiße.« Sie spuckte auf die Planken. »Wir haben keine Zeit zum Streiten. Kethol, du hältst Wache. Hüte dich, irgend etwas zu essen oder zu trinken. Wenn es Ärger gibt, laß eine der Raketen aufsteigen und mach dich davon. Zünde auch noch die zweite, wenn du willst, daß wir uns irgendwo treffen.«

»Verstanden, Tennetty.« Der rothaarige Mann grinste mit blitzenden Zähnen. »Obwohl man glauben könnte, wir hätten kein Vertrauen zu unseren neuen Freunden hier.«

»Wenn ich euch was sagen darf?« Jane Slowotski hob die Hand. »Wenn jemand zurückbleiben muß, würde es mir nichts ausmachen, diejenige zu sein. Ich bin wirklich sehr begabt im Abfeuern von Signalraketen, und mein Vater hat mich gelehrt, daß wir Slowotskis es nach Möglichkeit vermeiden, unsere Nasen in die Nähe der Axt zu stecken. Obwohl ich zu der Ansicht auch von alleine gekommen wäre«, fügte sie hinzu.

Durine und Bren Adahan lächelten bei ihren Worten.

Tennetty stieß die Luft durch die Zähne. »Mir ist nicht entgangen, wie diese beiden Unschuldslämmer dich mit den Augen verschlingen, und ich möchte dich Karl als eine der wenigen Frauen aus unserem Bekanntenkreis vorstellen können, die nicht vergewaltigt worden sind. Es wird so gemacht, wie ich es gesagt habe.«

Wachsam und mit angespannten Nerven gingen sie an Land, doch nichts geschah. Das Boot zogen sie hinter sich aus dem Wasser, damit es nicht abgetrieben wurde.

Nichts regte sich um sie herum. Es war still. Das leise Plätschern der Wellen am Strand und das Knistern der glosenden Balken verdichteten das Schweigen noch, statt es zu durchbrechen.

»Seid schön leise, Freunde«, flüsterte Tennetty. »Sehen wir uns mal um.«

Es gab nur einen deutlich erkennbaren Pfad am Ufer: Ein breiter Fußweg führte in den Wald hinauf.

Auf Tennettys knappes Handzeichen schwärmten sie aus. Sie selbst übernahm die Führung, Durine auf der rechten Seite des Weges hinter sich, Bren Adahan links. Der Baron trug sein Gewehr über der

Schulter und einen gegabelten Fischspeer in der Hand.

Zwar hatten sie alle eine oder zwei Pistolen zusätzlich eingesteckt, aber Durine war buchstäblich bis an die Zähne bewaffnet: Links am Gürtel hing sein schwerer Säbel, die gewaltige Schrotflinte mit dem glatten Lauf trug er schußbereit in den Händen, ein kurzläufiges Gewehr über der linken Schulter, den Rucksack über der rechten. Aus dem Stiefelschaft ragte der hölzerne Kolben einer Steinschloßpistole, zwei weitere staken in Schlaufen rechts an seinem Gürtel, so daß er ungehindert nach dem Säbel auf der linken Seite greifen konnte.

Jane Slowotski, die von allen am leichtesten bewaffnet war, ging in der Mitte. Sie hatte nur eine Steinschloßflinte und eine Pistole mitgenommen. Jason, der seine neuen Revolver noch nicht zeigen wollte, bildete mit einer geladenen und gespannten Steinschloßpistole die Nachhut.

Der Wind drehte und trug neben dem beißenden Rauch auch ferne Geräusche in ihre Richtung: das Knistern des Feuers und ein gedämpftes Brüllen, das Jason Rätsel aufgab.

Vor ihnen wurde der Wald lichter. »Wahrscheinlich ein Dorf«, erklärte Tennetty, nachdem alle herangekommen waren. »In diesem Teil der Welt schützen die Leute sich mit einem Baumgürtel vor den Stürmen von der Wasserseite her. Es gab ...«

Ein ferner Schrei schnitt ihr das Wort ab. Es war ein schrilles Heulen voller Qual und Todesangst.

»Immer mit der Ruhe, Leute«, mahnte Tennetty. »Immer mit der Ruhe.«

Sie schlichen um die Biegung.

Wo die Bäume sich lichteten, hatte ein Dorf gestanden. Jetzt gab es dort nur noch ein glimmendes, rauchendes Trümmerfeld. Einige der Holzhütten waren von einer unbekannten Gewalt zum Einsturz gebracht worden, dadurch hatten vermutlich die Herdfeuer Nahrung gefunden und schließlich war durch Funkenflug das gesamte Dorf in Brand geraten.

Ein weiterer markerschütternder Schrei ertönte, dazu hörte man rufende Stimmen von einer nicht allzu weit entfernten Stelle vor ihnen.

»Langsam, langsam«, wisperte Tennetty, während sie um eines der wenigen noch stehenden Häuser bogen, und »O verdammt«, entfuhr es ihr beim Anblick dessen, was sich vor ihnen abspielte.

Der freie Platz, an dessen Rand sie standen, war eindeutig der Mittelpunkt der Siedlung gewesen, wo die Einwohner sich trafen, um zu schwatzen und ihre Waren feilzubieten. Auch jetzt hatten sie sich dort eingefunden; hundert Männer, Frauen und Kinder standen dicht zusammengedrängt in der Mitte der freien Fläche.

Bis auf einen: Ein kleiner, weißhaariger Mann in grauen, abgetragenen Gewändern hatte sich zwischen die Menschen und das Ungeheuer gestellt. Sein linker Arm hing blutig und kraftlos herab, doch die rechte Hand war ausgestreckt, wie um die Mauer aus Licht zu stützen, die zwischen ihm und dem grauenerregenden Wesen loderte.

Das Licht und die daraus hervorzuckenden Blitze hielten das Geschöpf in Schach, und doch schnellte es gerade eben wieder aus seiner kauernden Haltung empor, um sich auf den Magier zu stürzen, nur um erneut zurückgestoßen zu werden.

Es war eine gewaltige Kreatur, deren kurzem

schwarzen Pelz das Sonnenlicht einen düsteren Glanz verlieh. Sie war mindestens doppelt so groß wie ein Pferd, mit einem dreieckigen Schädel, der entfernt an einen Wolf erinnerte.

Die überrumpelten Bewohner der kleinen Küstensiedlung mußten sich trotz ihres Schreckens tapfer zur Wehr gesetzt haben, denn das Geschöpf war mehrfach verwundet. Ein Dutzend Pfeile steckten in Schultern und Flanken wie vergessene Federn in der Haut einer gerupften Gans. Blut und Schmutz verklebten das Fell um eine offene Wunde am rechten Vorderlauf; ein besonders kräftiger Hieb hatte die offenbar sehr widerstandsfähige Haut der Bestie durchschnitten.

Wieder stürzte sich das mächtige Geschöpf auf den gebrechlich wirkenden Gegner, wieder flammten ihm Lichtschein und Blitze entgegen und warfen es zurück.

Zusammengekauert kreischte es seinen Zorn hinaus, während es Kräfte für einen nächsten Angriff sammelte.

Vielleicht stolperte er, vielleicht geriet er in Panik, doch einer der Dörfler löste sich aus der Menge und begann zu laufen, bevor ihm zu Bewußtsein kam, daß er allein und schutzlos dem Ungeheuer ausgeliefert war.

Mit einem Sprung hatte das Untier den fliehenden Mann erreicht, drückte ihn mit einer Tatze auf den Boden, neigte knurrend den Schädel, packte sein Opfer mit den Zähnen und schüttelte es wie ein Hund eine Ratte, bevor es den schlaffen Körper in die Luft schleuderte. Dann wandte es seine Aufmerksamkeit wieder dem Magier zu.

Schreie und Wehklagen ertönten aus der Menge

und vermischten sich mit dem grollenden Knurren des Untiers, das wieder vergeblich versuchte, die Mauer aus Licht und Feuer zu durchbrechen.

Dennoch, mit jedem Blitz, jedem Aufleuchten schien die flimmernde Helligkeit matter zu werden, als nähme ihre Macht mit jedem Ansprung des Tieres weiter ab.

Etwas wie dieses Ungeheuer hatte Jason nie zuvor gesehen, doch er erinnerte sich an Gerüchte über merkwürdige Geschöpfe, die angeblich aus dem Feenland nach Eren vordrangen. Ob auch dieses Wesen, was immer es sein mochte, aus dem Feenland stammte?

Darauf kam es nicht an. Er konnte nicht zulassen, daß es die Bevölkerung eines ganzen Dorfes ausrottete. Er spannte den Hahn und hob das Gewehr an die Schulter.

»*Nein*«,zischte Tennelly, »das ist nicht unser Kampf.«

»*Doch*«, gab er gleichfalls zischend zur Antwort. »Würde mein Vater sich einfach umdrehen und gehen?«

»Du bist nicht ... Oh, Scheiße«, sagte sie. »Diese vermaledeiten Cullinanes hören niemals zu.« In einer einzigen fließenden Bewegung hatte sie das Gewehr an die Schulter gehoben und abgedrückt.

Vielleicht traf die Kugel, doch Jason sah nur, daß die Kreatur aus ihrer aufgerichteten Haltung auf alle viere niederfiel und den Kopf der neuen Bedrohung zuwandte.

Er richtete die Mündung auf die Kehle des Ungeheuers und zielte sorgfältig. Ein Kopfschuß war nicht sicher genug; wenn die Kugel im falschen Winkel auftraf, prallte sie am Schädelknochen ab.

Doch wenn es gelang, eine der Arterien zu treffen, die das Gehirn mit Blut versorgten, oder die Luftröhre …

Rechts von ihm krachte ein Schuß, dann links.

Eine der Kugeln ging fehl, doch die andere verursachte eine blutige Wunde über dem rechten Auge der Kreatur, die sich mit einem kreischenden Schmerzenslaut und weit aufgerissenem Rachen zu der Stelle umdrehte, von der das Geräusch und der Schmerz gekommen waren.

Die Kugel hatte eine Furche über die Schädeldecke gezogen, aber das Geschöpf war nicht ernsthaft verletzt. Mit einem Satz überwand es die Hälfte der Entfernung, die es von Jason trennte und stemmte die Hintertatzen zu dem todbringenden Ansprung in den Boden.

In dem Augenblick, da es sich in die Luft schnellte, entlud sich Durines Riesenflinte mit einem ohrenbetäubenden Knall und einer pechschwarzen Wolke aus Pulverqualm. Die daumengroße Rundkugel zerschmetterte das rechte Auge des Ungeheuers und steigerte seine Raserei ins Unermeßliche. Es stürzte nur wenige Meter vor Tennetty zu Boden, die ruhig eine ihrer Pistolen abfeuerte, nur um von einer riesigen Tatze beiseite geschleudert zu werden, als sie eben die zweite Pistole aus dem Gürtel ziehen wollte. Sie wirbelte durch die Luft und landete mit einem dumpfen Aufprall auf dem steinigen Boden, wo sie reglos und verrenkt liegenblieb wie eine achtlos weggeworfene Puppe.

Bren Adahan, der seine Pistolen abgefeuert hatte und dessen Fischspeer verbogen auf der Erde lag, hielt das Schwert mit beiden Händen gepackt, als könnte diese armselige Nadel aus Stahl etwas gegen die Fäne und Klauen des Alptraumwesens ausrichten. Er wurde zur Seite geschleudert wie Tennetty, und nur ein irgendwo links von Jason abgefeuerter Schuß, der den Leib des Ungeheuers traf, bewahrte ihn davor, in Stücke gerissen zu werden.

Jetzt liegt es bei mir, dachte Jason.

Er fühlte sich wie damals in Melawei. Als es galt, Ahrmin zu töten, hatte er nicht versagt, und er würde auch jetzt nicht versagen. Nicht, wenn alles von ihm abhing.

Er legte auf die Kehle des Untiers an, als es den Kopf hob, um ihn anzufauchen, dann betätigte er langsam, konzentriert den Abzugsbügel.

Das gesunde Auge der schwarzen Bestie funkelte bösartig, als der massige Leib sich zum Sprung krümmte.

Der Hammer schlug funkensprühend auf den Schnappdeckel der Pfanne, der Kolben stieß hart gegen seine Schulter und ein Flammenstoß aus der Mündung riß Blut und Fleisch aus dem Hals des Tieres.

Doch es wurde nicht langsamer, blieb nicht stehen, fiel nicht zu Boden und starb, wie er gehofft hatte.

Jason ließ das Gewehr fallen und schnappte nach der Pistole in seinem Gürtelhalfter.

»Manchmal«, hatte Valeran ihm vor langer Zeit erzählt, mit schwerer Zunge und glasigen Augen, »wenn die ganze Welt um dich herum in die Brüche geht, kriegt die Zeit einen komischen Schluckauf. Erstarrt einfach wie Eis, und man kommt sich vor, als wäre dem Augenblick, in dem man sich grade befindet, die Rückwand herausgefallen. Lach nicht,

Junge. Daran ist nichts Spaßiges.« Der kampferprobte alte Krieger lehnte sich zurück und nahm noch einen tüchtigen Zug aus der Flasche. »Das Dumme dabei ist, auch du bist erstarrt, wie ein Fisch in einer gefrorenen Pfütze. Also hast du keinen Nutzen davon. Keinen einen verfluchten Nutzen.«

Die Gewehrkugel vermochte das Ungeheuer nicht aufzuhalten, es sprang auf ihn los. Jason nahm alles in sich auf, die Bilder, Geräusche und Gerüche: den Holzrauch in der Luft, die beißende Ausdünstung des Tieres, die Schreie der Dorfbewohner, Janes schrille Rufe hinter ihm, das Krachen von zwei Pistolen und das aufgerissene, blutende Fleisch am Rumpf des Geschöpfes, den borstigen Pelz um seine Schnauze und die geifernden, lederartigen Lefzen.

Auch die Wahrnehmungen aus den Augenwinkeln waren kristallklar, und das Licht stieg ihm zu Kopf wie goldener Wein. Umhüllt von diesem zauberischen Glanz, stand Bren Adahan wieder auf den Beinen, Blut strömte aus Mund und Nase, und entgegen aller Regeln der Fechtkunst hielt er das Schwert hoch über dem Kopf, als wolle er es im nächsten Augenblick auf den übermächtigen Gegner niedersausen lassen.

Durine hatte den Gewehrkolben gegen die Schulter gestemmt, er hatte vor angespannter Konzentration die Stirn gerunzelt und die Unterlippe zwischen die Zähne gezogen.

Jason stemmte sich gegen die erstarrte Zeit, zwang seine steife Hand, sich zu heben und krümmte den Finger um den Abzug, ein einziges Mal.

Feuer und Rauch strichen sengend über eine Ohrspitze des Ungeheuers, das war alles.

Und dann spaltete ein Blitz die zähe Stille, und die Welt stürzte auf ihn hernieder.

Er konnte nicht sagen, ob er bewußtlos gewesen war, aber die Welt war ein schwarzer Abgrund der Qual. Trotzdem versuchte er zu atmen, doch das schwarze Gewicht drückte ihn auf den Boden, blendete ihn mit stinkendem Fell und preßte den harten Klumpen der Pistole im Schulterhalfter wie eine stählerne Faust gegen seine Brust.

In seinem Mund schmeckte er Blut und Sand. Er zwang einen würgenden Atemzug in seine Lungen und spürte die malmende Erwiderung gebrochener Rippen in seinem Leib.

Aus weiter Ferne drangen die Stimmen der Freunde an sein Ohr.

»Los doch, schneller, zieht das Mistvieh von ihm herunter«, sagte Tennetty. »Du – nimm den Speer da als Hebel. Ihr alle – schiebt.«

Ein einzelner Schuß krachte, und Jane Slowotskis klarer Alt durchdrang den Lärm und den Schmerz. »Tut, was sie sagt – bitte«, flehte sie.

Die Last verminderte sich ein wenig, und er fühlte, wie kräftige Hände seine Knöchel packten. Als an seinem linken Bein gezogen wurde, preßte ihm der Schmerz einen Schrei zwischen den zusammengebissenen Zähnen hindurch, doch man zerrte ihn weiter über den steinigen Boden. Knochen mahlten in seinem Kniegelenk.

Er rang nach Atem, doch ein dicker Pfropfen schien in seinem Hals zu stecken.

Irgend jemand zwang ihm den Hals einer Flasche zwischen die Lippen. Das Glas stieß knirschend gegen seine Zähne.

Der aufdringlich süße Geschmack des Heiltranks spülte den Blutgeschmack aus seinem Mund und verlieh ihm soviel Kraft, daß er zu schlucken vermochte. Noch während die Flüssigkeit seinen Hals und seine Brust wärmte, geschah wieder einmal das vertraute Wunder der Heilung.

Eine seiner Rippen war zerschmettert, an mindestens sechs Stellen gebrochen, und Knochensplitter stachen bei jedem Atemzug in sein Fleisch. Aus den Splittern wurden Stücke, und die Stücke fügten sich mit einem merkwürdig perlenden Geräusch zusammen.

Er vermochte wieder zu atmen, und die Luft, obwohl sie nach Blut und Erde und Dreck schmeckte, kam ihm süßer und köstlicher vor als die herrlichste Blätterteigpastete.

Er hob die rechte Hand vor die Augen, und ein tiefer Schnitt quer über die Handfläche schloß sich, die zerfetzten Wundränder verschmolzen miteinander, bis aus dem Schnitt ein roter Strich geworden war, der sich rosa färbte und verschwand. Die aufgebrochene Gelenkkapsel in seinem rechten Knie wuchs zusammen, Blutgefäße befreiten sich von Sehnen und eingedrungenen Knochenstücken, zerstörte Nerven verbanden sich neu, während gerissene Muskeln, Sehnen und angesplitterte Knochen verheilten, als wären sie nie beschädigt gewesen.

Dutzende von Dorfbewohnern umstanden ihn und den Berg aus Fell und Fleisch, unter dem man ihn hervorgezogen hatte. Aus den Augenwinkeln konnte er Jane Slowotski und Bren Adahan sehen; sie stand hochmütig abseits, eine Hand in die Hüfte gestützt, in der anderen die Pistole, während Bren Adahan an dem massigen Leib der toten Bestie lehnte und eine Flasche mit Heiltrank an die Lippen setzte.

»Durine ...« Die Anstrengung war so groß, als hätte er laut gerufen, doch er hörte nur ein dünnes Krächzen. Der von den Tränken ausgelöste Heilungsprozeß kam einem Wunder gleich, doch er zehrte an den Kräften.

Der große Mann kniete neben ihm nieder. »Ich bin hier, junger Herr«, erwiderte er. Tennetty stand neben Durine; ihre linke Gesichtshälfte war mit Blut bedeckt.

»Ten? Bist du ...?«

Die Maske aus Blut und Schmutz verzog sich zu einem Lächeln. »Mir haben sie zuerst von dem Heiltrank gegeben. Ich bin in Ordnung.«

»Es geht ihr gut«, bestätigte Durine. »Alles ist gut, junger Herr.«

»Deine Kugel?«

Durine nickte, stellte den Gewehrkolben auf den Boden, umfaßte den Lauf mit beiden Händen und lehnte sich dagegen. »Der beste Schuß, der mir je gelungen ist. Hat akkurat die Wirbelsäule zerschmettert und das Vieh auf der Stelle getötet.«

»Der glücklichste Schuß, der dir je gelungen ist«, wurde er von Tennetty verbessert. »Oder hast du wirklich genau zwischen die Wirbel gezielt?«

Ein Gefühl neu erwachter Kraft summte in Jasons Kopf wie hochprozentiger Whiskey; er rollte sich auf die Knie und wehrte die hilfreichen Hände ab, die sich ihm entgegenstreckten.

Mit großer Mühe gelang es ihm aufzustehen, doch seine eben erst geheilten Beine vermochten ihn nicht zu tragen, und wenn Durine ihn nicht gehalten hätte, wäre er gestürzt.

»Wer …?« versuchte er zu fragen, doch er brachte die Worte nicht heraus. »Geht es den anderen auch gut?«

»Es geht uns allen ausgezeichnet«, beruhigte ihn Durine.

Jason hatte versagt, seine Gefährten aber nicht. »Bren?«

Der Baron war augenblicklich an seiner Seite. Er grinste breit, obwohl sein Hemd mit Blutflecken übersät war und er sich mit dem feuchten Tuch, das einer der Dorfbewohner besorgt hatte, den zähen Schorf der frisch verheilten Wunden aus dem Gesicht wischte.

»Wir sind alle am Leben«, meinte er mit gelassenem Triumph in der Stimme.

Jason schaute in die lächelnden Gesichter der Dörfler, die sich um seine kleine Gruppe versammelt hatten. Alle Altersgruppen waren vertreten, vom Säugling bis zu dem greisen Magier, der sich abseits hielt und sie beobachtete.

Jason fühlte ein Zupfen an seinem Hemd. Ein barfüßiges, braunhaariges kleines Mädchen in einem zerrissenen Kleid aus Sackleinen hielt in der einen Hand seine Pistole und zog mit der anderen an seinem Hemd.

»Ist das deins?« fragte sie. »Herr?«

Er nahm die Waffe, steckte sie in das Gürtelhalfter und klopfte einmal auf die zweite Pistole unter seine Achsel. »Ja, die gehört mir.«

Sie lächelte zu ihm hinauf, legte die Arme um seine Hüften, drückte ihn schnell und verschwand.

Irgend etwas schnürte ihm die Kehle zu, er vermochte kein Wort herauszubringen.

Tennetty kicherte beißend. »Sehr hübsch, sehr

hübsch. Aber lohnt es sich, dafür das Leben aufs Spiel zu setzen?«

»Sei still.«

Einige der Dorfbewohner hatten die verstreuten Waffen eingesammelt und nicht weit von dem toten Ungeheuer entfernt aufgestapelt. Was die Dorfbewohner eben noch in Angst und Schrecken versetzt hatte, war jetzt nur noch ein Klumpen Fell und Fleisch.

Zwei Jungen, der eine vielleicht zehn Jahre alt, der andere schätzungsweise ein oder zwei Jahre älter, machten sich an dem Kadaver zu schaffen. Der jüngere stieß mit einem kurzen Holzstock nach dem leblosen Körper, der ältere hatte sich den Knauf eines zerbrochenen Schwertes angeeignet.

Bren Adahans Schwerthülle war leer. Jason zog seine eigene Klinge und schlug sie mit der flachen Seite gegen sein jetzt wieder stabiles Knie. Der Stahl tönte leise.

»Nimm meins solange«, sagte er und reichte das Schwert mit dem Griff voraus dem Baron, der es entgegennahm, knapp salutierte und dann in die leere Scheide an seinem Gürtel gleiten ließ. Es war nicht unbedingt eine ideale Lösung, denn der von Bren Adahan bevorzugte Säbel war länger und schwerer als Jasons Klinge.

Der graugewandete Magier, der sich nicht zu den übrigen Dorfbewohnern gesellt hatte, musterte Jason und seine Begleiter mit Augen, die nie zu blinzeln schienen. »Ich bin Dava Natye«, sagte er langsam. »Wir sind in eurer Schuld.«

Tennetty knurrte. »Darauf kannst du wetten.« Sie deutete auf den Kadaver. »Was war das?«

Der Magier schüttelte den Kopf. »Ich weiß es nicht.

Kaufleute berichteten von merkwürdigen Wesen aus dem Feenland. Der Krieger sprach von ...«

»Der Krieger?« unterbrach ihn Jason. »Er war hier?«

»Vor zwei Zehntagen«, bestätigte der Magier.

»Beschreib ihn«, zischte Tennetty.

Wieder schüttelte der Magier den Kopf. »Ich habe ihn nur für einen kurzen Moment gesehen, als Silhouette vor der brennenden Hütte des Sklavenhändlers Nosinan. Ein hochgewachsener, breitschultriger Mann, mehr kann ich nicht sagen. Er befahl mir zu gehen, dies sei eine Sache zwischen ihm und der Gilde.

Er hinterließ eine Botschaft und dann war er verschwunden.« Der Magier breitete die Hände aus. »Sein Boot oder seine Gefährten habe ich nicht zu Gesicht bekommen. Aber sie waren hier, und jetzt sind sie fort.«

»Die Botschaft.« Tennetty trat einen Schritt vor, dann bezwang sie ihre Erregung. »Er hat uns eine Nachricht hinterlassen?«

»Sie war nicht für euch bestimmt, sondern für die Sklavenhändler. ›Sag ihnen‹, rief er mir zu, ›sag ihnen, daß der Krieger lebt und daß sie meiner Rache nicht entgehen werden.‹ Dann befahl er seinen Gefährten, die ich nicht sehen konnte, ihn am Ufer zu treffen, versetzte dem toten Nosinan einen letzten Tritt, und dann ... dann war er verschwunden.«

Mehrere der Dorfbewohner nickten gleichzeitig mit den Köpfen. Einer von ihnen, ein schmächtiger Mann mit Pockennarben und tiefliegenden Augen, ergriff für die anderen das Wort. »Es ist genau so, wie Dava Natye sagt. Genau das haben wir auch Laheran von der Gilde erzählt.«

Kapitel zwanzig

Atempause

Genieße das Leben, solange es dauert.
Ptahhotpe

Schnapp dir jedes Vergnügen, das sich bietet, wie auch immer, was auch immer. Unsereins steht oft genug im Regen.
Walter Slowotski

Bren Adahan hatte entschieden, daß Jason und Tennetty, die am schwersten verletzt worden waren, eine ungestörte Nachtruhe brauchten, um sich zu erholen. Jason war nicht in der Stimmung zu widersprechen.

Sie verbrachten die Nacht am Ufer, nachdem sie den Dorfbewohnern erklärt hatten, daß es keine gute Idee wäre, sich während der Nacht ihrem Lager zu nähern. Von dem grasbewachsenen Streifen gleich über dem felsigen Abhang hatten sie einen guten Blick auf die *Gazelle*, die in tieferem Wasser vor Anker lag. Die anderen zogen es vor, unter freiem Himmel zu schlafen, doch Bren Adahan und Jason bauten jeder ein kleines Biwakzelt auf.

Jason schlief fest, als er eine Berührung an seinem Fuß spürte. Er fuhr mit einem Ruck in die Höhe und griff nach der Pistole.

»Ich bin's, Jason«, flüsterte Jane Slowotskis Stimme am Zelteingang. Sie tippte wieder gegen seinen Fuß. »Du hast im Schlaf geschrien.«

Er hatte einen bitteren Geschmack im Mund und im Kopf ein Gefühl, als würde von innen jemand mit einem stumpfen Eispickel gegen seine Schädeldecke hämmern. Er stützte sich auf die Ellenbogen.

»Es muß ein Traum gewesen sein«, meinte er. Vage erinnerte er sich daran, knietief durch Ströme von Blut gewatet zu sein, während er ein vor Angst schreiendes kleines Mädchen mit ausgestreckten Armen über den Kopf hielt. Der Traum war so deutlich gewesen, so schmerzhaft eindringlich ... doch jetzt verblaßte er zu einem Nichts.

Er wischte sich den Schweiß von der Stirn und reckte die Beine in den feuchten und dumpf riechenden Decken. »Danke, daß du mich geweckt hast.« Sie war nur ein dunkler Schatten vor dem etwas helleren Nachthimmel. Als er genauer hinschaute, war sie verschwunden.

Er spürte immer noch den säuerlichen Geschmack im Mund, während er seine Waffen überprüfte. Beim Schlafengehen hatte er vergessen, einen Wasserschlauch mit ins Zelt zu nehmen. Soweit er wußte, besaß Tennetty die einzige Flasche von Riccettis Magentrost auf der ganzen Insel. Er brauchte irgend etwas zu trinken, außerdem war seine Blase zum Platzen voll.

Die Vorstellung, Tennetty aufzuwecken, gefiel ihm nicht. Nicht nur, daß sie ihre Nachtruhe brauchte, sondern sie pflegte auch bewaffnet aus dem Schlaf zu fahren. Ein- oder zweimal hatte die *Gazelle* einen unvermuteten Schlenker vollführt, und er war gegen Tennetty gerollt, woraufhin die hagere Frau mit weit offenen Augen und dem Messer in der Hand von ihren Decken aufgeschreckt war.

Er hatte die Hosen für die Nacht angelassen, aber

der Bequemlichkeit halber den Bund geöffnet. Jetzt schloß er die Knöpfe, schlang sich das Pistolenhalfter über die Schulter, richtete sich vor dem Zelt auf und atmete die frische Nachtluft ein.

Ein Stück links von ihm schlief Tennetty; etwas weiter rechts hatte Jane sich wieder in ihre Decken und die Regenplane gewickelt.

Der unermüdliche Durine hielt Wache. Er saß auf einem Stein unten am Wasser und hob grüßend die Hand.

Bren Adahans Zelt lag einen Steinwurf weit von Jasons entfernt, und dahinter erhob sich die dunkle Mauer des Waldes. Jason ging die traditionellen zwanzig Schritte abseits und erleichterte sich an einem Baum. Er knöpfte die Hose zu und kehrte zum Lager zurück.

Auf halbem Weg blieb er stehen und ließ den Blick von den niedergebrannten Bootsschuppen am Ufer abschweifen, über die seichten Wellen, die den flachen Strand hinaufliefen, bis zu der Stelle weiter draußen, wo die *Gazelle* vor dem Anker schwoite. Die Wasserfläche, die ihren schmalen Rumpf einschloß, schien aus widergespiegeltem Sternenglanz und Feenlichtern gewoben zu sein. Sie fing das Zwinkern der Millionen Lichtpunkte am Himmel ein und vermischte es mit dem Pulsieren der schleierartigen Feenlichter.

Er vernahm leichte Schritte hinter sich – bloße Füße auf Gras, dann auf Stein.

Jane Slowotski räusperte sich. Nur mit Schnürbundhosen und einem dünnen Hemd bekleidet, stand sie in der Dunkelheit, zwei Tonkrüge in den Händen. »Schön, nicht wahr?«

»Ja.«

»Was möchtest du? Whiskey? Wasser?«

»Beides«, erwiderte er und griff zuerst nach der Whiskeyflasche.

»Du bist nicht wie dein Vater«, bemerkte sie. »Ihm hätte ich mich nicht so weit nähern können.«

»Ich habe dich gehört.«

»Klar.«

Er entkorkte die Flasche und trank. Lou Riccettis Maisschnaps war vielleicht nicht eine so revolutionäre Erfindung wie Gewehre oder Schießpulver, doch er hatte durchaus sein Gutes. Trotzdem schmeckte er wie ... nun ja.

»Langsam«, warnte sie ihn. »Du hast heute einiges durchgemacht. Mute dir nicht zuviel zu.«

Zuerst wollte er sie zurechtweisen, ihr sagen, daß er sehr gut selbst beurteilen konnte, wieviel er vertrug, und daß es sie nichts anging ... aber sie hatte recht.

»Stimmt«, gab er zu. Sie tauschten die Flaschen, und Jane nahm einen kleinen Schluck von Riccettis hochprozentigem Gebräu, bevor sie die Tonflasche wieder verkorkte.

Der Wind war kalt, aber ihr Lächeln erfüllte ihn mit Wärme.

Das Wasser war kühl und frisch. Es schmeckte gut in dieser Nacht, besonders klar und süß. Wie hatte Valeran, sein alter Waffenmeister, doch gesagt: Eine überstandene Gefahr schärft die Sinne.

Er gab Jane die Wasserflasche zurück. »Danke.«

»Würdest du mir eine Frage beantworten?« sagte sie, als er Anstalten machte sich abzuwenden.

Er zuckte die Schultern. »Nur zu.«

»Warum hast du mir noch keine Avancen gemacht?« In ihrer Stimme schwang ein merkwürdiger Ton mit, den er bis jetzt noch nie gehört hatte. »Liegt es an mir oder an dir oder an uns beiden?«

»Hat bisher jeder Mann, der dir begegnet ist, dich zu überreden versucht, mit ihm zu schlafen?«

Sie lächelte. »So gut wie. Seit meinem vierzehnten Lebensjahr.«

Er schaute den Abhang hinauf zu den anderen, und Jane nickte.

»Aber sicher. Alle drei. Durine hat ganz lieb gefragt. Bren Adahan entwickelt sich zu einer Nervensäge.«

Jason schwieg einen Moment fassungslos. »Bren Adahan will meine Schwester heiraten«, sagte er dann kalt. »Ich bin nicht sicher, daß mir das gefällt.«

»Ist doch nichts passiert.« Sie schnaufte verächtlich. »Ich habe nein gesagt. Außerdem wußte ich nicht, daß jeder Schlüssel immer nur in ein Schloß paßt. Ist deiner so gebaut?«

Dazu gab es nichts mehr zu sagen, aber er konnte trotzdem nicht den Mund halten. »Mußt du so reden?«

»Ich weiß nicht.« Sie schaute ihn groß an. »Liegt in der Familie ... Hast du dich je gefragt, warum mein Vater dir den Auftrag gegeben hat, mich zu holen?«

»Weil er wollte, daß seine Familie nach Biemestren übersiedelt.«

Sie hob die Augen zum Himmel. »Du brauchst ja wahrhaftig jemanden, der auf dich aufpaßt. Ist dir nie der Gedanke gekommen, er könnte gehofft haben, daß wir zwei uns zusammenfinden? Ist die Idee so abwegig, oder fehlen dir ein paar Teile zum Bild?«

»Nein.« Der Gedanke war ihm tatsächlich nie gekommen. Er schluckte. Warum hatte sie davon angefangen? Nur, damit er sich unbehaglich fühlte. Eigentlich hätte er Verdacht schöpfen müssen. In

Biemestren, bei Hofe, verspürte er schon seit langem ein diskretes Lauern, einen beständigen Druck von seiten der Barone. Kein Baron mit einer Tochter im heiratsfähigen Alter schien die geringsten Schwierigkeiten zu haben, sie als nächste Kaiserin zu sehen. Warum sollte Walter Slowotski anders sein?

»Oh, das ist schlimm«, spöttelte sie in sein Schweigen hinein. »Dir fehlen tatsächlich ein paar Teile, gib's zu.«

»Du weißt, was ich meine.«

»Ja, weiß ich.«

Er konnte sich nicht erinnern, daß sie die Flaschen abgestellt hatte oder näher an ihn herangerückt war, doch plötzlich lag sie in seinen Armen, verschränkte die Hände hinter seinem Rücken, und ihre warmen Lippen berührten seinen Mund.

Nach einer Weile ließ sie ihn los, trat einen Schritt zurück und sagte: »Das wurde auch Zeit, Cullinane.«

Durine hatte die Vorgänge von seinem Platz am Ufer verfolgt. Jason war nicht ganz sicher, doch er glaubte, Durine grinsen gesehen zu haben, bevor er ihnen den Rücken zukehrte.

»Er weiß Bescheid«, meinte Jason.

Sie zuckte die Schultern. »Na und? Ist dein Zelt nicht groß genug für zwei?«

»D-doch«, antwortete er und biß sich zornig auf die Lippen, weil seine Stimme so unsicher klang. Er war der Mann, verdammt. Von ihm wurde erwartet, daß er sich welterfahren und überlegen gebärdete. »Aber ... warum?«

»Hat dein Vater dir nie den Rat gegeben, einem geschenkten Gaul nicht ins Maul zu sehen?« Sie lachte verhalten, doch als er die Stirn runzelte, küßte sie ihn sanft auf den Mund. »Nein, nein. Ich lache dich nicht aus. Warum also ... sagen wir, weil du unwiderstehlich bist?«

»Nicht gut.« Sein Lächeln war nicht ganz aufrichtig. Vielleicht sah auch Jane Slowotski sich bereits als Kaiserin auf dem Thron sitzen, hm?

»Wer weiß?« Sie nickte, als hätte sie seine Gedanken gelesen. »Es ist mir ganz recht, daß es ab morgen früh leichter sein wird, Brens Hände von meinem Hintern fernzuhalten. Das geht mir wirklich auf die Nerven. Aber hauptsächlich ist es wegen meines Vaters.«

»Wegen deines Vaters?«

»Eine seiner Weisheiten. Er sagte immer, nur um Haaresbreite dem Tod entkommen zu sein, hätte eine ganz besondere Wirkung. Oder wirst du davon etwa nicht geil?«

Kapitel einundzwanzig

Nach Salket

Die Logik des Herzens ist absurd.
Julie de Lespinasse

Das Lügen wie das Essen kann man übertreiben.
Walter Slowotski

Von Klimos nach Geverat, wo man sie nicht gesehen hatte, aber vielleicht auf Menelet? Nein, nein, die Sache auf Menelet lag bereits zehn Tage zurück. Klimos. Die drei Rächer (zwölf, hundert) hatten auf

Klimos zugeschlagen und ein ganzes Dorf bis auf die Grundmauern niedergebrannt.

Und habt ihr letzten Zehntag das Ding am Himmel gesehen? Ich weiß nicht, ob es ein Drache war, aber ihr habt nicht ein paar Tropfen Drachenbann zu verkaufen oder?

Von Geverat nach Heshtos, und Jane hatte ein gutes Gefühl, also ließen sie in der Nacht eine Signalrakete aufsteigen und blieben eine Nacht und einen Tag vor Anker liegen, angeblich, um die Takelage auszubessern.

Ein Boot kam längsseits, aber es waren nur ein paar von den am Ufer ansässigen Fischern: Habt ihr letzte Nacht die seltsamen Feenlichter gesehen? Und habt ihr von dem Krieger gehört? Er könnte überall stecken – wie man sich erzählt, machen sich die Sklavenhändler schon in die Hosen, wenn sie einen lauten Furz hören.

Sie gingen an Land, doch wie überall hörten sie nur Gerüchte, Gerüchte.

Jane Slowotski kniete neben der Karte. »Salket«, verkündete sie, tippte auf das Pergament und legte dann ihre Hand auf Jasons Bein. »Ich bin fast sicher.« Ihre Finger waren wärmer als es der Anstand erlaubte.

»Zwei Tage«, bemerkte Bothan Ver, der das Hauptsegel einholte. Sein Hände mit den abgekauten Nägeln handhabten die Leinen präzise und behutsam, wie ein Puppenspieler die Fäden seiner Marionetten. »Vielleicht.«

»Falls der Wind günstig bleibt«, fügte Thivar Anjer hinzu, der an der Ruderpinne lehnte und aus zusammengekniffenen Augen den Horizont absuchte. »Was durchaus sein könnte.«

»Dort werden wir ihn finden«, sagte Tennetty und strich mit der Klinge ihres Jagdmessers stetig an dem Wetzstein entlang. »Und vielleicht bleiben sogar ein paar von uns am Leben.«

»Das ganze Leben ist ein Sterben«, meinte Kethol leise. »Manche von uns sterben Stück für Stück.«

»Es ist Euer Unternehmen, Jason«, erinnerte ihn Durine. »Ihr seid der Erbe.«

»Das bist du«, bestätigte Bren Adahan. »Und dürfte man erfahren, weshalb du mich so scheel ansiehst?«

»Du und ich werden uns ausführlich über meine Schwester unterhalten müssen«, belehrte ihn Jason. »Nach Salket. Und gib mir mein Schwert zurück, verdammt noch mal.«

Zwischenspiel

Ahira

Die Welt ist ein ungeheurer Tempel
zu Ehren der Zwietracht.
Voltaire

Müde, schmutzig und sattelwund hatte der Zwerg es sich doch nicht nehmen lassen, auf seinem grauen Pony in der Burg Biemestren einzureiten. Die Sehnen an seinem gedrungenen Hals brannten wie glühende Drähte, und ein heißer, grauer Schleier hatte sich über seine Augen gesenkt. In seiner rechten Schulter pochte ein unablässiger dumpfer Schmerz. Er verließ ihn nicht einmal, wenn er schlief. Die Haut an den Wundrändern war rot und geschwollen.

Nachdem er in der Nähe von Neu-Pittsburgh auf einen Trupp Freischärler aus Heim gestoßen war, hatte man Boten vorausgeschickt, um sein Kommen anzukündigen. Also war er nicht sehr überrascht, daß man sich im Burghof versammelt hatte und ihn erwartete.

Trotzdem war es gut, sie alle wiederzusehen, nach dieser viel zu langen Zeit.

Er ließ sich steifbeinig aus dem Sattel gleiten und warf seine Waffen zu Boden.

Kirah, Dorann auf den Armen, kam auf ihn zugelaufen. Sie fiel auf die Knie, vergrub das Gesicht an seiner gesunden Schulter und weinte.

»Ta havath, Kirah, ta havath«, sagte er und tätschelte unbeholfen ihren Rücken. »Als ich ihn zuletzt gesehen habe, ging es Walter gut.« Aber das war schon verdammt lange her.

Vor drei Wochen hatte ihn der Pfeil in die Schulter getroffen, doch er verbiß den Schmerz, um die kleine Dorann aufzuheben. Sie schaukelte vergnügt auf seinem Unterarm, dann pflanzte sie ihm einen feuchten Kuß auf die Wange.

»Ich hab dich lieb, Onkel Ahira«, sagte sie mit heller Stimme.

Er umfaßte das Kind mit Armen, die den Brustkorb eines Mannes zerquetscht hatten, als wäre es ein Sack dürrer Zweige. Hände, die gerötet und zerstört hatten, spielten mit ihrem schulterlangen Haar. »Du hast eine neue Frisur, hm?« fragte er.

Sie nickte und lachte glucksend. »Tante Doria und Tante Andy haben das gemacht.«

Sie standen vor ihm, und Doria sah aus wie manchmal in seinen Träumen: jung, wenn man nur die Arme, den Hals und das Gesicht anschaute und den Ausdruck in ihren Augen nicht zur Kenntnis nahm.

Ohne Dorann abzusetzen, legte er Doria den linken Arm um die Taille. »Es ist gut, dich wiederzusehen, alte Freundin«, sagte er und verfluchte das Beben in seiner Stimme. »Ist Ellegon hier?« fragte er dann, obwohl er seit Stunden mit seinen Gedanken nach dem Drachen gerufen hatte.

»Nein.« Doria schüttelte den Kopf. »Er versucht, Jason und die anderen in Mipos zu treffen. In ein oder zwei Tagen wird er zurück sein – mit ihnen, hoffe ich.« Sie biß sich auf die Lippen.

Thomen Furnael stand ein paar Schritte abseits, das Gesicht in sorgenvolle Falten gelegt. Wie immer war er sehr formell gekleidet: Hose, leichtes Hemd, den schwarzen Umhang über dem Arm. »Wir müssen es wissen, Ahira: Lebt er noch?«

Andreas Gesicht war eine Maske des Kummers. Sie brauchte nicht zu fragen.

Gott, sie sieht alt aus.

Der Zwerg schüttelte den Kopf. »Natürlich nicht. Er hat sich in Melawei in die Luft gesprengt, so wie Jason und die anderen es euch berichtet haben müssen. Gebt mir was zu trinken und wartet, bis ich in einer Wanne mit heißem Wasser sitze, dann will ich euch alles erzählen. Uns bleiben noch ein oder zwei Tage, bevor wir etwas unternehmen können. Falls es dann noch Zweck hat.«

Im Waschraum der Offiziere, über den Barracken, war bereits alles für ein Bad vorbereitet. Ahira hockte in dem Eichenzuber, bis zum Hals in heißem Wasser, umwogt von weißen Dampfschwaden.

Es war eine Ewigkeit her, seit er das letztemal Gelegenheit gehabt hatte, diese Wohltat zu genießen.

Er lehnte sich zurück und wartete darauf, daß seine Muskeln sich lockerten. Sie waren so straff gespannt wie die Diskantsaiten einer Laute.

Es hatte sich so vernünftig angehört, als Walter an der Küste von Melawei seinen Plan entwickelte.

»Sieh mal«, hatte Walter gesagt, »er ist tot, und daran läßt sich nichts mehr ändern.«

»Ändern können wir nichts, nur die Überreste einsammeln und begraben«, stimmte Ahira zu, der in der heißen Sonne vor Karls Hand kniete.

Es war Karls linke Hand: Vor langer Zeit hatte er – auch durch eine Explosion – die drei äußeren Finger verloren.

Wie durch ein Wunder war die Hand unversehrt geblieben. Die Explosion hatte sie am Gelenk glatt abgetrennt und annähernd hundert Meter weit durch die Luft geschleudert.

Schon waren die allgegenwärtigen Ameisen zur Stelle, doch Ahira konnte sich nicht überwinden, die Hand aufzuheben oder die Insekten abzustreifen.

Verdammt, verdammt, verdammt.

»Wir können ihn nicht wieder ins Leben zurückrufen«, sagte Walter, »aber wir können verhindern, daß er stirbt.«

»Du hast wieder eine deiner schlauen Ideen, Slowotski«, murrte der Zwerg. »Wird ein schöner Blödsinn sein.« Doch er meinte nicht, was er sagte. Es war die gewohnheitsmäßige Nörgelei, die sich in den langen Jahren ihrer Freundschaft zwischen ihnen eingespielt hatte.

»Zuerst begraben wir diese Hand und alles andere, was wir von ihm noch finden können. Auch Teile, bei denen wir nicht ganz sicher sind. Auf keinen Fall dürfen die Melawis diese Hand sehen und sich zusammenreimen, daß Karl tot ist. Die offizielle Version lautet, daß Karl zu einem Rachefeldzug gegen die Sklavenhändler aufgebrochen ist.«

»Und dann?«

»Dann müssen wir ein paar Sklavenhändler abservieren.« Slowotskis Grinsen strahlte mit der Sonne um die Wette. Doch es war nicht eigentlich Walter Slowotskis Grinsen.

Es war Karls.

»Als die Melawis wieder von den Bergen herunterkamen, logen wir – nun, eigentlich gebührt das Lob hauptsächlich Walter –, logen wir, daß sich die Balken bogen. Karl war mit Ganness' Schiff davongesegelt, erzählten wir, und nachdem die Sklavenhändler hier alle erledigt waren, sollten wir ihm folgen.

Der alte Wohtansen sah nicht so glücklich aus – ich glaube, er nimmt Karl immer noch den Kinnhaken von damals übel –, doch einige seiner Männer boten sich als Freiwillige an.

Die Überfahrt war eins meiner schlimmsten Erlebnisse. Sollte euch irgendwann jemand fragen, ob ihr einen Sturm auf dem Zirrischen See erleben möchtet, in einem Auslegerkanu mit der schäbigsten Lateintakelung, die die Welt je gesehen hat, dann lehnt dankend ab.

Wir erwischten sie in Ehvenor. Dann in Lundeyll und in Erifeyll, wobei wir jedesmal darauf achteten, Beweise für die Anwesenheit von uns allen dreien zu hinterlassen.

In Erifeyll trennten wir uns, Walter und ich. Der nächste Teil des Plans erforderte eine lange Zeit auf See, in dem Gebiet der Zerspellten Inseln. Dabei wäre ich zu sehr aufgefallen. Ein Zwerg als Seemann? Nein, besser, sie suchten weiterhin nach zwei Menschen und einem Zwerg. Und für den Fall, daß die Gerüchte, an denen wir so fleißig strickten, bis hierher vordrangen und falsche Hoffnungen weckten, sollte ich auf dem schnellsten Weg nach Biemestren zurückkehren.«

Ahira lehnte die Schultern gegen den Rand des Zubers und spielte mit einem Stück Seife, das wie eine Birne geformt war. Ein duftender Schaumberg entstand auf der durchscheinenden Oberfläche. Trotz des wohlig heißen Wassers wollte es ihm nicht gelingen, sich zu entspannen. Er umschloß die Seife mit der Hand und drückte zu. Die cremige Masse quoll wie feuchter Lehm zwischen seinen Fingern hindurch.

»Unterwegs gab es ein paar Schwierigkeiten. Ich werde euch irgendwann davon erzählen.«

Doria beugte sich über seine Schulter; trockene, kundige Finger betasteten machtlos die nur teilweise verheilte Wunde. »Wir haben nach einem Heiler geschickt«, sagte sie. »Spinnensekte.«

Er zuckte die Achseln. »Walter springt jetzt zwischen den Inseln herum und arbeitet sich – so unauffällig wie möglich – an Elleport heran, dann will er Orduin hinaufsegeln, in Richtung Endell. Oder vielleicht ändert er seinen Plan und reitet nach Heim.«

»Inseln?« Garavars Stimme klang rauh.

»Ja, ja, Inseln. Er läßt sich als Seemann anheuern und treibt sich in den Kneipen auf den Inseln herum, wo er von dem Krieger erzählt und wie man ihn hier und dort überall gesehen hat. Mit seinen zwei oder zwanzig oder hundert Gefährten. Er dürfte das Spiel demnächst beenden, denn inzwischen sind viel zu viele Verfolger auf Karls Spur, und Walter hat bestimmt keine Lust, ihnen in die Hände zu fallen.« Der Zwerg seufzte.

»Oder vielleicht macht er auch weiter. Zum Beispiel, wenn er eine von unseren Signalraketen aufsteigen sieht. In dem Fall wird er sich auf die Suche nach den Leuten machen, die nach ihm auf der Suche sind und das mit ebensolchem Eifer, wie die Sklavenhändler Karls Spuren verfolgen.«

Dorias Finger gruben sich mit überraschender Kraft in seinen Arm. »Ich komme mit dir.«

Der Zwerg schüttelte den Kopf. »Nein. Nur ich

und der Drache. Wir werden unser Glück bei dem nächsten Treffpunkt versuchen, den Jason und Janie verabredet haben, und wenn sie da nicht sind, schließen wir uns eben dem Reigen der Suchenden an.«

»Nein.« Andrea ergriff das Wort. »Nein. Du, Ellegon und ich. Ich kann sie finden.«

»Und wie willst du das anstellen?« Doria war zornig.

»Es gibt Mittel und Wege, Doria. Magie.« Andrea raunte Silben, die dem Vergessenen bestimmt waren. Sie streckte die Hand aus, und gleißende Funken tanzten zwischen ihren Fingern. »Ich weiß, daß du glaubst, ich würde zu oft von meinen Kräften Gebrauch machen, aber hier geht es um das Leben meines Sohnes.«

Mit einem Geräusch wie Peitschenknallen zuckten die Lichtfunken zwischen ihrem Daumen und Zeigefinger hin und her. Ihre Hand begann zu beben, doch Andrea achtete nicht darauf. Ihre Lippen bewegten sich lautlos, und das zischende Knacken wurde lauter, das gleißende Licht greller und weißer, bis sie mit einem raschen Fingerschnippen beides zum Verschwinden brachte.

»Ich verstehe ein bißchen von Zauberei.« Doria schürzte die Lippen. »Sicher, du kannst eine Puppe von Jason anfertigen, aber du vermagst nicht den schützenden Bann seines Amuletts zu durchbrechen, auch nicht, wenn du deine ganze Kraft darauf verwendest. Auf der Ebene der Zauberei besitzt er keine feste Gestalt, die mit Magie zu fassen wäre.«

»Du hast ganz recht.« Andrea lächelte dünn. »Auch Bren Adahan kann ich nicht erreichen oder Tennetty oder Walter. Nicht, solange sie ihre Amulette tragen. Aber Kethol und Durine tragen kein

Amulett, nicht wahr?« Sie schritt aus der Tür, ihre weiten Röcke bauschten sich im Wind.

Dann war sie fort.

»Es gefällt mir nicht, wenn sie sich ihrer Zauberkraft bedient«, äußerte Thomen Furnael. »Doch ich wüßte nicht, wie das zu umgehen wäre.«

Oder wie man sie daran hindern könnte, fügte Ahira in Gedanken hinzu.

Doria schwieg.

Im Augenblick konnte man nichts weiter tun, als sich zurücklehnen, das heiße Wasser genießen und ausruhen.

Er schloß die Augen.

Kapitel zweiundzwanzig

Zum Goldenen Ochsen

Die Hölle brach los.
Milton

Sag mir noch mal, warum es so eine großartige Idee ist, immer wieder den Hals in die Schlinge zu stecken.
Walter Slowotski

Der Sturm kündigte sich an, als der Tag sich verabschiedete. Die Sonne stand dicht über dem Horizont, doch am Himmel drängten sich schwarzgrau die heraufziehenden Gewitterwolken. Der mit Feuchtigkeit gesättigte Wind strich in heftigen Böen über den

Hügelkamm, auf dem Jason stand, und wirbelte Gras und Blätter durch die Luft.

Fröstelnd hüllte sich Jason enger in den Umhang, dann bückte er sich nach der Signalrakete. »Stell die Führungsstange auf«, sagte er.

Durine rammte den dünnen Metallstab in Windrichtung schräg in den Boden.

Jason richtete sich auf, dann fädelte er die Ringe an der Seite der Rakete sorgfältig auf den geneigten Stab. Anschließend kniete er nieder, um den unteren Teil der Rakete auszuwickeln; er war in Wachspapier verpackt worden, um die Feuchtigkeit abzuhalten.

Die Verpackung schien genützt zu haben, seine Finger konnten keine Anzeichen von Feuchtigkeit feststellen. Die Zündschnur, die er aus einem Leinenbeutel hervorholte, war eine andere Sache. Bei irgendeiner Gelegenheit war der Beutel naß geworden und damit natürlich auch die Lunte.

Vielleicht brannte sie trotzdem, vielleicht auch nicht. Für Experimente hatten sie keine Zeit, außerdem waren sie auf einen solchen Fall vorbereitet. Jason hatte eine Steinschloßpistole im Gürtel stecken.

Während er mit dem Stiefelabsatz eine seichte Furche in den aufgeweichten Boden zog, hielt Durine den Blick auf den Weg am Fuß des Hügels gerichtet.

Dort wartete Bren Adahan mit ihren gemieteten Fortbewegungsmitteln: zwei Sattelpferden und einem Flachwagen, der von zwei struppigen Maultieren gezogen wurde. Janie und die anderen waren mit dem Schiff nach Tesors gesegelt, der ungefähr einen Tagesritt entfernten Hafenstadt.

Durine reichte ihm das Pulverhorn, und Jason ließ vorsichtig eine dünne Spur in den Graben rieseln. Genau unter der Rakete häufte er einen kleinen Pulverkegel an. Das mußte genügen.

»Also gut. Du gehst schon mal zu Bren und den Pferden. Ich komme gleich nach.« Er konnte schneller laufen als Durine, und wenn es auch unwahrscheinlich war, daß die Rakete vorzeitig explodierte, hatte es doch keinen Sinn, ein unnötiges Risiko einzugehen.

Er wartete, bis Durine am Fuß des Hügels angekommen war, und nahm beifällig zur Kenntnis, daß der breitschultrige Mann die Pferde fest am Zügel hielt.

Jason zog den Ladestock aus der Pistole und schob ihn in die Halterung unter dem Lauf. Er schüttete Pulver auf die Pfanne, klappte den Schnappdeckel darüber, spannte den Hahn und zielte sorgfältig auf die gewundene Spur aus schwarzem Pulver.

Warum zielen? Er brauchte nicht zielen. Er kniete nieder, setzte die Mündung an das Ende der Pulverspur und betätigte den Abzug.

Die Steinschloßpistole spie Feuer, das als zischender Glutwurm der Rakete entgegeneilte.

Jason wartete nicht ab, ob die Rakete ordnungsgemäß in die Höhe stieg, er war bereits auf halbem Weg ins Tal, und die Hügelflanke verdeckte die Sicht.

Eine gewaltige Rauchwolke quoll aus dem unteren Teil der Rakete. Der Schwefelgestank war so stechend, daß Jason sich hustend den Umhang vors Gesicht hielt.

Mit tränenden Augen hob er den Kopf, als die Rakete sich auf einer Säule aus Rauch und Feuer in den Abendhimmel erhob. Rascher und rascher stieg sie empor, und ihr Feuer gleißte immer heller, als wollte es die fahlen Sterne beschämen.

Die Treibladung der Rakete brannte aus. Die Flamme erstarb, nur um ein paar Sekunden später und ein paar Grad höher am Himmel als grellgrüner Blitz wieder aufzublühen, der zu einem Ball aus feurigen Lichtpunkten anwuchs und verglomm.

Jason stieg den Abhang wieder hinauf. Oben angekommen, streifte er seine feuchten Lederhandschuhe über, um die Führungsstange aus dem Boden ziehen zu können, ohne sich die Finger zu verbrennen. Das von dem Feuerstrahl der Rakete erhitzte Metall zischte bei der Berührung mit dem feuchten Leder.

Als er am Fuß des Hügels anlangte, saßen die beiden anderen bereits im Sattel. Bren Adahan hatte ein Stück Pergament an den Baum genagelt. Sie hatten Papier in Erwägung gezogen, aber Pergament hielt dem Wetter besser stand.

Auch über die Schreibung der Datumsangaben hatten sie sich Gedanken gemacht. In Anbetracht der zunehmenden Verdrängung der hiesigen, auf der Addition beruhenden Zahlenschreibweise durch das von Karl Cullinane und seinen Freunden von der Anderen Seite mitgebrachte Ziffersystem, war es durchaus möglich, daß ein Vorübergehender die Zahlen auf der Notiz zu deuten vermochte. Also hatten sie sich mit der phonetischen Schreibung der Zahlen beholfen, damit ihre Nachricht nur von denen gelesen werden konnte, für die sie bestimmt war. Ähnliche Botschaften hatten sie während der vergangenen Zehntage an verschiedenen Stellen Salkets hinterlassen.

Sie lauteten:

Mutters Gesundheit angegriffen. Ihr müßt die Jagd abbrechen und nach Holtun-Bieme zurückkehren, bevor ihr die Gerüchte zu Ohren kommen. Wir sind unterwegs zum Dreidörfereck. Freunde warten bis nächsten Zehntag an

Bord des Einmasters Gazelle *in Tesors. Treffen mit Ellegon auf Mipos, kommenden Neunttag. Nächstes Treffen mit Ellegon zwei Zehntage später, außerhalb von Elleport. Hoffen, Euch dort zu treffen.*

Jason

Jason warf die Führungsstange auf die Ladefläche des Wagens und zog die Handschuhe aus.

»Brechen wir auf«, sagte Bren Adahan. »Ich möchte noch eine gehörige Strecke zurücklegen, bevor wir unser Nachtlager aufschlagen.«

Im Laufe des morgigen Tages würden sie das Dreidörfereck erreichen und dort Umschau halten. Allem Anschein nach war das dortige Gildehaus als einziges auf Salket noch offen; alle anderen hatte man geschlossen.

Wenn Karl Cullinane, Walter Slowotski und Ahira ihr Jagdrevier noch nicht gewechselt hatten, mußten sie herkommen. Wenn.

»Du bist zu ungeduldig, Baron«, stichelte Jason. Das traf nicht nur auf den Baron zu. Als Jason in den Sattel stieg, wieherte sein Pferd und tänzelte zur Seite. Er nahm die Zügel fester, dann klopfte er ihm den Hals, als es in einen gleichmäßigen Schritt fiel.

»Glaubt Ihr, sie haben die Rakete gesehen?« fragte Durine.

Woher sollte er, Jason, das wissen? »Ich hoffe es«, erwiderte er. »Selbst wenn wir noch eine zweite Rakete hätten, es wäre sinnlos, sie noch aufsteigen zu lassen. Nicht bei dem Unwetter, das sich da zusammenbraut. Und ich kann nur hoffen, daß sie noch auf Salket sind, und wenn sie noch hier sind, kann ich nur hoffen ... ich hoffe eben.«

Er zuckte die Schultern und ließ sein Pferd in eine schnellere Gangart fallen.

Das Unwetter tobte längst mit voller Kraft, als sie in das Dreidörfereck von Kalifeld, Bredham und Neu-Runsek einritten.

Während Blitze über den Himmel zuckten und der Donner ihnen in den Ohren hallte, spürte Jason den Regen an seinem Körper wie etwas Lebendiges. Boshafte, eisige Finger griffen nach seinem Gesicht, dem Hals, den Schultern. Wasserbäche liefen seinen Rükken hinunter, er krümmte den Rücken und versuchte, die Pistole unter seinem Hemd gegen die Nässe abzuschirmen. Er bezweifelte, daß es etwas nützte, aber vielleicht blieben wenigstens die Patronen in seiner Satteltasche trocken.

Die Haut an seinen zitternden, fest um die Zügel gekrampften Händen war verschrumpelt, und seine untere Gesichtshälfte schmerzte, denn er konnte das Klappern seiner Zähne nur verhindern, indem er sie fest zusammenbiß.

Er fror bis ins Mark und fühlte sich durch und durch elend, doch er wagte nicht zu jammern. Bren Adahan und Durine, beide nicht weniger durchnäßt als er, sagten kein Wort. Durine ignorierte mit stoischer Ruhe das Wasser, das ihm in den Kragen rann, und aus Bren Adahans triefendem Umhang ragte nur die Hand mit den Zügeln der Zugtiere hervor.

Der Regen hatte die ungepflasterte Straße in einen schlüpfrigen, zähen, stinkenden Schlammbach verwandelt, in dem die müden Pferde bei jedem Schritt bis zu den Sprunggelenken einsanken.

Nur die Maultiere schien nichts beirren zu können. Obwohl die mit Eisenreifen beschlagenen Räder des Wagens bis zur Nabe in den lehmgefüllten Furchen der Straße verschwanden, senkten die Maultiere nur die Köpfe und setzten schicksalsergeben ein Bein vor das andere.

Eine Ölhaut bedeckte ihre Ausrüstung auf der Ladefläche. Jason hoffte, daß wenigstens die wichtigen Teile vom Regen verschont blieben, gleichzeitig war er überzeugt, daß es ihnen nicht erspart bleiben würde, beim nächsten Halt jedes der Gewehre auseinanderzunehmen, sorgfältig zu trocknen und einzufetten, damit sie nicht trotz der Brünierung zu rosten begannen.

Endlich, an der Kreuzung, wo die Wege zu den drei Dörfern abzweigten, begann ein Straßenpflaster aus Kopfsteinen, und die Schritte der Pferde klangen nicht mehr so dumpf und trübselig. Die unzähligen Pfützen, Rinnsale und Bäche auf der Straße sorgten dafür, daß ihre Hufe wieder wie Hufe aussahen und nicht wie schlammverklebte Tatzen.

Wie um diese kleine Verbesserung sofort wieder auszugleichen, wurde der Regen so heftig, daß sie kaum noch etwas zu erkennen vermochten.

»Da vorne«, übertönte Bren Adahan das Krachen der Donnerschläge, und wirklich, Jason sah das Schild eines Gasthauses einladend im Wind schaukeln. Es hatte Ähnlichkeit mit einem silbernen Champignon.

Ein Stück weiter die Straße entlang, auf der anderen Seite, schien ein weiteres Gasthausschild – diesmal der Schädel einer Kuh – ihnen zuzunicken. Doch der Silberne Pilz lag näher, also brachte Bren Adahan dort den Wagen zum Stehen, sprang vom Bock und schlang die Zügel um den dafür vorgesehenen Balken am Straßenrand.

Jason und Durine stiegen von den Pferden. Alle drei gingen die Stufen hinauf und traten auf den überdachten Vorbau.

Jason hatte davon geträumt, endlich aus dem

Regen zu kommen, aber soviel besser fühlte er sich nicht. Er war immer noch naß und zitterte und spürte seine Finger und Zehen kaum noch.

Die massive Tür war geschlossen. Durine hob den schweren Klopfer in Form eines Ziegenkopfes und schlug zweimal gegen das Holz.

Nichts rührte sich, aber gelber Lichtschein sickerte durch die Ritzen der Fensterläden, und Jason bildete sich ein, den Duft von heißer Suppe riechen zu können. Er bemühte sich, nicht daran zu denken, trotzdem lief ihm das Wasser im Mund zusammen.

Die Tür wurde einen Spalt geöffnet, ein dicker, rotbärtiger Mann kam zum Vorschein, bekleidet mit einem Baumwollhemd, bauschigen Hosen und einer fettfleckigen Schürze. Er musterte die Männer auf dem Vorbau eine geraume Weile, bevor er sie ansprach.

»Im Silbernen Pilz ist kein Zimmer mehr frei«, sagte er. »Versucht es im Ochsen, weiter oben an der Straße.«

Bren Adahan wollte sich abwenden.

Drinnen hörte man flüsternde Stimmen. »Es sind drei, aber der große ist ziemlich dick. Nu, wenn von denen einer 'n Zwerg ist, dann isses verdammt der größte Zwerg, den ich je gesehn hab'.«

»Wir sollten sie überprüfen. Alle drei.«

»Wartet einen Augenblick.« Der Wirt öffnete die Tür ganz und winkte sie herein. »Der Junge zittert ja. Trinkt wenigstens einen Becher heißen Wein, ich möchte nicht, daß ihr den Silbernen Pilz in schlechter Erinnerung behaltet.«

Sie traten ein. Der Flur das Gasthauses war ein trister Raum mit kahlen Lehmwänden, von einer Deckenlampe nur spärlich erhellt, mit Stiefelkratzern am

Boden für einen ersten Angriff auf schlammiges Schuhwerk und Grasmatten weiter hinten für die anschließende Reinigung.

Jason zitterte; er stand mit hängenden Schultern auf dem Steinboden, und das Wasser lief in Rinnsalen von ihm herab. Bren Adahan, dessen elegante Kleider wie formlose Lappen an seinem Körper hingen, lehnte an der Wand und strich sich mit den Händen an den Armen herunter, um die Nässe wenigstens teilweise abzustreifen.

Nur Durine machte einen ungerührten Eindruck: Er stand vor einem der Stiefelkratzer, schabte sich schweigend, gleichmütig, methodisch den Lehm von den Stiefeln und sah mehr einer aus dem Fluß gefischten Leiche ähnlich als allem anderen.

Zwei Männer kamen durch die Tür zum Gastraum; der eine trug drei dampfende Silberkrüge vor sich her, der andere, ein hochgewachsener, schlanker blonder Mann, hielt nur seinen eigenen Becher in der Hand.

Der erste Mann war beinahe die Karikatur eines Sklavenhändlers: eine finstere Gestalt mit Hängebakken, links am Gürtel eine Reitgerte, rechts einen Knüppel, darüber ein schwellender Wanst, der beides unter sich zu begraben drohte.

Der zweite, ein feinknochiger Mann, einen halben Kopf größer als Jason, lächelte Jason und Durine freundlich an, bevor er sich Bren Adahan zuwandte.

»Mein Name ist Laheran«, sagte er und stellte sich in Positur. Er war schlank und überaus elegant, von der silbernen Nadel im Kragen seines kurzen Umhangs bis zu den Spitzen der spiegelblank polierten Stiefel. Ein leichter Degen hing an seiner linken Hüfte, und während die Scheide mit Silber und Perlmutt verziert war, verkündete der schlichte Korbgriff der Waffe unmißverständlich, daß diese Klinge zum Gebrauch bestimmt war und nicht zum Anschauen.

Jason achtete darauf, mit den Händen nicht in die Nähe seines Schwertes zu kommen, während Laheran erst seinen Becher auf einen Tisch stellte und anschließend die Krüge mit gewärmtem Wein verteilte.

»Ich danke Euch«, sagte Bren Adahan mit klappernden Zähnen. Er zog die Handschuhe aus, ergriff den Krug und führte ihn an die Lippen.

»Nein, Kaufmann Hofna«, sagte Jason. »Durine. Du solltest den Inhalt der Becher mischen.«

Ohne eine Miene zu verziehen, nahm Durine den Krug, den Laheran ihm anbot, ging zum Tisch hinüber, füllte einen Teil des Inhalts in Laherans eigenen Becher und goß einige Fingerbreit wieder zurück. Es war sehr still, als Durine Laheran seinen Becher reichte.

Der Sklavenhändler nahm ihn lächelnd entgegen und trank. »Laheran wünscht Euch Glück«, sagte er. »Obwohl Eure Vorsichtsmaßnahmen überflüssig sind«, fügte er erklärend hinzu und neigte den Kopf zur Seite, als müsse er seine nächsten Worte überdenken. »Die Gilde verhält sich in dieser Gegend neutral.«

»Durine wünscht Euch Glück«, entgegnete der breitschultrige Mann, »wenn ich auch versuche, mein eigenes zu machen. Ich erbitte Eure Vergebung, aber Taren und ich sind von diesem Kaufherrn angeworben worden, um ihn zu beschützen, und wir leisten etwas für unseren Lohn.« Er trank aus dem Krug, den Laheran ihm gegeben hatte.

»Das sehe ich.«

»Taren wünscht Euch Glück«, sagte Jason und nahm gleichfalls einen großen Schluck.

»Wozu sollte das gut sein?« zischte Bren Adahan, kaum daß sie wieder draußen im Regen standen. »Wenn ihr geglaubt habt, daß der Wein vergiftet oder mit einem Betäubungsmittel versetzt war …«

»Dann hätte ich ihn gar nicht angenommen«, sagte Jason. Davor hätte man ihn gewarnt – die Bewohner dieser Gegend hätten nie geduldet, daß die Sklavenhändler sich hier breitmachten und nach Belieben Reisende vergifteten oder betäubten. Onkel Chak war damals in eine Falle geraten; ihn und einige andere Söldner hatte man aus Pandathaway herausgelockt, in eine Gegend abseits der üblichen Handelsstraßen, wo sie betäubt wurden, in Ketten gelegt und verkauft.

»Ich wollte nicht den Eindruck erwecken, wir wären irgendwie an ihnen interessiert«, erklärte Jason. »Sie sind schon mißtrauisch genug.«

Durine senkte zustimmend den massiven Schädel. »Er hat genau richtig gehandelt.«

Sie saßen zu dritt am Boden vor dem Kamin, jeder mit einem dampfenden Becher Tee neben sich.

Jason befühlte sein Haar, es war kaum noch feucht. Endlich hatte er Gelegenheit trocken zu werden. Er wollte das Gefühl genießen, solange es dauerte.

Ihr Zimmer im Goldenen Ochsen war kalt und zugig, die Luft voller Rauch, die Strohpolster der Betten verwanzt und muffig – aber das Feuer war heiß wie auch der Tee. Er schmeckte hauptsächlich nach Sassafras, stellte Jason fest, mit Beigaben von Ferikke und Zimt. Allerdings hatte man zuviel Honig hineingetan. Dennoch, wer wollte sich in einer kalten, regnerischen Nacht darüber beschweren?

Was ihm am besten gefiel, war das abgeteilte Bad in einem kleinen Nebenzimmer, die kesselähnliche Wanne über einem eisernen Ofen, bei dem der Rauch durch ein Rohr nach draußen geleitet wurde. Ein heißes Bad würde herrlich sein.

Früher war das Haus bestimmt eine vornehmere Unterkunft gewesen, aber das mußte schon lange zurückliegen. Die Eichenbalken in allen vier Ecken des Zimmers waren vom Boden bis zur Decke in der Gestalt von Zwergen geschnitzt, die einer auf den Schultern des anderen standen. Bei genauem Hinsehen entdeckte Jason an den verräucherten Wänden die Umrisse von Malereien. Man konnte Hirsche und Rehe erkennen, die sich in einem baumbestandenen Tal tummelten.

Gegen die Kälte half der riesige Kamin gegenüber den doppelten Glastüren zum Balkon. Vor dem lodernden Feuer trockneten ihre Kleider auf einem eisernen Gestell – die sie am Leib gehabt hatten und die aus ihrem Gepäck. Jason konnte die Dampfschwaden aus seinem durchnäßten Wams aufsteigen sehen.

Auf einer Heizplatte neben dem Kamin stand ein plumpes Bügeleisen, dazu gehörte ein von der Hitze zernarbtes Brett vor einem aus Gras gewebten Kniepolster, doch keiner von ihnen hatte bis jetzt davon Gebrauch gemacht, weder um die Kleider zu plätten, noch um sie endgültig zu trocknen.

Die Kleider konnten warten. Ihre Ausrüstung war unbeschädigt, aber durch und durch naß. Bestimmt dauerte es den ganzen Nachmittag und Abend, bis sie mit allem fertig waren.

Durine sah nicht sehr gefährlich aus, eher ein bißchen komisch, wie er da auf seinem Sitzkissen hockte. Wegen der Hitze des Feuers rann ihm der Schweiß in den Bart, das Haar an Brust und Bauch klebte feucht an seiner geröteten Haut; er hatte sich eine Wolldecke um die Hüften geschlungen und bearbeitete die glattläufige Schrotflinte auf seinem Schoß mit ölgetränkten Wattebäuschen. Das war das Schöne an Salket: Überall auf der Insel gab es Olivenhaine, und man bekam zu einem vernünftigen Preis gutes Öl zu kaufen.

Jason war mit dem Ölen seines zweiten Revolvers fertig und hatte ihn bereits wieder zusammengesetzt. Doch die Patronen, die wie vom Baum geschüttelte goldene Nüsse auf einer Decke lagen, waren ein Problem. Der Bleikugel, der Messinghülse und dem darin eingesetzten Zündhütchen schadete die Nässe nicht, aber wie stand es mit der Pulverladung?

Würde sie zünden? Es war besser, sich zu vergewissern.

Er nahm die Pinzette aus der Putzzeugtasche, die zwischen ihm und Bren Adahan auf dem Boden stand, steckte eine Patrone in die Schnelladescheibe, um besser arbeiten zu können, löste behutsam die Kugel aus der Hülse und schüttete das Pulver vor sich auf die abgetretenen Bodenbretter.

Es sah nicht anders aus als das normale Pulver, das sie bis jetzt in Heim herstellten, vielleicht etwas feiner. Schwarzer Staub, scheinbar trocken geblieben.

Er nahm sich einen Ersatzfeuerstein aus Bren Adahans Schachtel und strich damit der Länge nach über die Klinge seines Messers. Er hatte es eben frisch gefettet, deshalb gelang es ihm erst nach drei Versuchen, einen Funken zu schlagen.

Das Pulver flammte auf und erlosch sogleich wieder. Zurück blieb nur ein beißender Geruch und sehr viel weniger Qualm, als Jason erwartet haben würde, hätte er nicht bereits in Heim ein paar Probeschüsse abgegeben.

Bren Adahan und Durine machten große Augen, aber keiner von beiden sagte ein Wort. Jeder wußte, daß der Ingenieur Jason neue Waffen gegeben hatte, aber bis jetzt hatte er sie geheimgehalten.

Sie waren für ihn bestimmt. Und für *ihn*, falls er noch lebte.

Jason schüttelte den Kopf. Das ergab keinen Sinn, so wie die Dinge jetzt lagen. Der Zweck einer Schußwaffe war es zu töten, wo es denn sein mußte, und nicht, den Cullinanes als Familiengeheimnis zu dienen. Sowohl Durine wie auch Bren Adahan waren vertrauenswürdig, innerhalb ihrer Grenzen, das hatte Ellegon beschworen.

»Du hast gesagt, ich hätte richtig gehandelt, als wir im Silbernen Pilz auf die Sklavenhändler trafen«, sagte Jason.

Durine nickte. »Ja. Das habt Ihr. Etwas von ihm hat auf Euch abgefärbt.«

Das war ausgesprochener Unsinn, Valeran hatte mehr Einfluß auf Jasons Entwicklung genommen als Karl Cullinane. Doch vielleicht hatte der alte Soldat seinen Schützling gut ausgebildet – bevor er, von einem Wurfmesser in den Kopf getroffen, tot zu Boden stürzte.

»Dann will ich hoffen, daß ich jetzt auch das Richtige tue. Ich gebe euch diese Revolver. Kehre ich nicht zurück, könnt ihr auf dem Weg nach Heim Gebrauch davon machen. Dort gebt sie dem Ingenieur, er wird entscheiden, was damit geschehen soll.« Er prüfte, ob sich tatsächlich keine Patrone in der Trommel befand, bevor er sie einklinkte und den

Revolver mehrere Male abfeuerte, wobei er darauf achtete, die Mündung nicht auf einen seiner Freunde zu richten. »So werden sie ...«

»Habe ich recht verstanden?« Bren Adahan betrachtete ihn mit gerunzelter Stirn. »Du gibst uns deine ... Revolver?«

»Bei dem, was ich vorhabe, würden Schüsse mich nur verraten, weshalb sollte ich sie also mitschleppen.« Jason zuckte die Achseln.

»Soll das heißen, daß du im Regen draußen herumschleichen willst? Und wozu soll das gut sein?« erkundigte sich Bren Adahan.

»Denk doch mal nach, Baron«, sagte Jason. Er freute ihn, daß Adahan das Offensichtliche übersehen hatte, das gab Jason Gelegenheit, ihn zu belehren. »Salket ist bis jetzt von diesem Krieger und seinen Mitstreitern auffällig links liegen gelassen worden. Jane – und sie kennt ihren Vater besser als sonst jemand – ist überzeugt, daß Salket ihr nächstes Ziel sein wird.

Dasselbe glauben auch die Sklavenhändler: Sie haben ihre übrigen Niederlassungen auf der Insel geschlossen und bieten diese hier als Köder an. Ich habe bestimmt recht. Wir reiten in die Stadt, und das größte Gasthaus ist bis unters Dach von Sklavenhändlern mit Beschlag belegt, die uns ausdrücklich unter die Nase reiben, wer und was sie sind, falls es uns entgangen sein sollte. Erkennst du eine Falle nicht, wenn du sie siehst?

Und wir haben sie aufgeschreckt, unseretwegen hat ihre Wachsamkeit noch zugenommen. Glaubst du, sie haben die Signalraketen nicht bemerkt? Ob er unsere Nachrichten gefunden hat oder nicht, das Vernünftigste, was Vater unter den gegebenen Umständen tun könnte, wäre, Salket zu verlassen.

Nun, jemand der wirklich gerissen ist, würde sie im eigenen Saft schmoren lassen. Würde sie warten und warten lassen, bis sie schwarz werden.

Aber Vater ist nicht so gerissen. Seine bevorzugte Methode, Sklavenhändler das Fürchten zu lehren, hat immer darin bestanden, sie umzubringen. Davon wird er hier nicht abgehen. Irgend jemand muß auskundschaften, wo sie die Falle aufgebaut haben und wie sie beschaffen ist.«

»Walter Slowotski ist bei ihm«, wandte Durine ein. »Er ist ein besserer Kundschafter als Ihr.«

Jason schnalzte mit der Zunge. »Aber wenn er noch gar nicht hier ist? Außerdem kann ich heute nacht im Schutz des Unwetters herumstöbern. Morgen ist es damit vorbei.« Vielleicht hatte er nicht einmal die ganze Nacht Zeit, ein Unwetter konnte so schnell abziehen, wie es losgebrochen war.

Durine kramte in seinem Packen, bis er einen langen schwarzen Stoffstreifen zum Vorschein brachte. »Am besten verbindest du dir die Augen, bis du gehst, damit sie sich an die Dunkelheit gewöhnen.«

Jason nickte. »Gute Idee.«

Bren Adahan wirkte immer noch nicht sehr begeistert. »Kaum daß du trocken bist, willst du schon wieder in das Schweinewetter hinaus und herausfinden, wo die Fallen aufgebaut sind?«

Nein, hätte Jason ihm gerne geantwortet. *Ich bin siebzehn Jahre alt, und ich habe solche Angst, daß ich die Hinterbacken zusammenkneifen muß, um mir nicht in die Hose zu machen. Doch als es das erste Mal drauf ankam, habe ich Reißaus genommen, und ich habe mir geschworen, daß es bei diesem einen Mal bleibt. Es ist mein Schicksal, der Sohn von Karl Cullinane zu sein, und das bedeutet, daß ich tue, was getan werden muß, kaltblütig, ob es nun darum geht, einen rebellischen Baron Mores zu lehren oder meinen eigenen Hals zu riskieren.*

Sein Vater war eine Legende. Eine Legende war, vor allem anderen, eine Lüge. Und Jason war der Sohn der Legende. Doch vielleicht konnte man Lügen in Wahrheit verwandeln, konnte man das Universum zu der gewünschten Form kneten und die Wirklichkeit der Sage anpassen – wenn es einem nur gelang, das Beben in der Stimme und das Zittern der Hände zu unterdrücken.

»Aber natürlich will ich das, Baron«, erwiderte er, stand auf und zog sich die feuchte, muffige Wolldecke um die Schultern wie einen Krönungsmantel. »Ich bin ein Cullinane.«

Der Baron wußte nicht recht, wie er darauf reagieren sollte, also zwang Jason sich, ihm in die Augen zu schauen, bis der Baron den Blick abwandte.

»Es scheint so«, meinte Bren Adahan.

Kapitel dreiundzwanzig

Rat mal, wer …

Bin ich ein Gott? Ich sehe so klar!
Johann Wolfgang von Goethe

Seine Kleider waren noch unangenehm feucht gewesen, als er in den strömenden Regen hinaustrat, aber seinen Bauch wärmte eine letzte Tasse Tee, die er so heiß hinabgestürzt hatte, daß er sich Zunge und Hals verbrannte.

Inzwischen stapfte er, wieder völlig durchnäßt, durch das regenschwere Gras hinter dem Goldenen Ochsen und trat schließlich in den Schutz des überhängenden Balkons.

Zwischen den aufzuckenden Blitzen war die Nacht pechschwarz, erhellt nur von den Lampen in den Fenstern der Häuser, die allerdings schon in kurzer Entfernung hinter einem Vorhang aus Regen und Dunkelheit verschwanden. Das Licht reichte, um sich zu orientieren, aber nur so eben.

Er stand regungslos dicht an der mit Schindeln verkleideten Mauer des Hauses. Nachdem er sich den Regen aus den Augen gewischt hatte, musterte er kurz seine Umgebung.

Das Gasthaus befand sich hinter ihm; an der Ostseite schlossen sich die Stallungen an, wo ihre Pferde von zwei nicht allzu wachsamen Stallburschen versorgt wurden, die alle beide nach Wein gerochen hatten. Im Westen, ein Stück die Straße hinauf, standen drei Wohnhäuser, vermutlich die Heimstätten mittelständischer Kaufleute, dahinter waren die Stallgebäude vom Silbernen Pilz zu sehen. Das Gasthaus selbst lag ihnen gegenüber, auf der anderen Straßenseite.

Zwei Kreuzungen weiter, am Ende der dritten Straße vom Goldenen Ochsen aus gesehen, befand sich das Gildehaus der Sklavenhändler. Das war Jasons eigentliches Ziel, doch bis er es erreichte, würden noch Stunden vergehen. »Auf der Pirsch muß man sich langsam und vorsichtig bewegen«, hatte Walter Slowotski gesagt. Wenn möglich, sollte man selbst an einem geeigneten Platz abwarten und das Wild herankommen lassen.

Nun, das war hier nicht möglich.

Er mußte darauf achten, Stellen ohne Deckung zu vermeiden. In seinen feuchten, dunklen Kleidern war er im Schatten so gut wie unsichtbar, doch im grellen Licht eines Blitzes konnte ihn jeder entdekken, der zufällig in seine Richtung schaute.

Andererseits war gleich nach einem Blitz genau der richtige Zeitpunkt für sein Vorhaben. Er schloß die Augen und wartete. Sobald Helligkeit durch seine Lider drang und er den Donner krachen hörte, öffnete er die Augen, trat in die Nacht hinaus und rückte im Gehen das dünne Kletterseil zurecht, das er sich in mehreren Windungen diagonal über die linke Schulter geschlungen hatte.

Seine Stiefel würden bei jedem Schritt knöcheltief in den Schlamm einsinken. Das war nicht weiter schlimm, doch sie verursachten ein schmatzendes Geräusch, wenn er den Fuß hob, um weiterzugehen. Man konnte es kaum hören bei dem Prasseln des Regens, aber es trug doch ein paar Meter weit.

Jason schmiegte sich an den Stamm einer alten Eiche. Die feuchte, schrundige Borke drückte sich durch das Hemd schmerzhaft in seinen Rücken. Er zog erst einen Stiefel aus, dann den zweiten, schnürte sie mit einem Lederriemen aus seiner Gürteltasche zusammen, warf sie über die Schulter und sicherte sie mit einem weiteren Riemen über der Brust.

Gleich beim ersten Schritt bohrte sich ein Stein in den Ballen seines rechten Fußes; als er zur Seite hüpfte, trat er mit dem linken auf einen spitzen Scherben.

Scheiße. So ging es nicht. Er lehnte sich gegen den Stamm und befühlte seine Zehen. Allmählich entwickelte sich die Sache zu einem mittleren Reinfall, aber er mußte versuchen, aus allem das Beste zu machen. Das war ehernes Gesetz.

Nachdem er sich die Füße in einer Pfütze notdürftig abgespült hatte, nahm er die Stiefel von der Schulter und zog sie wieder an. Er spürte den Matsch zwischen seinen Zehen hervorquellen. Diesmal gab bei seinem ersten Schritt irgend etwas nach, und er fiel platt aufs Gesicht.

Ein wahrer Held.

Er stemmte die Hände in den Morast und rang erst mal nach Atem. Dabei mußte er aufpassen, nicht etwa die kalte Brühe in Mund und Nase zu bekommen.

Schließlich gelang es ihm, sich auf Händen und Knien aufzurichten und tief durchzuatmen, bevor er sich in einem Hustenanfall krümmte. Anschließend wischte er sich den Schlamm von Mund, Augen und Nase so gut es ging.

Was konnte er tun, als an seinem Plan festhalten? Er stolperte so behutsam wie möglich durch die Nacht. Schlamm und Sand zwischen den Zähnen, durchfroren, naß, schmutzig, elend und ganz allein auf sich gestellt.

Die ersten vier Häuser, die er überprüfte, erwiesen sich als das, wonach sie aussahen: die Behausungen mittelständischer Kaufleute – oder adliger Kaufleute, auf Salket gab es da gewisse Unterschiede, die für einen Außenstehenden nicht ohne weiteres zu durchschauen waren. Jason hielt den einen für einen Eisenwarenhändler, der andere verdiente sein Geld wahrscheinlich mit Oliven, während der dritte mit Trockenfisch Geschäfte zu machen schien, aber vielleicht hatte er sich auch geirrt. Welches Gewerbe der Eigentümer des vierten Hauses betrieb, vermochte er nicht zu erraten.

Genaugenommen kam es auch nur darauf an, daß es sich bei den Gebäuden nicht um Kasernenbaracken handelte.

Ließ der Regen allmählich nach, oder bildete er sich das ein? Wie als Antwort auf seine Frage schüttete es doppelt so heftig vom Himmel, und der böige Wind peitschte ihm die eisigen Tropfen ins Gesicht.

Er ging weiter.

Der Silberne Pilz war im Hinblick auf die Bequemlichkeit der Gäste gebaut worden, an Sicherheitsvorkehrungen hatte man weniger gedacht. Jede der verschiedenen Zimmerfluchten schien über einen eigenen Balkon zu verfügen, der sich jeweils noch dichter über dem Boden befand, als die Balkone im Goldenen Ochsen. An leiterähnlichen Spalieren rankte Efeu die Mauern empor.

Über seinem Kopf fiel durch einen Spalt in den Vorhängen ein dünner Lichtstrahl aus einem der Fenster; Gelächter und das Klappern von Würfeln verrieten, was in dem Zimmer vor sich ging. Jason wartete unter dem Balkon, bis er mindestens vier Stimmen unterscheiden konnte, doch er war nicht ganz sicher, und es konnten sich ebensogut mehr als sechs Leute dort oben aufhalten. Er huschte zum nächsten Balkon; das Zimmer darüber war dunkel.

Einen Moment dachte er daran, an dem Spalier hinaufzuklettern, aber das war zu verlockend und zu einfach. Vielleicht hatte er es hier schon mit einer der für Karl Cullinane bestimmten Fallen zu tun, und hinter den tropfenden Blättern war die Schnur zu einer Alarmvorrichtung verborgen.

Doch um das herauszufinden, hatte er schließlich seinen Platz vor dem heimeligen Kaminfeuer im Goldenen Ochsen verlassen. Er bückte sich und betastete die Sprosse in Höhe seiner Knie. Vorsichtig schob er die Finger in die Öffnung und fühlte an den Stäben entlang nach irgend etwas Verdächtigem. Nichts. Nach und nach verstärkte er den Druck seiner Hand, bis er sich schließlich mit dem vollen Gewicht auf das Lattengefüge stemmte.

Die Sprosse hielt stand, ohne nachzugeben. Keine große Überraschung, die Salker waren dafür bekannt, daß sie für die Ewigkeit bauten. Trotzdem, das Holz war alt und splitterig. Er überlegte, ob er seine Kletterhandschuhe anziehen sollte, doch war er hier auf seinen Tastsinn angewiesen und ein Splitter im Finger würde ihn nicht umbringen.

Behutsam rüttelte er an einer Sprosse, dann an der nächsthöheren, schließlich begann er zu klettern. Wieder ermahnte er sich: Geduld war das wichtigste Rüstzeug des Jägers. Es kam darauf an, die Zeit zu beherrschen, nicht, sich von ihr beherrschen zu lassen.

Hast war gefährlich.

Bis zu dem Balkon waren es fünfzehn Sprossen; jeder vertraute er nur zögernd sein Gewicht an, bis er schließlich die neunte erreichte. Er streckte die Hand nach dem Geländer aus, um sich das letzte Stück hinaufzuziehen – und hielt mitten in der Bewegung inne. Beinahe wäre er kurz vor dem Ziel leichtsinnig geworden.

Er griff nach der obersten Sprosse des Efeuspaliers und zog sich langsam daran hoch, aber sie gab unmerklich nach. Langsam, langsam zog er die Hand zurück, dann tastete er sorgfältig die Stäbe entlang. Es half, wenn man sich einredete, hinter den Latten könnten überall Rasiermesser verborgen sein. Vielleicht stimmte es sogar.

Er fand keine Rasiermesser, aber seine Finger ertasteten ein Scharnier an einer der Sprossen und eine straff gespannte Schnur an der anderen Seite. Wahrhaftig eine Alarmvorrichtung.

Er schob die Ranken so weit zur Seite, daß er in dem Lichtschein aus dem Fenster nebenan zu erkennen vermochte, daß der Boden des Balkons leer war. Nicht einmal Wasser stand darauf – eine kaum merkliche Wölbung der Bodenplatte bewirkte, daß die Nässe zu den Seiten ablief und in den Efeuranken versickerte.

Auch das Marmorgeländer schien einwandfrei zu sein; es eignete sich auch nicht besonders für die versteckte Anbringung von Hebeln, Drähten oder Ähnlichem. Kurzentschlossen schwang er sich über die Brüstung.

Die in Quadrate unterteilten Glastüren zum Balkon waren verschlossen und vermutlich stabiler als sie aussahen; vielleicht handelte es sich um eine ähnliche Konstruktion wie bei den verglasten Verandatüren von Burg Biemestren: Was aussah wie hölzerne Verstrebungen, waren in Wirklichkeit Eisenstäbe mit einer Verkleidung aus dünnem Holzfurnier.

Er zog den Dolch und bohrte die Spitze in eine der Verstrebungen. Nach vielleicht einem halben Zentimeter stieß sie auf Metall. Genau wie zu Hause. So ohne weiteres konnte man nicht in das Gebäude eindringen, wenigstens nicht über diesen Balkon.

Jason schob den Dolch wieder in den Gürtel und schnürte ihn fest.

Auf Zehenspitzen trat er an die Seite der Glastüren, wo der Vorhang nicht ganz zugezogen war. Durch die Tür des Zimmers hinter der regennassen Scheibe fiel Licht von dem hellerleuchteten Gang. Er konnte vier dicht nebeneinanderstehende Schlafpritschen erkennen, von denen zwei besetzt waren, außerdem einen Ständer mit acht Gewehren neben der Tür. Ohne Zweifel handelte es sich hier um den Schlafraum von wenigstens acht Gildemännern. Diese Zahl multipliziert mit den sechs weiteren Balkonzimmern des Gasthauses brachte ihn zu der Vermutung, daß sich mindestens fünfzig Gildesoldaten allein in dem Silbernen Pilz aufhielten.

Als nächstes …

Ein Knarren in dem Zimmer ließ ihn erstarren. Seine Hand fiel auf den Dolchgriff, aber das war Blödsinn. Er konnte den Dolch nicht ins Spiel bringen, ohne sich zu verraten.

Er lehnte sich an die Mauer neben der Tür und wickelte die zwei hölzernen Griffe der Garrotte von seinem Gürtel. Der Gedanke, wieder töten zu müssen, verursachte ihm ein flaues Gefühl im Magen, doch wenn die Tür sich öffnete, blieb ihm nichts anderes übrig. Die Schnur aus gedrehter Sehne über den Hals des Opfers zu streifen, die Griffe überkreuzen, ziehen, den Leichnam zu Boden gleiten lassen und nichts wie weg.

Seine Hände krampften sich um die Griffe, während er den leisen Stimmen in dem Zimmer lauschte. Bruchstücke der Unterhaltung konnte er verstehen: »Du bist dran … diesmal wach … klar, wenn's nicht regnet.«

Er legte das Ohr an den Türrahmen und hörte, wie sich jemand anzog und mit schweren Schritten den

Raum verließ, während jemand anders sich auskleidete und die Stiefel polternd zu Boden fallen ließ.

Es folgte das dumpfe Geräusch, mit dem jemand sich todmüde auf eine Pritsche fallen ließ. Jason wartete, bis er gleichmäßiges Schnarchen hörte, bevor er mit äußerster Vorsicht am Spalier zu Boden kletterte. Der Regen war immer noch so heftig, daß er sich elend fühlte.

Die Ställe gegenüber dem Gasthaus waren sein nächstes Ziel. Es standen nur zwanzig Pferde in den Boxen, was mit seiner Schätzung von fünfzig Gildesoldaten in den Zimmern nicht übereinstimmte. Doch so war es nun einmal: zwanzig Pferde und ein betrunkener Stallbursche, der auf dem Heuboden seinen Rausch ausschlief.

Als nächstes wollte er sich das Gildehaus vornehmen und da war äußerste Vorsicht geboten. Die Straße konnte er nicht benutzen; wenn die Sklavenhändler dort Wachen aufgestellt hatten, mußten sie ihn unfehlbar entdecken.

Folglich wich er auf die Zufahrtswege hinter den Häusern aus. Sie waren matschig, aber dort gab es bessere Möglichkeiten, sich zu verstecken.

Diese ganze Angelegenheit war ungemütlich und langweilig, und wo sie nicht langweilig war, wurde sie gefährlich. Etwas Glitschiges, das in dem Morast hinter einem der Häuser auf der Lauer gelegen hatte, zog ihm ein Bein unter dem Leib weg, er fiel rücklings zu Boden und spürte einen spitzen Gegenstand genau unter dem rechten Schulterblatt in seinen Rükken stechen.

Er griff mit der linken Hand unter der Achsel hindurch und zog einen fingerlangen Splitter aus seinem Fleisch. Die Stelle, wo er eingedrungen war, schmerzte teuflisch. Er hatte eine kleine Metallflasche mit Heiltrank in seiner Gürteltasche, aber den wollte er nicht für unbedeutende Verletzungen verschwenden, sondern für wirklich gefährliche Wunden aufsparen.

In dem Maße, wie der Wind kälter wurde, nahm der Regen ab, und von einer kleinen Erhebung aus konnte er weit entfernt durch ein Loch in der Wolkendecke sogar die Sterne leuchten sehen. Wenn er noch das Gildehaus der Sklavenhändler überprüfen wollte, mußte er sich beeilen.

Während er im Windschatten der Mauer um das Gildehaus stand, kam ihm der Gedanke, daß es im Landesinneren von Salket seit langer Zeit keine bewaffneten Auseinandersetzungen mehr gegeben haben konnte. Sobald man sich weit genug vom Hafen entfernte, machten die Häuser den Eindruck, mehr auf Bequemlichkeit ausgerichtet zu sein als auf Sicherheit. Sie hatten zahlreiche Fenster, wenn auch oft vergittert, und nur selten waren sie von einer Schutzmauer umgeben. Während die Behausungen der Armen wie fast überall aus mit Lehm bestrichenem Weidengeflecht bestanden, verwendeten die Reichen zum Häuserbau Ziegel statt der früher üblichen Steinblöcke.

Das Gildehaus der Sklavenhändler bildete allerdings eine Ausnahme, wie auch die Gebäude links und rechts davon.

Westlich des Haupthauses befand sich ein aus

Holz errichteter Stall, mehr eine Scheune eigentlich, vermutlich das Eigentum der Sklavenhändler: Beide Gebäude waren durch einen überdachten Gang verbunden. Im Osten erhoben sich die Ruinen eines einst stattlichen, dreistöckigen Wohnhauses, in dem ein Brand gewütet hatte. Zwar hatte die Feuerwehr des hier regierenden Fürsten das Feuer gelöscht, bevor es auf die anderen Häuser übergreifen konnte, aber das Gebäude war zerstört; hinter der beinahe vollständig eingestürzten Fassade konnte man die rauchgeschwärzten Zimmer sehen.

Das Anwesen der Sklavenhändler hatte bei dem Brand keinen Schaden genommen. Das Haupthaus war aus Steinen errichtet, nicht aus Ziegeln, und wurde von einer drei Meter hohen Mauer umgeben. Weder auf dem mit einem Schutzgitter versehenen Postengang auf der Mauerkrone noch in den beiden Wächterhäuschen regte sich eine Menschenseele.

Die Anlage war keine Festung; einer Belagerung oder einem Sturmangriff mit schwerem Gerät konnte sie nicht standhalten, doch gegen Räuberbanden oder bei kleinen Fehden, wie sie auf der Insel vorkommen mochten, bot sie sicheren Schutz.

Auf den zweiten Blick erwies sich das Gebäude als ziemlich neu; die Kanten der Steine waren noch scharf und nicht von Wind und Wetter abgeschliffen wie die Mauern der Burg Biemestren, die seit Hunderten von Jahren den Elementen trotzten. Jason hätte wetten mögen, daß man sich aus Furcht vor einem Angriff der Freischärler von Heim zum Bau eines befestigten Gildehauses entschlossen hatte und daß es vielleicht erst vor zehn Jahren fertiggestellt worden war.

Doch das Anwesen war nicht uneinnehmbar. Man

konnte jede Festung einnehmen, wenn man über die Mittel verfügte. Entsprechend nachdrückliches Abklopfen brachte jede Mauer zum Einsturz. Auch jede feindliche Armee war zu vernichten oder in die Flucht zu schlagen, wenn man sie nur gründlich genug mit Pfeilen, Wurfgeschossen oder Kugeln überschüttete.

Die Sklavenhändler hatten sich zusätzlich in Unkosten gestürzt, indem sie in den vier Ecken des Mauergevierts sowie jeweils auf halbem Wege dazwischen hohe Pfähle mit Glühstahllampen aufgestellt hatten. Zwar reichte der bläuliche Schimmer nicht besonders weit – entweder waren die Zaubersprüche von Anfang an zu schwach gewesen, oder sie bedurften dringend einer Auffrischung –, doch die Beleuchtung genügte, um die Annäherung ungebetener Gäste zu bemerken.

Eins hatten die Sklavenhändler allerdings außer acht gelassen: Die Äste und Zweige einer riesigen Eiche neigten sich über die Westseite der Mauer. Jason suchte an dem mächtigen Stamm nach Stolperdrähten, verborgenen Hebeln oder sonstigen trickreichen Vorrichtungen, jedoch ohne Erfolg.

Er zuckte die Schultern. War es möglich, daß sie in ihrer Verteidigung ein solches Loch gelassen hatten? Während sie gleichzeitig die Soldaten von den übrigen Gildehäusern auf der Insel zur Verstärkung heranholten und im Silbernen Pilz einquartierten? Das ergab keinen Sinn. Dennoch, von seinem Platz aus konnte er sehen, daß kein anderer Baum so nahe an der Mauer stand oder sie überragte.

Er beschloß, das ganze Anwesen einmal zu umrunden, bevor er irgend etwas unternahm. An das Tor zur Straße durfte er sich nicht heranwagen, aber damit blieben immer noch drei Seiten des Gevierts übrig, die es auszukundschaften galt.

Sich dicht im Schatten der Mauer zu halten, war aber kaum die beste Idee. Er überquerte die Straße und arbeitete sich entlang dem Holzzaun, der das benachbarte Grundstück umschloß, zur nächsten Ecke vor. Der Regen übertönte seine Schritte.

Der Unterstand am Ende dieses Wehrgangs war besetzt. Eine dunkle Gestalt lehnte sich mit einem gedämpften Fluch in die Nacht hinaus.

Jason erstarrte.

Nach wenigen Sekunden, die Jason wie Minuten erschienen, wie Stunden, zog der Posten den Kopf wieder zurück. Offenbar hatte er keinen Verdacht geschöpft. Jason wartete noch ein paar Herzschläge, dann setzte er sich wieder in Bewegung.

Als er um die Nordwestecke bog, berührte etwas seine Schulter.

Kapitel vierundzwanzig

Walter Slowotski

Wer Geduld besitzt, kann alles erreichen.
François Rabelais

Valeran sagte immer, in einem Kampf Mann gegen Mann sei es zehnmal besser, sich gleich nachdrücklich zur Wehr zu setzen, als abzuwarten und sich im nachhinein künstlerisch wertvolle Verteidigungsmaßnahmen auszudenken.

Jason wirbelte auf den Zehenspitzen herum, den linken Arm abwehrend ausgestreckt, während er mit der rechten Hand zum Gürtel griff, allerdings nur die Garrotte zu fassen bekam und nicht seinen Dolch.

Unwichtig; besser als nichts. Die Holzgriffe in der geballten Faust, schlug er zu …

… und ließ den Arm sinken.

Walter Slowotski stand ein paar Schritte hinter ihm und ließ eben einen krummen Zweig zu Boden fallen.

»Langsam, Junge, langsam«, flüsterte Slowotski und winkte ihn zu sich in den Schatten. »Nur dein Onkel Walter, der noch nicht ins Gras beißen will. Weder jetzt noch später.«

Jason vermochte ihn im Licht der Glühstahllampen deutlich genug zu sehen, um zu erkennen, daß er sich verändert hatte. Er sah dünner aus, älter, verbraucht. Sein Bart war dichter und länger als sonst; eine wilde, von grauen Strähnen durchzogene Haarmähne, die dringend geschnitten werden mußte, umrahmte sein zerfurchtes Gesicht.

Doch es war immer noch Walter Slowotski: Sein mit-Slowotski-ist-die-Welt-in-Ordnung-Lächeln war unverändert oder wenigstens fast.

»Was, zum Teufel, tust du hier?« raunte Slowotski.

»Wo sind die anderen?« Jason schaute sich um. »Ahira, Vater …«

Walter Slowotski runzelte die Stirn. »Dein *Vater*? Wir müssen uns ausführlich unterhalten«, sagte er leise, »und hier ist nicht der geeignete Ort. Hast du hier irgendwo ein trockenes Plätzchen, wohin wir uns zurückziehen könnten?«

Der Regen hatte fast ganz aufgehört; wie als

Abschiedsgruß zuckten in der Ferne mehrere dicht aufeinanderfolgende Blitze über den Himmel.

Jason nickte. »Im Goldenen Ochsen. Zwei ...«

»Zwei Kreuzungen weiter und die dritte Straße von hier aus.« Slowotski nickte. »Gehst du voran oder soll ich?«

»Ich gehe voran.« Nicht nur, daß der Regen aufhörte, es mußte auch wärmer geworden sein. Jedenfalls spürte Jason die Kälte kaum noch.

Vater war also tot. Er hatte das Gefühl, als müßte er jetzt eigentlich weinen, als erwartete man von ihm, daß er weinte, aber ihm war nicht danach zumute. Er hatte schon einmal um seinen Vater getrauert, und vielleicht war einmal genug.

Vielleicht auch nicht. Vielleicht kamen die Tränen noch, später. Es war schwer zu sagen. Gefühle ließen sich nicht berechnen, erzwingen, sie überfielen den Menschen ungefragt und unerwartet.

Verdammt, verdammt, verdammt.

»Dumme Sache, Leute«, meinte Walter Slowotski, die Hände um einen dampfenden Becher Kräutertee gelegt. »Ich hätte nie gedacht, daß ihr auf den Blödsinn hereinfallt.« Er betrachtete Jason mit zusammengezogenen Brauen. »Du warst *dabei*, Jason. Niemand hätte die Explosion überleben können, und Karl war nicht in der Lage, weit zu laufen.« Er schüttelte sich das nasse Haar aus dem Gesicht. Sie hatten das Los geworfen, und Walter Slowotski war das Recht zugefallen, als erster zu baden.

Um Slowotskis Augen hatten sich Falten eingeprägt, an die Jason sich nicht erinnern konnte, seine Augenlider waren vor Übermüdung rot und ge-

schwollen. »Jau«, sagte er, »ich sehe aus wie eine aufgewärmte Leiche und nicht einmal gut aufgewärmt.«
Er schlürfte seinen Tee. »Der einzige Grund, weshalb ich den Zwerg nach Holtun-Bieme vorausgeschickt habe, war der, daß ich ihn aus dem Weg haben wollte. An Bord eines Schiffes wäre er unmöglich gewesen, außerdem ist er auch so ein potentieller Märtyrer, wie es dein Vater war. Immer gewesen ist, schon zu der Zeit, bevor wir es mit Dem Drachen zu tun hatten.«

Es hatte den Anschein, als wollte er noch etwas sagen, doch er entschied sich dagegen. Ahira war weit weg und vermutlich in Sicherheit; sie dagegen sahen sich den Problemen des Hier und Jetzt gegenüber.

»Wie sicher ist eure Verabredung mit der *Gazelle* für den Zehnten?« wollte Slowotski wissen.

Durine zuckte die Achseln. »Sie werden da sein.«

»Gut. Dann trefft ihr euch dort mit ihnen, und ich werde versuchen, am nächsten Treffpunkt zu euch zu stoßen. Ich will dies hier nicht unerledigt lassen.« Er lachte in sich hinein. »Meine Tochter ist nicht ohne, was? Sie hat recht damit, daß ich die Finger von Salket lassen würde – eine harte Nuß –, aber Karl hätte sich nicht davon abbringen lassen. Schon gar nicht mit ein paar Dutzend Mitstreitern hinter sich.« Slowotski lächelte. »Sie sind auf einen Sturmangriff vorbereitet, nicht auf einen einzelnen Mann. Es sind zu viele und doch nicht genug.«

Bren Adahan schüttelte den Kopf. »Nach deiner und Jasons Beschreibung kommt es mir ziemlich schwierig vor. Selbst wenn du von dem Baum auf die Mauer steigen kannst …«

»Der Baum! Das ist eine Falle – sie haben mindestens vier Stolperdrähte an dem Ast langgezogen, den man benutzen würde, um auf die Mauerkrone zu gelangen. Jason, hast du die Stümpfe nicht gesehen?«

»Stümpfe?«

»Scheiß-Echo – ja, Stümpfe. Sie haben alle anderen Bäume in der Nähe der Mauer gefällt und nur diesen einen stehengelassen. Hast du das nicht bemerkt?«

Jason wollte einwenden, daß er erst begonnen hatte, eine vollständige Erkundung vorzunehmen, und daß ihm die Baumstümpfe ganz sicher aufgefallen wären, aber das hätte sich zu sehr nach einer Ausrede angehört.

Außerdem würde Walter Slowotski, selbst ein ausgebuffter Lügner, ihm ohnehin nicht glauben.

»Ihr könnt so und so keinen nützlichen Beitrag liefern, also macht euch davon. Das hier ist mein Bier.« Slowotski bewegte ärgerlich die Schultern, und die Decke rutschte nach unten. Er zog sie fester um sich. »Eure verdammten Signalraketen haben die Sklavenhändler ordentlich aufgescheucht. Sie sind herumgeschwirrt wie ein Schwarm zorniger Bienen.«

»Vielleicht bist du daran auch nicht ganz schuldlos«, warf Durine ein.

Slowotski lachte, aber es war ein kraftloses Lachen. »Vielleicht. Ich sehe keine Möglichkeit, alle Sklaven hier zu befreien, aber ich kann die Wächter in den zwei anderen Häusern an der Straße erledigen ...« Er zog eine Augenbraue in die Höhe. »Du *hast* doch bemerkt, daß auch auf dem Heuboden der Scheune und dem Speicher des ausgebrannten Hauses Wachen postiert sind?«

»Sei nicht albern. Selbstverständlich habe ich das.«

Jason brachte ein Lächeln zustande, das der Lüge angemessen war. »Würde ich etwas dermaßen Offensichtliches übersehen?«

»Du bist deines Vaters Sohn. Manchmal vergesse ich das.« Walter Slowotski erwiderte das Lächeln. »Also gut – ich erledige sie, gehe hinein, sehe drinnen nach dem Rechten, öffne die Käfige, und dann setze ich ein Feuer in Gang und stifte soviel Verwirrung, daß die armen Schweine Gelegenheit haben zu verschwinden. Euch brauche ich dazu nicht; ihr könnt euch nicht so gut unsichtbar machen wie ich. Außerdem hat man euch bereits gesehen.«

Die meisten der entflohenen Sklaven würden natürlich von den Dorfbewohnern eingefangen werden, was einer der Gründe war, weshalb die Freischärler aus Heim größere Ortschaften mieden – nichts war schlimmer als ganze Scharen aufrechter Bürger, ob sie nun auf seiten der Freischärler standen oder mit den Sklavenhändlern sympathisierten –, doch einigen gelang es vielleicht, sich Kleider und Waffen zu beschaffen und genügend Geld, um sich in einem der Häfen einzuschiffen. Salket, wie in Eren nicht ungewöhnlich, war ein loser Zusammenschluß kleiner Fürstentümer, deren Herren sich gelegentlich trafen, um interne Streitigkeiten beizulegen, doch ohne eine übergeordnete Regierung. Es lag im allgemeinen Interesse, daß zum Beispiel ein Pferdeverleiher in Dreidorf dem Fürsten Beteran von Tesfors ein Pferd zurückgab, das sein Zeichen auf der Lippe eingesätzt trug; etwas anders lag die Sache mit einem entflohenen Sklaven, der – zumindest theoretisch – mit dem Pferdeverleiher verwandt sein konnte.

Doch in Walter Slowotskis Plan gab es einen Fehler.

Jason beugte sich vor. »Und was willst du tun, wenn zwanzig oder sogar fünfzig Sklavenhändler mit Gewehren, Schwertern, Knüppeln und was weiß ich aus dem Gasthaus da oben gestürmt kommen, das Haus umzingeln und jedes lebende Wesen niederschießen, das sich am Tor oder auf der Mauer blicken läßt?«

Slowotski musterte ihn mit kalten Blicken. »Davon wußte ich nichts. Du hast es mir nicht gesagt.«

»Ich kam nicht auf den Gedanken, du könntest etwas dermaßen Offensichtliches übersehen.« Jason lächelte. »Außerdem hast du so viel geredet, daß ich kaum zu Wort kam.«

Nach einem langen Moment des Schweigens verzog sich auch Walters Gesicht zu einem Lächeln. »Du hast nicht ganz unrecht. Laß mich einen Augenblick nachdenken.« Er saß still, trank seinen Tee und starrte in die tanzenden Flammen, als fände sich dort die Lösung für seine Probleme.

Endlich schüttelte er den Kopf. »Haut nicht hin. Scheiße. Im Haus befinden sich mindestens zwölf bis achtzehn Mann. Wahrscheinlich könnten wir die Posten und ein paar von den Soldaten erledigen und dann abhauen, aber wir haben nicht annähernd genug Leute oder Feuerkraft, um uns den Weg freizuschießen, sollte es brenzlig werden.« Er hob die Augenbrauen. »Wie sieht es finanziell bei euch aus?«

Jason zuckte die Schultern. »Wir haben reichlich Geld. Warum?«

Slowotski kratzte sich am Bauch. »Nun, dann seht morgen nachmittag zu, ob ihr ein halbes Dutzend Pferde leihen könnt. Damit wartet ihr ein Stück vom Dorf entfernt auf der Straße. Ich stoße zu euch, und wir hängen die Verfolger ab, indem wir oft die Pferde wechseln. Es müßte uns gelingen, euer Schiff zu erreichen und hinter dem Horizont verschwunden zu sein, bevor die Sklavenhändler auftauchen. Wir treffen uns mit Ellegon, und unsere Sorgen haben ein Ende.« Er rieb sich mit dem Handrücken über die Augen. »Ich fühle mich wie ausgebrannt, Junge. Solche Abenteuerspiele sind nichts für einen alten Mann.«

Jason hockte sich auf die Fersen und musterte den älteren Mann eingehend. Irgend etwas stimmte nicht. Die Anderseiter galten als etwas Besonderes, allen voran Walter Slowotski, ein Mann, der schlaue Sprüche vom Stapel ließ wie Lou Riccetti neue Erfindungen: mühelos, lässig, mit links.

Von einem Walter Slowotski erwartete man, daß er seinem Ruf gerecht wurde und nicht wie ein erschöpfter alter Mann am Boden kauerte, der mit jeder Minute älter und müder aussah. Slowotski war über vierzig Jahre alt, mehr oder weniger reif für die Grube, und er wirkte auch keinen Tag jünger, als er nach dem letzten Schluck Tee zu einer Pritsche tappte, auf die Knie sank und sich auf die Strohmatratze rollte. Bevor er sich ganz ausgestreckt hatte, war er bereits fest eingeschlafen.

Bren Adahan stand auf und reckte sich. »Es wäre mir lieb, Durine, wenn du die erste Wache übernehmen könntest.«

Durine nickte. »Geht in Ordnung.«

Jason ging ins Badezimmer und prüfte mit der Hand die Wassertemperatur. Es war nicht mehr heiß, aber angenehm warm, und das mußte reichen. Ihm fielen die Augen zu, doch er wollte sich nicht so verdreckt schlafen legen. Durine hatte seine Schrammen gesäubert, so daß keine Infektionsgefahr bestand, doch er hatte das Gefühl, als wäre der Morast, in dem er herumgewatet war, in jede Pore seiner Haut eingedrungen. Er ließ die schmutzigen Kleider zu Boden fallen, stieg die kurze Leiter hinauf und tauchte bedächtig in das nicht mehr ganz frische Wasser.

Es blieb ihnen nichts anderes übrig, als sich an Walter Slowotskis Plan zu halten, überlegte er. Sie hatten nicht die Feuer …

Er schoß kerzengrade aus der Wanne. »Walter, wach auf – Durine, weck ihn auf«, rief Jason, während er sich schnell die Seife abspülte, ein Handtuch umwickelte und ins Nebenzimmer lief.

»Was zum Teufel ist los?« wollte Slowotski wissen, nachdem es Durine gelungen war, ihn wachzurütteln. Er rieb sich mit dem Handrücken über die geröteten Augen.

Jason streckte ihm die beiden Revolver entgegen. »Du hast gesagt, wir hätten nicht genug Feuerkraft«, erklärte er und schwenkte die Trommeln aus. »Weißt du, was das hier ist?«

»Wo hast du …? Lou, dieser Teufelsbraten«, sagte Slowotski, nahm einen der Revolver in die Hand und hielt ihn in der Armbeuge wie einen Säugling. Eine geraume Weile kaute er auf den Lippen, um seine Bewegung zu verbergen, dann straffte er sich. »Dieser Teufelsbraten«, wiederholte er mit festerer und jüngerer Stimme. »Dieser haarlose Hundesohn hat es wieder einmal geschafft.« Plötzlich wirkte er gar nicht mehr so ausgebrannt und müde. »Ja. Ich weiß, was das ist. Wieviel Patronen hast du?«

»Zweihundert. Nein, einhundertneunundneunzig. Na, haben wir genug Feuerkraft?«

Slowotski schwieg und diesmal so lange, daß Jason

sich versucht fühlte, etwas zu sagen, doch er ließ es bleiben.

»Ja«, meinte Slowotski endlich. »Es genügt.« Er legte den Kopf schräg. »Deinem Vater ist es immer gelungen, mehr Leistung aus den Leuten herauszuholen, als ich für möglich gehalten hätte. Sogar bei mir hat er es geschafft, wenn ich mich recht erinnere. Wie's scheint, hat er dir diese Eigenschaft vererbt.« Er zwinkerte. »Jetzt sehen wir zu, daß wir etwas Schlaf bekommen. Morgen schreiben wir die Nachricht, die den Sklavenhändlern sagt, wem sie ihr Glück verdanken.«

Durine lächelte. »Ich wußte nicht, daß du auf dem Schlachtfeld Zeit findest, Briefe zu schreiben.«

Slowotski lachte. »Ich will nicht hoffen, daß ich so dumm aussehe. Wir schreiben die Nachricht und ruhen uns aus, morgen, morgen nacht und den nächsten Tag.« Der Bart, der sein lächelndes Gesicht umrahmte, wirkte nicht mehr so grau wie vorhin. »Und dann schlagen wir zu.« Er schaute zu Jason. »Junge, du siehst aus, als hättest du noch eine Frage?«

»Ist nicht so wichtig.«

»Woher willst du das wissen? Hast du Schwierigkeiten mit unserem Angriffsplan?«

Jason schüttelte den Kopf. »Das ist es nicht. Was ich nicht begreife, ist die Sache mit all diesen Gerüchten. Es hat Jahre gedauert, bis die Geschichte über dich und Vater und Ohlmin mit seinen Gildemännern sich in Eren herumgesprochen hatte und dabei immer mehr ausgeschmückt wurde. Aber all dieses Gerede über den Krieger und seine Dutzende, manchmal Hunderte von Männern – das hat sich explosionsartig ausgebreitet.«

»Und du fragst dich, warum?« Slowotski nickte. »Dafür gibt es mehrere Gründe. Erstens, dein Vater ist bereits eine Sagengestalt. Es sind dermaßen viele Geschichten über Karl Cullinane im Umlauf, daß es für den Krieger nicht besonders schwierig war, darauf aufzubauen.« Er kramte in ihrem Gepäck, entdeckte die Flasche mit Riccettis Magentrost, zog den Korken heraus und nahm einen herzhaften Schluck. »Die Gerüchte hätten sich in jedem Fall schnell ausgebreitet, auch ohne jede Nachhilfe.«

»Welche Nachhilfe?«

»Nun«, Slowotski grinste wölfisch, »ich habe so ziemlich alle Kneipen und Hurenhäuser auf den Zerspellten Inseln abgeklappert. Meinem persönlichen Einsatz ist es zu verdanken, daß der ganze Archipel von dem Krieger spricht.«

Jason lachte. Wenn irgend jemand es fertigbrachte, einen Hauch von Heroismus in sämtliche Spelunken und Bordelle auf den Zerspellten Inseln zu tragen, dann nur Walter Slowotski.

Kapitel fünfundzwanzig

Kaltblütig

Männer, dort drüben stehen die Hessen. Sie wurden gekauft für sieben Pfund und zehn Pence pro Kopf. Seid ihr mehr wert? Beweist es. Heute nacht weht die amerikanische Fahne auf jenem Hügel, oder Molly Stark erwacht als Witwe!

John Stark vor der Schlacht von Bennington

Wenn man Walter Slowotskis Erklärungen glauben wollte, waren die meisten der zu erwartenden Schwierigkeiten direkter Art. Falls es gleich zu Anfang brenzlig wurde, sollten sie in der Lage sein, die Sache abzubrechen und Fersengeld zu geben, bevor die Sklavenhändler Zeit hatten, ihnen alle Fluchtwege abzuschneiden.

Nach zwei Tagen Ruhe fühlte Jason sich beinahe wieder wie ein Mensch, als er neben Durine im Schatten des Zauns kauerte, linkerhand den Wehrgang auf der Mauer. Das Gildehaus lag hinter ihm. Vor ihm erhob sich das Gebäude, das sein Ziel darstellte: die mit dem Haupthaus durch einen überdachten Gang verbundene Scheune.

Von dem langen Hocken fühlte er sich steif, seine Knie und der verlängerte Rücken brannten vor Schmerz; er hätte sich zu gerne aufgerichtet und gereckt, aber es war fast die zwölfte Stunde, und jeden Augenblick konnte es Zeit für den Wachwechsel sein. Das war der geeignete Moment, um zuzuschlagen; Jason und seine Freunde verschafften sich damit so viel Vorsprung wie nur möglich.

Mit quietschenden Scharnieren schwang die Tür auf, und ein untersetzter Mann ging mit raschen Schritten auf das Stallgebäude zu, während irgend jemand hinter ihm die Tür wieder schloß. Er trug eine Metallhaube und ein Kettenhemd, ein Gewehr und eine Pike über der linken Schulter, und in der rechten Hand eine Sturmlaterne.

Er ging in einem Abstand von vielleicht drei Metern an Durines und Jasons Versteck vorbei, und beide fühlten sich versucht, ihn zu kassieren, aber das wäre grundverkehrt gewesen. Der Mann, den er ablösen sollte, hatte eine markierte Kerze vor sich stehen, die er bestimmt genau beobachtete; er wartete auf seinen Kameraden und wurde seinerseits von dem Unsichtbaren erwartet, der eben die Tür geschlossen hatte.

Sie ließen ihn gehen.

Nachdem sie sicher sein konnten, daß die Tür zu dem Anwesen geschlossen war, erhoben sich Jason und Durine und folgten dem Posten in den Stall. Sie brauchten nur dem Lichtschein seiner Lampe zu folgen.

Das Innere des Stallgebäudes entsprach genau Walter Slowotskis Beschreibung: ein dreistöckiger Schuppen, zwei Halbböden um einen bis zum Dach offenen Mittelteil. In jeder Ecke führten Treppen zum oberen Boden, wo der Mann wartete, der von ihrem Freund mit der Lampe abgelöst werden sollte. Es roch nach fauligem Stroh und altem Pferdedung.

Die Pferde witterten die Anwesenheit von Fremden; ein großer Rotschimmel warf den Kopf zurück und wieherte, während seine Hufe erregt auf die Bodenplanken trommelten. Jason und Durine schlüpften in eine leerstehende Box und wußten, daß die beiden Sklavenhändler die Aufregung der Tiere dem Eintritt des ablösenden Wächters zuschreiben würden.

Jason holte tief Luft. »Wünsch mir Glück«, gab er Durine durch Lippenbewegungen zu verstehen, bevor er sich auf Zehenspitzen zu einer der Stiegeleitern schlich.

Walter Slowotski hatte sich den Stall in der vorletzten Nacht gründlich angesehen und Jason genau eingeprägt, wleche der Stufen nicht knarrte.

Jason tastete sich bis zu dem ersten Heuboden hinauf, während der ablösende Posten ein Losungswort rief, das er nicht verstehen konnte. Er schien das antwortende Grunzen von oben als selbstverständlich zu betrachten und machte sich daran, seine Waffen in einen Holzkasten zu packen, der an einem Flaschenzug von der Decke hing. Er griff nach dem Seil und begann zu ziehen. Die Rollen mußten geölt werden; das Quietschen des Flaschenzugs übertönte das Geräusch von Jasons Schritten auf der Treppe, obwohl er auf halbem Wege innehalten mußte, weil der Waffenkasten oben angekommen war.

Der Mann oben zog ihn mit einer Hakenstange zu sich heran. Die klappernden Geräusche legten den Schluß nahe, daß er die Waffen der Ablösung aus- und seine eigenen einpackte; wieder nutzte Jason die Gelegenheit, den Rest der Treppe hinaufzuhuschen, wobei er es vermied, auf die achte, elfte und zwölfte Stufe zu treten.

An die Wand gedrückt, ließ er den abgelösten Posten an sich vorüber die Stiege hinabklettern, während der neue Mann zum oberen Boden hinaufstieg und den Kasten mit den Waffen abseilte.

Jason folgte ihm lautlos und wartete ab, bis der

Kasten knarrend und polternd unten angekommen war, dann zog er seine Garrotte.

Und faßte sich erneut in Geduld, bis die Schritte des abgelösten Postens sich entfernten und schließlich verstummten.

Der Wächter neben der offenen Luke hatte ebenfalls gewartet. Sobald sein Kamerad nicht mehr zu sehen war, setzte er die Metallhaube auf den Boden, um anschließend das Kettenhemd abzulegen. Er kicherte in sich hinein, als es sich klirrend und scheppernd auf dem Boden ausbreitete. Der Mann schien froh zu sein, daß er das Gewicht wenigstens vorübergehend losgeworden war. Ächzend reckte er die Schultern, griff dann nach der Pike, stemmte sie auf den Boden und schaute, an den Schaft gelehnt, in die Nacht hinaus.

Mit ein, zwei Schritten war Jason hinter ihm, streifte ihm mit einer raschen Bewegung die Schlinge über den Kopf, zog sie straff und zerrte den Mann rücklings zu Boden. Der Sterbende zappelte mit den Beinen, bäumte sich in würgenden Krämpfen, bis seine Schließmuskeln erschlafften und er in einem obszönen Schub und begleitet von fürchterlichem Gestank, Blase und Darm entleerte.

Jason hielt die Schlinge fest zugezogen, bis der Sklavenhändler nach einem letzten Aufbäumen reglos am Boden lag.

Einen Moment verharrte er in gebückter Haltung über dem Toten. Es war merkwürdig. Er fühlte nichts; der Mann, den er soeben eigenhändig getötet hatte, war nichts als noch irgendein Sklavenhändler, der ihm im Weg stand, und jetzt war er ein toter Sklavenhändler. Nicht der Beachtung wert.

Er pfiff zweimal leise und war erleichtert, drei

kurze Pfiffe als Antwort zu erhalten. Gleich darauf war Durine bei ihm und legte die Ausrüstung auf den Boden: vier schwere Armbrüste und eine Winde, um sie zu spannen, dazu ein Dutzend Bolzen. Während Durine die Armbrüste schußbereit machte, setzte Jason sich die Metallhaube auf den Kopf und stellte sich, auf die Pike gestützt, in die Luke.

Auf dem Speicher des ausgebrannten Hauses gegenüber war alles dunkel. Jason fragte sich, ob Walter Slowotski seine Arbeit bereits getan und den anderen Posten erledigt hatte.

Es sah ganz danach aus, denn genau unter dem Wächterhaus am Ende des Wehrgangs entstand im Schatten der Mauer eine Bewegung.

»Er ist schnell, unser Freund«, flüsterte Durine, reichte Jason eine der Armbrüste und behielt die andere für sich selbst. Wenn alles nach Plan verlief, brauchten sie nur die Rolle der Handlanger zu spielen, und Walter Slowotski würde die Posten auf der Mauer unschädlich machen. Wenn alles nach Plan verlief.

Hätte er nicht danach Ausschau gehalten, wäre ihm das Seil nicht aufgefallen, das durch die Luft flog und sich um den Lampenpfosten neben dem Unterstand auf der Mauerkrone schlang. Jason neigte die Pike zweimal nach links und einmal nach rechts.

Auf dieses Zeichen hin kletterte Walter Slowotski mit atemberaubender Behendigkeit das Seil hinauf und schwang sich über den Mauerrand. Ein paar Augenblicke lang geschah nichts, dann hing plötzlich eine dunkle Gestalt aus dem Fenster des kleinen Wächterhauses.

»Jetzt«, zischte Durine. Etwas regte sich in dem weiter entfernten Unterstand.

Die Tür öffnete sich, und der zweite Posten trat auf den Wehrgang hinaus.

»Los.« Zwei Bolzen surrten in die Nacht und verschwanden in der Dunkelheit. Jason war sicher, daß Durines Geschoß den Hals des Sklavenhändlers durchbohrte und ihn an die Wand des Unterstandes nagelte.

Man konnte erkennen, daß der Mann sich noch bewegte, und Durine schoß ihm einen zweiten Bolzen durch die Brust.

»Gehen wir runter«, meinte Durine, während er die Armbrüste nachlud und anschließend die Winde und den Köcher mit den Bolzen an seinen Gürtel hängte.

Es war nicht ganz einfach, mit einer gespannten Armbrust in jeder Hand die Stiegen hinunterzugehen, doch nach wenigen Minuten stand sie an der Hintertür des Anwesens. Sie öffnete sich einen Spalt, eben weit genug, um sie hindurchschlüpfen zu lassen.

Walter Slowotski stand vor ihnen und lächelte in dem matten Schein der Glühstahllampen. Er rückte an der Pistole an seiner rechten Hüfte.

»Und jetzt?« fragte Durine.

»Jetzt gehen wir und ermorden ein paar Sklavenhändler in ihren Betten.«

Mit einem flauen Gefühl im Magen erwiderte Jason Slowotskis Lächeln.

Sie standen vor der verriegelten Tür zu den Sklavenzwingern, während Jason nach dem passenden Schlüssel suchte.

Er war als Anfänger in diese Art Leben hineingeschlittert, jetzt war er ein blutiger Anfänger: Sie hatten sechs schlafende Männer getötet. Walter Slowotski durchschnitt ihnen die Hälse, während sie auf ihren Pritschen lagen, und Jason und Durine standen mit gespannter Armbrust an der Tür, um jedem einen Bolzen in den Leib zu jagen, der zu erwachen drohte.

Doch es war keiner aufgewacht; Slowotski konnte sie mühelos vom Schlaf in den Tod hinüberbefördern; lautlos, bis auf ein leises Röcheln.

Von dem Schlafraum mit den Blutlachen auf dem Boden waren sie durch eine Schwingtür in die Küche getreten, wo fünf Gildemänner redend und trinkend an einem Tisch saßen. Sie waren aufgesprungen, nur um augenblicklich von Bolzen und Schwertern gefällt zu werden.

Drei von ihnen war es gelungen, zu den Waffen zu kommen. Jason erinnerte sich an den einen, der mit verzweifeltem Wimmern versucht hatte, Slowotskis Hieb abzuwehren, nur um von einer Schwertklinge aufgespießt zu werden. Ein zweiter hatte mit erhobenen Händen um Gnade gefleht; Durine zerhackte sein Genick wie ein Holzfäller einen beliebigen Klotz.

Nur Zahlen. Nicht mehr. Sechs schlafende Männer, fünf Männer um einen Tisch, drei schrien, einer wimmerte, ein anderer flehte um sein Leben: elf Männer, die starben. Nur Zahlen.

Endlich fand Jason den Schlüssel, der in das Schloß der Tür paßte. Seltsamerweise hatte sie keinen Griff. Durine stand hinter ihm und hielt sich bereit, die Tür mit einem Tritt aufzusprengen, sollte es nötig sein.

Walter Slowotski zog die Stirn in Falten, er hob die Hand. »Warte«, gab er Jason durch Lippenbewegungen zu verstehen und strich mit den Fingern am Türrahmen entlang bis zum oberen Querholz.

Als er mit den Fingern über den Eichenbalken tastete, verzog sich sein Gesicht zu einem Lächeln.

Er winkte Jason zurück. Slowotski zog einen dünnen Metallstift aus der Gürteltasche, schob den Stift durch den Griffring des Schlüssels, befestigte ihn mit einem Stück Schnur und band eine zweite Schnur an das überstehende Ende des Diebshakens, schlang sie ein paarmal um den Schlüssel und trat zurück.

Er winkte Jason und Durine zu sich. »Der Balken über der Tür ist kein Balken«, flüsterte er so leise, daß man ihn kaum zwei Schritte weit hören konnte. »Wir haben es mit einer Falle zu tun. Meiner Ansicht nach wird er herunterfallen, sobald jemand den Schlüssel dreht. Aber ich möchte sichergehen; vielleicht ist es so eingerichtet, daß der Balken beim Öffnen der Tür niederbraust. Also, Durine, paß auf dein Bein auf.«

Mit einem Kopfnicken bezog Durine seinen Posten, allerdings nicht wie vorhin genau unter dem Türrahmen.

Jason zog den Revolver, klappte die Trommel aus und stieß eine Patrone in die leere Kammer. Slowotski folgte seinem Beispiel. Falls tatsächlich Sklavenhändler hinter der Tür lauerten, konnten sechs Schuß pro Waffe den Unterschied zwischen Leben und Tod bedeuten.

Slowotski zog an der Schnur. Langsam drehte sich der Schlüssel im Schloß. Ein leises Klicken ertönte.

Durine, das Schwert in der rechten Hand, den linken Arm mit dem Umhang umwickelt und in der linken Hand eine Laterne, schaute fragend zu Walter.

Slowotski nickte. Durine hob den Fuß und sprengte mit einem wuchtigen Tritt die Tür aus dem Schloß, die krachend und splitternd gegen die Wand prallte.

Beinahe gleichzeitig schmetterte der Querbalken herab und zerbarst auf dem Boden mit einem Knall wie von einem Pistolenschuß der Länge nach in zwei Hälften. Er verfehlte Durines Fuß nur um Haaresbreite. Slowotski setzte über das Hindernis hinweg und stürmte als erster durch die Tür. Tief in der Hocke wich er sofort nach links aus, die schußbereite Pistole in den vorgestreckten Händen.

Jason folgte ihm und bezog Posten rechts von der Tür.

Rufe und Schreie tönten ihnen entgegen; Jason hob die Revolvermündung und ließ sie auf der Suche nach einem Ziel durch den Raum wandern.

Vor ihm waren Ziele: Halbnackte Männer duckten sich hinter Gitterstäben und schrien, einige hielten sich die Hände vor die Gesichter.

Er legte auch die zweite Hand um den Kolben. Sein Finger krümmte sich um den ...

Nein. Das waren die Sklaven hinter den Gitterstäben; es befanden sich keine Sklavenhändler, keine Ziele in diesem Raum.

Durine lächelte. »Wir haben's geschafft.« Der breitschultrige Mann hängte die Laterne an einen Haken neben der Tür und ging. Er hatte die Aufgabe übernommen, draußen Wache zu halten und Bescheid zu geben, sobald vom Silbernen Pilz die Ablösung für den Wachwechsel um Mitternacht anrückte.

Slowotski richtete sich auf. »Ta havath, Leute, ta havath. Seid *still*. Wir sind hier, um euch zu befreien, ihr Dummköpfe«, versuchte er das Getöse zu übertönen und schob die Pistole quer in den Gürtel. Er zog den Dolch und strich mit dem Knauf an den Gittern entlang. »Oben gibt es Kleider, und ihr könnt an Geld und Waffen nehmen, was ihr findet«, erklärte er, während Jason sich bemühte, sein wild schlagendes Herz zu beruhigen.

Er lehnte sich gegen die kühle Steinmauer und überließ es Slowotski, die Sklaven aus den Käfigen herauszulassen; zehn wenig erfreut wirkende Männer, die den Halsreif der Sklaven trugen und lediglich mit einem zerfetzten, schmutzigen Schurz bekleidet waren. Einige standen vor ihrem Käfig, als wüßten sie nichts mit sich anzufangen, andere schienen ihr Glück nicht fassen zu können und blieben wie angewurzelt in der Zelle stehen. Sie machten keinen unterernährten Eindruck, aber es stank nach Schweiß und Unsauberkeit; die Luft in dem Raum war beinahe so stickig und ekelerregend wie in dem Leichenhaus vor der Tür.

Jason fühlte sich wie betäubt.

»Drüben findet ihr Werkzeug, um die Halsreifen abzunehmen«, fuhr Slowotski mit seinen Erläuterungen fort, während er den Schlüssel im Schloß der zweiten Gittertür drehte. »Der Krieger ist nebenan und erledigt die Posten im Stall. Nehmt euch Pferde und Sättel. Ich würde vorschlagen, daß ihr euch mit Proviant und Waffen versorgt und so schnell wie möglich verduftet. Ihr seid auf euch selbst angewiesen.«

Einer der Sklaven, ein hagerer Mann, schmutzig wie die anderen auch, erwiderte den Blick seines Gefährten mit einem kurzen Kopfnicken.

Irgend etwas stimmte hier nicht. Der metallische Geschmack der Angst stieg Jason in den Mund, erfüllte eiskalt seinen Leib. Er stieß sich von der Mauer ab.

Slowotski machte Anstalten, in die eben geöffnete Zelle zu treten, um einem Sklaven zu helfen, der offenbar nicht die Kraft hatte, sich von seiner Pritsche zu erheben.

»Nein!«

Ein schwarzbärtiger Mann streckte die Hand aus und brachte Jason aus dem Gleichgewicht, während starke Finger Jasons linken Arm umschlossen. Unwillkürlich betätigte er den Abzug des Revolvers.

Der Schuß dröhnte unglaublich laut in dem geschlossenen Raum, die Waffe stieß in seiner Hand zurück, ein Feuerstrahl fuhr gegen die Decke.

Ein Schlag auf den Kopf ließ grelle Lichter vor seinen Augen zucken, er taumelte zurück, doch instinktiv senkte er die Mündung der Waffe und rammte sie in einen ungewaschenen Bauch.

Der Hammer hob sich und fiel nieder. Wieder das Rucken des massiven Kolbens in der Faust. Ein warmer, salziger Tropfenregen sprühte Jason ins Gesicht, und ein gräßlicher Geruch breitete sich aus, während der Mann zurücktaumelte und zwei andere herbeieilten, um an seine Stelle zu treten.

Den ersten Angreifer wehrte Jason mit einer Schulterbewegung ab und zog wieder den Abzug durch. Die Mündungsflamme brannte am Hals eines Angreifers entlang und stieß ihn taumelnd gegen die Gitterstäbe.

Ein behaarter Arm schlang sich von hinten um Jasons Kehle, doch er hatte bereits mit der Linken den Dolch gezogen und rammte die Klinge nach hinten. Er spürte, wie sie in einen Körper sank und auf Knochen traf. Mit einer Drehung zog er sie wieder heraus. Der Aufschrei des Mannes gellte in Jasons rechtes Ohr, bevor ihn die Kräfte verließen und er mit einem schluchzenden Winseln zu Boden sank.

»Zurück«, schrie Jason, während er einen weiteren

Gegner niederschoß. Drei Patronen blieben ihm noch. »Zurück!«

Es gab keinen Zweifel mehr, das hier waren keine Sklaven. Sie waren die Falle in der Falle: Sklavenhändler, die sich als Sklaven ausgaben.

Drei von ihnen war es gelungen, Slowotski gegen die Gitterstäbe zu drängen und einer setzte ihm die Spitzte seines eigenen Messers an die Kehle, während ein zweiter den Kolben seiner Pistole zu greifen versuchte. Doch Slowotski, der mit glasigen Augen in Jasons Richtung blickte, hatte die Waffe zwischen seinem Leib und den Gitterstäben eingeklemmt.

»Die Pistole weg. Die Pistole weg, oder er stirbt«, befahl einer der Sklavenhändler und verstärkte den Druck der Messerklinge, um seinen Worten Nachdruck zu verleihen. Trotz der zusammengebissenen Zähne entschlüpfte Slowotski ein Stöhnen.

Leck mich, du Bastard, dachte Jason trotzig, als er den Revolver in Anschlag brachte und dem Mann in das rechte Auge schoß.

Slowotski stieß seinen zweiten Gegner mit dem Ellenbogen zur Seite, zog sein Schwert und durchbohrte zwei der Verwundeten, die den Kampf wieder aufnehmen wollten.

Jason hatte den Revolver in das Halfter geschoben und gleichfalls nach dem Schwert gegriffen. In der anderen Hand den Dolch, kauerte er am Boden und ließ die Schwertklinge von einer Seite zur anderen wandern, suchend, hungrig, todbringend.

Doch sie waren alle tot, alle lagen sie auf dem Steinboden, in Lachen und Pfützen aus Blut und Urin, und diesmal machte es ihm nichts aus, es gefiel ihm so.

»Die Pistole weg, oder er stirbt?« Jason spuckte auf

den Leichnam des Sklavenhändlers, der die Drohung ausgesprochen hatte.

Durine erschien in der Tür. Er übersah die Lage mit einem kurzen Blick und wandte sich an Jason.

»Geh und hol die Pferde«, ordnete Jason an. »Und setz die Gebäude in Brand. Wir kommen gleich nach.«

Walter Slowotski stand vor Jason; das Blut auf seinem Gesicht und in seinem Bart stammte nicht nur von ihm.

»Du hättest mich treffen können, Jason«, sagte er.

»Ist das ein Vorwurf?«

»Keineswegs. Keineswegs.« Er preßte die flache Hand gegen den Hals, und Jason sah, daß er schwankte.

Sofort war er neben ihm und stützte den älteren Mann. Mit der freien Hand kramte er die Flasche mit Heiltrank aus der Gürteltasche und reichte sie dem Freund, der mit zitternden Fingern den Stöpsel herauszog und die Flasche hastig an die Lippen setzte.

»Verschwinden wir von hier, Junge«, sagte Walter Slowotski, und seine Stimme klang schon wieder dunkler und kräftiger. »Die Nachricht sparen wir uns diesmal.«

»Den Teufel werden wir.« Jason löste bereits die Schnüre an Slowotskis Munitionsbeutel, lud rasch und geschickt Walters und seine Waffe, worauf er darauf achtete, die abgeschossenen Patronenhülsen in den Beutel zu tun. Er hatte nicht die Absicht, den Sklavenhändlern mehr zu hinterlassen als Leichen und eine Nachricht, die dafür sorgte, daß man ›Den Krieger‹ nicht vergaß.

Er zog das Pergament aus seiner eigenen Tasche und steckte es einem der Toten zwischen die Lippen. »Wie man so schön sagt: der Krieger lebt.«

Er legte die Hand an den Revolver. »Und wir sind keine netten Leute«, fügte er hinzu. Dann schlug er Walter Slowotski die Hand auf die Schulter. »Auf geht's, alter Mann. *Jetzt* können wir von hier verschwinden.«

Kapitel sechsundzwanzig

Ein Lachen im Dunkeln

Du verstehst zu siegen, Hannibal,
aber du verstehst die Siege nicht auszunutzen.
Maharbal

Jason konnte nicht schlafen. Im Laderaum war es dumpf und stickig, und das ständige, wenn auch sanfte Rollen des Schiffes verursachte ihm ein vages Gefühl der Übelkeit. Wieder einmal.

Wie es aussieht, wird die Seefahrt nie zu meinen Stekkenpferden gehören, dachte er.

Zumindest war er nicht allein und war es auch die ganze Nacht nicht gewesen. Er hatte eine Ruderwache übernommen, damit Bothan Ver und Thivar Anjer sich einmal ausschlafen konnten. Nachdem die Suche nach dem Krieger zu Ende war und Salket längst hinter dem Horizont versunken, spürte er, wie die Anspannung ihn allmählich verließ.

Sie waren wieder einmal davongekommen.

Solange der Wind nicht auffrischte, brauchte er kaum etwas zu tun, und Thivar Anjer hatte Jason die

Arbeit zusätzlich erleichtert, indem er einen Stab an der Steuerbordreling befestigte; so brauchte er nicht einmal auf den Kompaß zu achten. Von seinem Sitz neben dem Ruder mußte er nur aufpassen, daß die Stange immer auf den Polarstern zeigte.

Jane Slowotski hatte ihm während der ersten Wache Gesellschaft geleistet. Schweigend saß sie neben ihm auf der Bank des Rudergängers und lehnte den Hinterkopf an seine Brust, während er den freien Arm um sie legte. Ihr Haar duftete nach Seife und Sonnenschein.

»Hast du schon irgendwelche brillanten Ideen, was wir tun, sobald wir wieder zu Hause sind?« fragte sie und spielte mit seinen Fingern.

»Eigentlich nicht.«

»Du hast nicht etwa vor, zu heiraten und Kinder in die Welt zu setzen oder etwas in der Art?«

»Nein.« Er streifte mit den Lippen über ihr Haar. »Vielleicht später.«

Sie lachte. »Nun, dann sind wir einer Meinung.«

»Außerdem wirst du dich am Hof vermutlich durch ganze Scharen zukünftiger Barone hindurcharbeiten müssen.«

»Jason *Cullinane*«, sagte sie mit gespielter Entrüstung. »Für was für eine Sorte Mädchen hältst du mich?«

»Du bist Walter Slowotskis Tochter. Und was soll das überhaupt – paßt nur ein Schlüssel aufs Schloß?«

Sie lachten beide.

Jane hatte sich unter Deck schlafen gelegt, und Durine war heraufgekommen, um sich geräuschvoll über den Schiffsrand zu erleichtern. Jason staunte über seine Ausdauer bei diesem Geschäft.

Nachdem er die Hose zugeknöpft hatte, machte Durine Anstalten, wieder hinunterzugehen, zuckte dann mit den Schultern und fragte: »Habt Ihr was dagegen, wenn ich Euch Gesellschaft leiste, junger Herr?«

»Ganz und gar nicht, Durine.«

Er ließ sich Jason gegenüber nieder und saß dort eine geraume Weile, ohne ein Wort zu sprechen. Beide beobachteten sie die Sterne und den Nachthimmel und das ferne Pulsieren der Feenlichter, bis Durine gähnte und sich erhob.

»Ich glaube nicht, daß wir uns in Zukunft oft über den Weg laufen werden, junger Herr«, meinte er. »Ich wollte nur sagen, daß es mich freut, dieses Abenteuer mit Euch bestanden zu haben.«

»Wirst du sentimental auf deine alten Tage, Durine?« Tennettys Kopf lugte durch die Vorhänge am Niedergang.

Durine hob die massigen Schultern unter dem dünnen Hemd. »Ein bißchen, vielleicht.«

Sie hockte sich im Schneidersitz neben Jason auf die Decksplanken. »Walter hat eine Menge über dich erzählt. Er sagt, daß du dich tapfer geschlagen hast. Wirklich tapfer.«

»Ja, aber er lügt wie gedruckt.«

Tennettys Lächeln wärmte ihm das Herz. »Ganz schön selbstzufrieden, nicht wahr?«

Durine wollte aufbrausen, aber Jason legte ihm die Hand auf den Arm, und er beruhigte sich.

»Ja, bin ich«, erwiderte Jason. »Ich bin durchaus mit mir selbst zufrieden.«

»Kannst du auch sein«, sagte sie. »Wir haben es lebend überstanden, allesamt.«

»Habe ich bemerkt.« Obwohl sie nicht ganz recht hatte. Vator hatte sein Leben eingebüßt und Vator war Jasons Freund gewesen, selbst wenn Tennetty ihn nicht zu ihrer Gemeinschaft rechnete. Doch er war nun einmal tot, daran ließ sich beim besten Willen nichts mehr ändern. Er konnte nur versuchen, es beim nächsten Mal besser zu machen.

Sie schwieg lange Zeit. »Du bist nicht Karl, weißt du.«

»Weiß ich.«

»Aber du bist ein kaltblütiger kleiner Mörder. Du würdest einem Mann den Bauch aufschlitzen und ihm dann noch die Kehle durchschneiden, weil er dir mit seinem Blut und seinen Eingeweiden die Stiefel beschmutzt hat.«

Er wußte nicht, wie es in seine Hand gekommen war, aber plötzlich funkelte die Klinge seines schweren Jagdmessers vor Tennettys Gesicht. »Darauf kannst du wetten, Tennetty«, sagte er. »Und nicht nur einem Mann.«

Sie lachte. Es war kein angenehmes Lachen, aber das hatte seine Richtigkeit, denn sie war kein angenehmer Mensch.

Jasons Grinsen, mit dem er ihr Lachen beantwortete, war keinen Deut liebenswerter.

Durine schaute von einem zum andern, als wären sie beide verrückt.

Bren Adahan hatte keine Wache übernommen, doch er war kurze Zeit später ebenfalls an Deck gekommen, um sich zu erleichtern. Auch er machte erst Anstalten, wieder hinunterzugehen, und gesellte sich dann zu Jason.

»Ich möchte mit dir über deine Schwester reden.«

Jason fühlte sich versucht, ihm zu sagen, er solle sich zum Teufel scheren, aber Bren Adahan hatte sich als ausgezeichneter Pferdekenner erwiesen und mit den Tieren an genau der richtigen Stelle der Straße gewartet. Er hieß sie ein paar Minuten warten, um ein paar Meter zurück ein geschwärztes Seil über die Straße zu spannen, und er hatte sogar darauf bestanden, selbst die Führung zu übernehmen, wobei er das blanke Schwert vor sich hielt, um ihnen wenigstens eine kleine Chance zu verschaffen, einer ähnlichen, für sie aufgestellten Falle auszuweichen.

Also sagte Jason: »Wird auch Zeit.«

»Ich bin das Produkt meiner Zeit und Stellung, Jason Cullinane. Urteile nicht zu hart über mich. In Holtun ist es das Recht des Barons zu fragen. Außerdem«, fügte er mit einem Lächeln hinzu, das eindeutig von Mann zu Mann gemeint war, »Jane ist verdammt reizvoll, das kannst du nicht leugnen.«

»Was willst du von mir?«

»Erwähne nichts davon gegenüber deiner Schwester. Was hätte es auch für einen Sinn?«

Jason gab vor, darüber nachzudenken, und nickte dann mit dem Kopf. »Kann sein, daß ich ihr nichts sage«, meinte er. *Aber ich werde es ihr erzählen* dachte er bei sich. Sollte Aeia entscheiden, ob sie die Sache offiziell zur Kenntnis nahm. »Kein Problem, Bren. Leg dich schlafen.«

Betrug? Nein. Aeia gehörte zur Familie. Die Familie kam zuerst.

Vor Tagesanbruch spürte er eine vertraute Berührung in seinem Bewußtsein.

Jason, geht es dir gut? Ellegon war vorläufig nur

ein kleiner Fleck am Horizont, aber der Fleck wurde stetig größer.

Mir geht es gut. Aber diese Sache mit dem Krieger …

Ich weiß – Ahira und deine Mutter sind bei mir.

Jason stand auf. »Also gut, Leute, aufgewacht«, rief er über das Schiff. Seine Müdigkeit war größer, als eine schlaflos verbrachte Nacht es rechtfertigte. »Es ist Zeit heimzukehren.«

Vierter Teil
Nach der Suche

Kapitel siebenundzwanzig

›Der Krieger lebt‹

Ein Römer, der seiner Frau den Scheidebrief gesandt hatte und darob von seinen Freunden heftig getadelt wurde, die ihm vorhielten: ›War sie nicht keusch? War sie nicht schön? War sie nicht fruchtbar?‹ zeigte ihnen seinen Schuh und fragte sie, ob er nicht neu sei und trefflich gearbeitet. ›Dennoch‹, fügte er hinzu, ›vermag keiner von euch zu sagen, wo er mich drückt.‹

Plutarch

Jason stand vor dem großen Saal und wartete, bis es ihm zuviel wurde. Es wurde ihm ziemlich bald zuviel.

An diesem Abend waren drei Ehrenwachen vor der Tür postiert: Durine, Kethol und Pirojil.

»Auf geht's«, sagte Jason.

Pirojil wollte einwenden, es sei zu früh, aber Durine schüttelte den Kopf, und Kethol stieß den Schaft der Hellebarde auf den Steinboden.

»Meine Damen und Herren – der Erbe.«

Jason schritt über den Teppich und fühlte sich wie immer unbehaglich in seinen samtenen Prunkgewändern. Es war nicht richtig.

Doch darauf kam es nicht an. Man mußte sich ein Gefühl für das Wesentliche bewahren und allen anderen Dingen ihren Lauf lassen.

Am Fuß der Tafel verhielt er kurz den Schritt. Mutters Stuhl. Er legte die Hand auf ihre Schulter. Ihr ging es jeden Tag besser. Man mußte nur dafür sorgen, daß sie nicht wieder so bedingungslos der verfluchten Magie verfiel, die sie beinahe in einen Zustand geistiger Umnachtung getrieben hätte. Ihre Finger umfaßten seine Hand mit erstaunlicher Kraft.

Ellegon, sag meiner Mutter, daß ich sie liebe ... Er unterbrach sich selbst. Sie wußte es.

Zu ihrer Rechten saßen Walter Slowotski und Kirah, rechts von ihnen Doria. Ein paar Tage Ruhe hatten auf Slowotski wie ein Jungbrunnen gewirkt, und sein Was-bin-ich-ein-schlauer-Walter-Slowotski-Lächeln war vielleicht noch strahlender als gewöhnlich.

Ahira saß neben Doria und sah ihm mit einem breiten Grinsen entgegen. Er hob eine geballte, ungeschlachte Faust an die Brust, wie um zu sagen: »Sei stark.«

Darauf kannst du wetten.

Als nächstes kam Aeia. Jason hatte wegen Bren Adahan mit ihr gesprochen. Er wußte nicht, was sie in bezug auf ihn beschlossen hatte, aber das war schließlich ihre eigene Entscheidung.

Flammen lohten im Burghof. *Wir alle müssen unsere eigenen Entscheidungen treffen.*

Wie recht du hast.

Thomen ist erzürnt, daß du dich nicht mit ihm beraten hast.

Sag ihm, er soll still sein.

»Guten Abend«, sagte Jason, als er an seinem Platz am Kopf der Tafel angelangt war. Er ließ den Blick über die Versammlung der Barone aus Holtun und Bieme gleiten, die mit ihren Beratern seiner Einladung gefolgt waren. »Nehmt bitte Platz. Eure Tagesordnung umfaßt zahlreiche Punkte, die meine nur wenige. Ich werde stehenbleiben.

Tennetty ...« Er warf ihr den großen Messingschlüssel zu, der auf die Truhe mit dem Kronschatz paßte. »Sei so gut.«

»Euer Hoheit ...«

»Sei *still,* Thomen«, wurde er von Jason unterbrochen. »Jetzt sage ich mein Verslein auf, anschließend kannst du soviel reden wie du möchtest.«

»Punkt eins«, fuhr er fort. »Thomen, du hast zu viel Arbeit – das Reich verwalten, Gericht halten und was nicht alles. Daher befreie ich dich von der zusätzlichen Bürde deiner Baronie.«

Nur gut, daß Thomens Mutter, Beralyn, nicht anwesend war. Allerdings kein Zufall – Jason hatte befohlen, daß sie der Versammlung fernblieb. Vielleicht das letzte Mal, daß er in der Lage war, einen solchen Befehl zu erteilen.

»Und wem gedenkt Ihr sie zu geben?« fragte Thomen Furnael mit weißen Lippen.

Sag ihm, er soll den Mund halten und sorg dafür, daß er es auch tut.

Wie du befiehlst, Jason.

»Mir. Von jetzt an ist es die Baronie Cullinane. Ich habe mir immer eine Baronie gewünscht. Ich werde Lou und Petros anweisen, eine Gruppe Ingenieure hinzuschicken, die für mich nach dem Rechten sehen. Und – oh, ich danke dir, Tennetty«, sagte er, nahm die von einem Beutel umhüllte Krone und legte sie achtlos vor sich auf den Tisch. »Garavar, ich entbinde Durine, Kethol und Pirojil von ihrem Treueid gegenüber dir und der Krone und nehme sie in meine Dienste. Ich möchte sie in meiner Nähe haben, wenn ich mich in meiner Baronie aufhalte.

Nächster Punkt«, sprach er weiter. »Die Anderseiter.« Slowotski schob seinen Stuhl zurück. »Übernimm du, Onkel Walter.«

Walter Slowotski leerte sein Glas und stand auf. »Ihr Leute erwartet eine Menge von uns Anderseitern«, begann er. »Nicht ganz zu Unrecht. Deighton muß sich bei der Auswahl der Personen, die er hierherschickte, etwas gedacht haben, denn wir sind alle, jeder auf seine Art, ziemlich außergewöhnlich.

Doch wir sind weder allwissend noch allmächtig. Ich bin nicht in der Lage, Erfindungen aus dem Ärmel zu schütteln. Ahira verfügt über keinerlei magische Fähigkeiten – und ihr werdet bemerkt haben, daß der Ingenieur nicht herumläuft und seinen Hals riskiert, wie Karl es tat. Andy hat sich beinahe selbst getötet, als sie ihre Fähigkeiten zu ungestüm und in zu großem Maßstab erproben wollte.

Wir sind nicht allmächtig, doch ihr erwartet es von uns. Das ist einer der Gründe, weshalb es mir gelungen ist, die Legende von Karl länger am Leben zu erhalten als Karl selbst. Die Sorte Magie, die einen Menschen befähigt, alles zu können, gibt es nicht.« Slowotski setzte sich hin. »Du bist wieder dran, Junge.«

»Womit wir beim letzten Punkt auf meiner Tagesordnung wären«, sagte Jason. »Ich bin nicht allmächtig, Freunde. Ebensowenig war es mein Vater. Er versuchte, alles in einer Person zu sein – Prinz, Kaiser, Vater, Ehemann, Krieger –, und er fiel immer wieder platt auf die Nase.

Sein Fehler war es, sich von Euch die Krone auf den Kopf setzen zu lassen. Wie oft hat einer von Euch zu ihm gesagt, dies oder jenes schickt sich nicht für einen Kaiser? Garavar, wie oft?«

Der alte General verbiß sich ein Lächeln.

Er hat es ausgerechnet.

»Aber du hast es nicht ernst gemeint, Garavar. Es

war für dich ein Scherz, manchmal. Du hast gedacht, er stünde außerhalb der Beschränkungen, die gewöhnlichen Menschen auferlegt sind. Ein Irrtum. Er unterlag diesen Beschränkungen. Wie auch ich. Der Unterschied ist, daß ich nicht versuchen werde, alles auf einmal zu tun und alles in einer Person zu sein. Ich werde eine Auswahl treffen und meine Kräfte einteilen.«

Er zog die Krone aus dem Beutel und erhob sich. »Thomen, Ihr habt das Reich verwaltet, seit mein Vater fortging, um zu versuchen, mir das Leben zu retten. Für Euch standen immer die Pflichten dem Reich gegenüber an erster Stelle.« Jason strich über das polierte Silber und ließ die Fingerspitzen auf der Kühle des in der Mitte eingesetzten Smaragds verharren. »Wir sollten uns nicht länger vormachen, daß nur ein Cullinane auf diesem Thron sitzen kann.« Er hob den Kopf und schaute über die Versammlung der Barone. »Ihr aus Bieme, falls Ihr denken solltet, das bedeute die Aufgabe des Plans, den Holts wieder die ungeschmälerten Bürgerrechte zu verleihen, dann überlegt noch einmal – es war von Anfang an Thomens Plan. Und Ihr aus Holt, wenn Ihr glaubt, jetzt sei der richtige Zeitpunkt für eine Revolte, dann sagt es«, und er legte die Hand an den Kolben des Revolvers.

Schweigend wartete er ab. »Ich habe auch nicht damit gerechnet.«

»Und was habt Ihr vor?« fragte Tyrnael.

»Die Welt verändern, Baron«, erwiderte Jason. Irgendwo draußen, in den Mittelländern, war ein Freund von ihm auf der Suche nach dem Mann, der ihn und seine Familie versklavt hatte. Das war ein guter Anfang.

»Ich habe einige Gefährten, die mir zur Seite stehen werden; einige Lehrer, von denen ich lernen kann«, sagte er und nickte in die Richtung von Slowotski und dem Zwerg, die mit einem Lächeln die Stühle zurückschoben und aufstanden.

Slowotski zwinkerte ihm zu. »Ich werde ihm das Trinken beibringen«, verkündete er.

»Haltet still, Thomen Furnael«, befahl Jason und setzte ihm die Krone nachdrücklich und wenig behutsam auf den Kopf.

Thomen bedachte ihn mit einem langen, langen Blick. »Du läßt mir keine große Wahl, nicht wahr?« sagte er leise.

»Ich lasse dir überhaupt keine Wahl.« Jason schritt zum Ende der Tafel, wo er einen Augenblick stehenblieb, in die Gesichter der Versammelten schaute und in sich die Bereitschaft spürte, jeden zu töten, der irgendwelche Einwände zu erheben wagte. »Und treibt keine Scherze mit ihm, Leute. Es wäre keine gute Idee.«

Es gab keine Einwände.

Es war Zeit zu gehen; er machte kehrt und verließ den großen Saal, begleitet von Slowotski und dem Zwerg.

Vor der Tür blieb er stehen, um Durine, Kethol und Pirojil die Hand zu reichen. »Wir treffen uns vor der Burg«, sagte er. »Und fangt keine Schlägereien an.«

Tennetty wartete mit Ellegon im Burghof. Sie lehnte an dem gewaltigen Leib des Drachen und hatte die Arme über der Brust verschränkt.

Ellegons Flügel zuckten. *Was ist das für ein

Gefühl, nicht länger der Erbe zu sein? Nur mehr ein gewöhnlicher Baron?*

Jason lachte. »He – ich bin es gewöhnt, einen Titel zu führen. Davon komme ich nicht so schnell los. – Machen wir uns auf den Weg.«

»Du gehst nicht ohne mich«, sagte Tennetty.

»Selbstverständlich nicht«, beruhigte sie Ahira.

»Würde mir nicht im Traum einfallen«, bekräftigte Jason.

Sie lächelte. »Ich habe keine Einladung erhalten.«

Jason zuckte die Schultern. »Na gut – was würdest du sagen, wenn ich dich bitte, mit uns zu kommen? Wir werden Walters Familie in Burg Furnael – Burg Cullinane, wollte ich sagen – unterbringen, und anschließend haben wir noch dies und jenes vor.«

Wolltest du nicht die Welt verändern oder so ähnlich?

Darauf kannst du deinen geschuppten Hintern verwetten.

Sie nickte und rückte ihren Waffengurt zurecht. »Was ich dazu sagen würde?« Der Wind mußte Staub vom Boden aufgewirbelt haben; sie rieb sich die Augen. »Ich würde sagen, daß der Krieger lebt.«

ENDE

Band 20 103

Joel Rosenberg

Die Krone des Siegers

Deutsche Erstveröffentlichung

Es hatte lange aufgehört, ein Spiel zu sein. Freunde starben nicht bei einem Spiel.
Sie waren nicht mehr die Studenten von früher, die ein wenig Zeitvertreib in einer Phantasiewelt gesucht hatten. Nun waren sie Teil dieser Welt, und ihr Traum, diesem Land der Zauberer und Schwertkämpfer, der Zwerge, Elfen und Drachen die Freiheit zu bringen, hatte langsam Gestalt angenommen. Sie hatten ein eigenes Reich errichtet, in dem alle Verfolgten und Versklavten Zuflucht fanden.
Doch sie hatten die Rechnung ohne die Sklavenjäger gemacht. Und sie mußten erkennen, daß es leichter war, die Krone des Siegers zu erringen, als sie zu bewahren.

BASTEI LÜBBE

Sie erhalten diesen Band im Buchhandel, bei Ihrem Zeitschriftenhändler sowie im Bahnhofsbuchhandel.